ハヤカワ文庫JA

〈JA1583〉

ラブ・アセンション

十三不塔

早川書房

9112

ラブ・アセンション

登場人物

ラブ・アセンション参加者

暮石《くれいし》剰一《じょういち》……………………クエーサー
手嶌《てじま》紫歌《さいか》……………………フラメンコダンサー
異相《いそう》あざみ……………………ソフトウェアエンジニア・起業家
椎葉《しいば》絵里子《えりこ》……………………学校教員
豊重《とよしげ》潤《じゅん》……………………美容クリニック経営者
手嶌《てじま》令歌《れいか》……………………バレエダンサー
孔《こう》莉安《りあん》……………………ファッションデザイナー
籾山《もみやま》真帆《まほ》……………………社会活動家
南《みなみ》千尋《ちひろ》……………………写真家
渡慶次《とけいじ》ライラ……………………料理家
守随《しゅずい》紗英《さえ》……………………自動車エンジニア
森口《もりぐち》遍音《あまね》……………………アスリート
ゾーイ・鍵野《かぎの》・オコナー……作家・スピリチュアリスト

ラブ・アセンションスタッフ

霧山《きりやま》宗次郎《そうじろう》……………………司会進行
綿貫《わたぬき》絢三《けんぞう》……………………監督
苑池《そのいけ》寿《ひさし》……………………カメラマン・フィールドマネージャー
レオ・フレッチャー…………音響技師
村瀬《むらせ》リル……………………アシスタント・ディレクター（AD）

X+XX《トリプルエックス》

宇宙のつめたい余白を横切って、また目を覚ましたとき、鹵《ろ》獲物《かくぶつ》Xは、自分の中で何かがゆっくりと形作られていくのを感じた。飢えと憧れが絡み合った糸くずのようなものだったそれは、外の世界からの情報を巻き取るうちにぐんぐんと膨らんでいっておぼろげな意識となった。たくさんの昼と夜を漂いながら、ついに真っ白な岸辺にたどり着くと、リング状の体はひくひくと痙攣しながら砂の中に浅く潜った。単調なリズムの波に洗われていれば心地よかったけれど、休息や安全とはほど遠かったし、ここを離れて、同じ距離をもう一度渡れるほどの力は残っていなかった。

誰を選ぼうか——かぎりなく一にちかい二となるために。

鹵獲物Xは、ずりずりと砂浜を進んだ。恒星の熱で砂が熱くなっていた。視覚も聴覚もないXが世界をどう捉えていたかというと、重力と潮の力と気圧とが作る独特な質感に触れている感じだ。毛むくじゃらの熱源や硬い殻を持った横歩きする運動体を感じ取ったけれど、それらは選ばなかった。もっとぴったりくる相手に出会える気がしていた。まるで磁石が鉄粉を引き寄せるような具合で、ついにXの潜む砂に三本の棒状のものが突き込まれた。それを人差し指、中指、薬指と呼ぶのだとXはずっとあとで知る。指の持ち主がX染色体というグループに属する個体であることも学ぶことになる。でも、それだって少し先のことだ。鹵獲物Xは輪になった体を薬指に巻きつけて、表皮から這い込んでいった。宿主が痛みを感じたとしても、それは一瞬のことだった。抹消神経から脊髄、そして脳へとアクセスして、次の瞬間には、Xは彼女の目と耳を通して世界を把捉した。

肌に砂混じりの風を感じた。色と音が溢れていた。何よりも、彼女の思考の渦があった。それは新しい宇宙が生まれたような衝撃だった。彼女の周りの状況が把握できた。彼女は水着のブラジャーが外れてしまって、それを浅瀬の波間で拾い上げようとしているところだった。波打ち際に手を突っ込んで、肌を覆うための小さな繊維を探していたのだ。彼女の恥じらいの感情がXに流れ込んできた。彼女は自分の不注意を小さく呪った。片手で胸を隠しながら、数秒のうちにブラジャーを直そうとして、誰かに見られていないかと振り返る——と、そのとき、とてつもないものが眼に飛び込んできて、鹵獲物Xの生まれたての心が打ち震えた。

それは、頂きが見えないほど大きな塔だった。

1

皆さん、ようこそ！　司会進行の霧山宗次郎《きりやまそうじろう》です。

今宵よりはじまるは、壮大なる愛の舞台にして火花散る恋の戦場！　真実の愛を探求する旅が幕を開けます。果たして誰が最後に運命の伴侶を手に入れるのか？

心揺さぶるドラマがここに展開されることでしょう。さあ、その眼でしっかりと見届けてください。軌道エレベーターを昇りつめた先にある恋の究極形！　それがラブ・アセンション！　スタートはいま、ここからです！

いくつかルールを説明しましょう。

参加者の女性たちは、クエーサーと呼ばれるセレブ男性を巡って奮闘します。各セクションで選ばれた女性にはその証としてクエーサーより星の花が贈られます。セクションのラストに行われるセレモニーでこの星花を手にできなかった女性は、クエーサーにふさわしくないと見なされ、その場で脱落します。全六つのセクションを通じてそれぞれ決められた数の女性たちが番組を去り、ついに最後のひとりへと絞られていくのです。

勝ち残るのは誰なのか？

厳正な審査によって選ばれた十二名がここに集います。

そしてもうひとつ愉快で残酷な趣向があります――参加者の中にはキツネと呼ばれるトリックスターが混ざっています。番組に波風を立て、隠された感情を暴き出す役割を担っているのがキツネなのです。また静かに潜伏してこっそり愁嘆場を楽しんでいるのかもしれません。彼女の経歴はどこまで本当なのか？　このキツネはクエーサーの愛を得るためではなく、ラブ・アセンションをよりクレイジーで歯応えのあるものにするために暗躍します。他の参加者もクエーサーも視聴者すらもキツネが誰なのかは知らされていません。

このキツネを退治する方法はひとつ！

自分の他に誰かひとりと手を組んで、キツネを告発することです。訴えた相手が本当のキツネであれば、キツネは番組から排除され、告発者両名はそのセクションを無条件にクリアとなりますが、もし失敗すれば、告発者はその場で失格、キツネと疑われた無実の参加者も同じく脱落となってしまいます。しかしキツネを告発するという行為は番組を通して一度だけしか許されていません。たった一度きり。さて、キツネは尻尾を出すのかどうか、そちらも是非お楽しみに。それでは改めまして、ラブ・アセンションのはじまりです。

オープニングセレモニー　エレベーター基部
異相《いそう》あざみ

軌道エレベーターのエントランスホールで行われたクエーサーとの対面セレモニーで、異相あざみはドジをやらかした。プレゼントにと持ってきた植物用の水やりドローンがうまく動かなかったのだ。

巨大な塔のおかげで電波状況が良好ではなかったのかもしれない。どうせなら動かないでくれたらよかったのに、よりによって躾の悪い犬のようにクエーサー目がけて突進したからたまらない。

小さな機体だったから怪我の心配はなかったものの、控え目にみてこれはあってはならない不手際だった。クエーサーの暮石剰一《くれいしじょういち》は、しかし身じろぎもせず、ドローンを広い肩で受け止めた。でも、タンクから漏れ出た水がタキシードを濡らしてしまったのだ。

このひどいパフォーマンスは、むしろ異相あざみのキャラクターを印象付けたが、彼女にしてみれば、目の前が真っ暗になった気がして、サテンの青いパーティドレスが鎧のように重く感じてしまう。夜のレッドカーペットはしばらくトラウマになるだろう。こんなことになるのなら、と彼女はひそかに悔やんだ。恋愛リアリティ番組になんて参加するんじゃなかった。

「ハハハ、元気なヤツだね。それに人懐っこい。もう新しい飼い主が誰だかわかっているんだね」

考えうる最善のフォローをクエーサーはしてみせた。

前評判に違わず、クエーサーは完璧な男だった。この気遣いは暮石剰一の評価ばかりではなく、この番組全体の期待値を底上げする効果があったし、また制作サイドが望んでいたハプニングでもあった。その証拠に、このシーンは初回の名場面として、繰り返し再生されることになる。

ようやくパニックから脱することができたものの、いまだ言葉を発せずにいたところ、暮石は「僕にやらせてください」と茶目っ気たっぷりの仕草でコントローラーを取り上げると、教えられてもいないのに、スイスイとドローンを操作してみせた。もはや不調の痕跡はどこにもなかった。

「自作なんでしょう？　素晴らしいですね。僕、機械には疎くて」

「いえ、市販のキットを改造しただけで、そんなに大したことじゃ」と異相はおずおずと答えた。

「ありがとうございます。大切にしますね」

暮石剰一は、宝物を手に入れた少年のようににこやかに述べたあと、肩甲骨の浮いた異相あざみの背中を両腕に包み込んだ。自分の気持ちに鈍感な異相あざみは、ここではまだ恋に落ちたことを自覚していない。

番組の趣旨がどうであろうと、人間があっけなく初対面の相手に恋に落ちるなんてありえない。一目ぼれというのは、ちょっとした都市伝説の類だと思っていたのだ。

異相あざみの経歴は複雑だった。

カルトとは言えないまでも極度に閉鎖的な集団のなかで、一般社会とは隔離されて育った。自然との融和を謳う九州のコミューンで思春期を過ごし、テクノロジーと触れ合わない農業と畜産の生活を捨てて、ひとり東京に出たのは十八歳の時だった。

未経験でソフトウェア開発の会社に飛び込み、やがてテック系のベンチャーを立ち上げる。利益と社会貢献をともに重視するゼブラ企業のスタートアップは、いまや企業理念にそぐわぬ急激な成長を遂げつつある。それは洗脳された少女が、自由を求めて逃げ出したという類のものではない。彼女の所属した集団では、コミューンを出ていくか残るかの選択が許されていたし、出ていくことを選んだ若者には一定の援助さえ与えられた。また彼女自身も近頃は足が遠のきつつあるものの、以前は頻繁に里帰りをしていた。

彼女が創業者として成功したのは、その特殊な生い立ちによるものともいえる。テクノロジーから遠ざけられていた分だけ、それを都市において大量に浴びたときの刺激は凄まじかった。まるで菓子を禁じられて育った子供が成人後甘味を貪り喰うように、彼女は新たな知識と技術を吸収した。この普通じゃないものの仕組みを余さず知ることが彼女の初期衝動だったのだ。

そして、もうひとつ異相あざみを駆り立てるものがある。

それは「出る」という行為そのもの。

山中のユートピアを出たように、この惑星から飛び出してみたい。それがラブ・アセンションなる胡乱《うろん》な番組に参加した理由だった。簡易な宇宙旅行が一般化し、月面の開拓にも着手されつつある時代だとはいえ、まだほとんどの人にとって、宇宙はフィクションの領域だった。現代テクノロジーの粋のひとつである軌道エレベーターに乗って、星の世界に手を伸ばすことは、異相あざみにとって逆らいがたい欲求だった。

ただし、この番組の眼目である愛だの恋だのには滅法疎い。

いままで交際経験はおろか、異性の友人すらいなかった。駆け出しの頃にマッチングアプリの制作に携わったことはあっても、それを使用しようとは思わなかった。それなのに自分が最も場違いかもしれない、この場所に居るのだ。予備期間の共同生活では、まだ実感がわかなかった。工学系である守随紗英《しゅずいさえ》とはウマが合ったし、他の女性たちも戦うべき相手というよりは、ひとつの目的を目指す同志と感じられた。

でも、もうそうじゃない。

誰もが異相あざみの失態を嘲笑っているように思えた。

昨日まで仲良く暮らしていた女性たちが、仮面を脱ぎ捨てて隙あらば彼女を引きずり降ろそうとする悪意ある存在へと変貌してしまった。

キツネと疑われていることもわかっていた。

しかし、面と向かって放たれることのない不信には抗弁の機会も与えられない。星に手が届かなくても、本当のキツネの正体が判明するまでは、脱落したくはない、とそれだけがいまの異相の意地だった。

異相に続いてクエーサーと対面するのは手嶌紫歌《てじまさいか》だ。

真っ赤なワンショルダードレスをまとった彼女はリムジンを降りると、落ち着きある優雅な足取りで眩《まばゆ》いライトの中へと歩み入ってくる。すらりとした長身ながらグラマラスな曲線美にも事欠かない。小柄で華奢な異相あざみとはまるで違った。フラメンコダンサーである彼女はフラメンコ用のカスタネットをプレゼントに用意していた。

いつか一緒に踊りましょう、と余裕たっぷりに誘う。

職業柄、注目されることに馴れているのだ。あんな人に敵うわけがないと異相あざみは意気消沈するが、最後に手嶌がクエーサーのハグから離れようとせず、やや強引にクエーサーの唇を奪ったとき、ガンと頭を殴られたような気がした。

ずるい。

二十六歳になった異相あざみの中に手つかずの感情があった。はじめて味わった胸のうずきに異相あざみは戸惑い、またそんな自分自身に躊躇《ちゅうちょ》を覚えた。これはなんだろう。もともと情動の薄い性質だったから、こんな鈍くざらついた感情が自分の中に眠っているとはわからなかった。

それは紛れもない嫉妬だった。

ずるい、ずるい、ずるいよ。

異相の惑乱を置き去りに、豊重潤《とよしげじゅん》、孔莉安《こうりあん》、渡慶次《とけいじ》ライラと洗練された女性たちが、次々にクエーサーに贈り物を捧げる。

美容クリニック経営者・豊重潤は自社製のフェイスクリームを、

ファッションデザイナー・孔莉安はオリジナルデザインの革靴を、

料理家・渡慶次ライラは地元沖縄の宮廷料理を、

サッカー選手・森口遍音《もりぐちあまね》はサッカーボールを、

写真家・南千尋《みなみちひろ》は引き伸ばしたオーロラの写真を、
スピリチュアリスト兼作家・鍵野《かぎの》ゾーイは手製のアミュレットを、
社会活動家・籾山真帆《もみやままほ》は特別な装幀を施した自著を、
学校教員・椎葉絵里子《しいばえりこ》は実家のチーズケーキを、
自動車エンジニア・守随紗英は精巧なミニカーのセットを、
バレエダンサー・手嶌令歌《れいか》は暮石の誕生年のワインを——

彼女たちはキスには及ばなかったものの、それぞれに臆することなく、親しげなスキンシップや睦言めいた会話を交わしていく——劣等感のなせるわざかもしれないにしろ、異相あざみの眼にはそんなふうに映った。

ひとつ気になったのは、クエーサーのハグを豊重潤は許さず、控え目な握手にとどめたことだ。これもまた手嶌紫歌のキスとは逆方向とはいえ、クエーサー、ひいては番組の視聴者へ向けてのキャラクター差別化戦略だろう。たとえクエーサーであっても、媚びへつらわないという意思表示。先進的な女性像を求める向きには好評を得るかもしれない。豊重は美容クリニックの経営者というだけあって、ナチュラルなメイクでも映える美貌を備えており、白のドレスはどことなく海の泡を思わせた。

異相あざみにとって、このセレモニーは突風のように激しく一瞬にして過ぎ去った時間だった。どうすれば、と異相あざみは思案する。

コミューンから出てきたとき、はじめて借りた小さなワンルームのバスタブに籠って着衣のまま、びしょ濡れで、これからの行く末を考えたみたいに。

どうすればここで生き残れる？

自分と同等かそれ以上の知性を持ち、美しさに加えて手練手管にも事欠かない女たちをどうすれば出し抜けるのか？　真剣に問いを立てて、答えを得られずにいたことは一度もない。ただし今回ばかりは正しい解にたやすく至れそうになかった。

2

――およそ三〇〇時間後。

序盤ステージにおける脱落者のインタビューを手早くチェックした番組ADの村瀬《むらせ》リルは、音声を四ケ国語のキャプションに変換するため専用のソフトにデータを放り込んだ。

映像編集ツール〈ヒプノテイル〉の機能なら、番組のカラーと時勢のコンプライアンスに則った添削もお手の物のものだが、手嶌紫歌の悪罵をすべてカットするのはもったいないかもしれない。あの手のキャラクターは大衆受けするだろう。

思案を巡らせながら村瀬リルは、地上のコテージで軽くシャワーを浴びると、シビ島の水上マーケットで日用品の買い出しをし、ついでにセビーチェという海鮮料理で遅い昼食を済ますことにした。赤道直下のシビ島は、一八〇〇年前の火山活動によって生まれた新しい島であり、ガラパゴス諸島に属する。観光資源の乏しかったシビ島にエクアドル政府が多国籍企業アバドン社との提携で軌道エレベーターを誘致したのが今世紀の中葉で、世界にたった三つの軌道エレベーターは宇宙開発の基幹となった。

島には、アザラシやイグアナや各種の渡り鳥など、ダーウィンならずとも泣いて喜びそうな動物たちが保全されている。村瀬リルは仕事でなければここは楽園だと率直に感じる。いつか誰かと結ばれることがあるのなら、新婚旅行で来るのも悪くない。そして愚にもつかないリアリティ番組のため駆けずり回った若き日々を苦笑混じりに語るのだ。

お世辞にもきれいとは言いかねる食堂で、潮の香る湯気のなか、村瀬リルは進行表をざっと再チェックする。加えて、明日からの撮影の段取りをシミュレーションした。

手嶌紫歌（28）　フラメンコダンサー
異相あざみ（26）　ソフトウェアエンジニア・起業家

椎葉絵里子（30）学校教員
豊重潤（27）美容クリニック経営者
手嶌令歌（28）バレエダンサー
孔莉安（29）ファッションデザイナー
籾山真帆（23）社会活動家
南千尋（24）写真家
渡慶次ライラ（32）料理家
×守随紗英（26）自動車エンジニア
×森口遍音（21）アスリート
ゾーイ・鍵野・オコナー（30）作家・スピリチュアリスト

名簿に×印がついている名前は、ファーストセクションで脱落した参加者たちのものだ。クエーサーである暮石剰一から星花を渡されることのなかった女性たち。村瀬リルは、そこへセカンドセクションで消えた二人分の×印をさらに付け加える。こうして十二名中四人が両セクションを通じて敗退したことになる。六つのセクションが軌道エレベーターの各高度に置かれ、最後に運命のひとりがクエーサーに選ばれる。星明かりの花弁を象ったクリスタルの摸造花――これが参加者の運命を左右する。

すべてのセクションで、これを得られなければ地上へ落とされる。

単純化すれば、それがこの番組のルールのすべてだった。脱落した四人のようにゼ《Z》ノスケープ・ア《A》センションを蹴り出されるのがイヤなら、どんな手を使ってでもクエーサーを魅了するしかない。

ZAとは、アバドン社の軌道エレベーターにおけるリゾート・ユニットだった。各セクションごとに恋人たちのためにロマンチックな趣向が用意されている。そして高度が高くなればなるほど、重力は魂を縛る力を弱める――これは鍵野ゾーイのスピリチュアル格言集からの勝手な引用だ。

「やっぱ地上はいいな、高いところにいると股間がスースーするもん」

村瀬リルは、子供の頃から評判の悪いぶーたれた顔付きになって、頬を膨らませた。第二セクションの舞台である高度12000キロメートルから降りてきたばかりなのだ。村瀬リルの主な業務は、参加者の女性たちのケアと収録された素材のチェックだった。思ってたのと違う、と村瀬リルは膨らんだ頬をすぼめて唇を尖らせた。

彼女は映像業界でキャリアを積みたかったが、このような形を望んでいたわけではなかった。東京の二流大学を卒業した彼女の夢はドキュメンタリー番組をつくることだったのに、勇んで飛び込んだ制作会社では、ドキュメンタリー番組ではなくリアリティ番組に配属された。

この二つには明確な違いがある。ドキュメンタリー番組は教育的意図をもって制作されるのに対して、リアリティ番組に求められるのは、下世話な娯楽だ。知性ではなく感情に訴えかけろ――それがここ数年で思い知らされたことだった。

「村瀬、だらだら汁吸ってんじゃねーぞ。夕方のミーティングまでに、お姫様たちのご機嫌伺いしとけよ」

手荒く背中を小突かれて、食道を抜けようとしていた人参とインゲンが、ゲホッと喉まで逆流した。

そうだ。仕事の作法を叩き込んでくれたのはこの男だった。

「なんでここにいるんすか、苑《その》さん」

「なんでっておまえ、ここは俺が教えてやった店だろうが、アホ」

「そうでしたっけ」素っ気ない口調になる。「苑さんに教わったことなんてありましたっけ」

「可愛くねえやつだな」

苑池寿《そのいけひさし》は、ラブ・アセンションのカメラマンだ。撮影には七十人以上のスタッフが携わっているのだが、日本からスタッフを帯同するには莫大な経費がかかるため、そのほとんどを現地の人材で賄っている。数少ない日本人のスタッフのひとりが苑池寿で、フィールドマネージャーという撮影環境そのものを采配する役割も兼ねていた。トレードマークのキャップを外したところを見た者はなく、あまりに使い古されてボロボロだから、それがドジャースのものだとは言われなければ気付かない。口髭をたくわえ、ひっきりなしに煙草を吸っては、同じ頻度で悪罵を吐く。

「で、椎葉の具合はどうなんだ？　いつまでも寝込んでたんじゃ、同情目当ての仮病だってネットで叩かれるぞ」

参加者のひとり椎葉絵里子は、本番開始前の共同生活期間、ビーチで何らかの生物に刺された。ここ半年ほどで毒刺を持つ小型のエイによる被害がたびたび報告されていたから同じ災難に遭ったものと思われる。腫れ上がった左腕を見た村瀬には、あれが仮病なんかじゃないと断言できる。いったんは棄権を勧めたほどだが、本人はそれを望まなかったし、もちろん番組側も許しはしなかっただろう。幸い回復の途上にある。

「仕方ないですよ、アクシデントですから」

村瀬リルは、先輩カメラマンの毒を帯びた紫煙を手で払う。

苑池は、尊大な仕草でクリアファイルに入った進行表をテーブルに投げ出した。それは村瀬の同じ書類に覆いかぶさった。彼女はだらしない苑池の身体にのしかかられたような不快さを覚えた。

「でも」と村瀬リルは良心の呵責を吐き出す。「体調不良が深刻だったにもかかわらず、強引に番組に参加させたことが知れたら問題になりますよ」

「んなもん、俺たちが考えることじゃねえよ。責任は上が取んだろ」

納得がいかなかったが、真っ向から逆らうほどの気概もなかった。

「とにかく、おまえは自分の仕事をこなせ、学生時代からパシリは得意だったろ。買い忘れたもんはねえのか？　もっと上層に上がったら、いまみたいにしょっちゅう昇降できなくなるぞ」

参加者の女性たちにはトランク二つの携行が許されていた。これは女性のしかも三か月分の必要物資としては決して多いとは言えない。外部との接触を禁じられた彼女たちは、ろくに日用品の調達もできない。よって村瀬リルがお使いに出ることになるのだった。

「椎葉さんだけじゃなく、他の参加者の物や私物も買いためましたよ。男性には頼みにくいものだってあるでしょうし。ZAのアメニティ用品は充実してるけど、なんでも揃ってるってわけじゃないからなぁ」

「脱落するまでは、あいつらみんな女王様だ。グズらせんな」

「ハイハイ、わかってますって。ところで王子様のご機嫌は？」

村瀬リルはウェットティッシュでメガネを拭きながら、意趣返しのように問うた。クエーサーの暮石剰一は世に名を知られていない投資家だった。

恋愛市場――いや、恋愛生態系のトップに君臨する最強の独身男性などと口にするのもバカバカしいが、しかし本当にそうなのかもしれない。この手の番組に熱心な視聴者がいるのは、何もかも兼ね備えた男と、それに見合った見目麗しい女が結ばれるという古臭い童話がまだ廃れていないからだ。

脱落した手嶌紫歌は「シンデレラ願望が抜けきらない世間知らず」と他の参加者たちをくさしたが、それはあながち間違いじゃない。こういった番組を低俗だと見下しながらも、そこに自分の似姿を見つけてしまう多くの視聴者の、それは隠れもなき願望なのだ。

「暮石剰一の機嫌か」と苑池は言い淀んだ。「ヤツに機嫌なんて上等なもんはねえだろう。いいか、クエーサーはこの番組の天辺にいるが、実態は奴隷みてえなもんだし、ヤツだってそれを望んでる。考えてもみろ、ウチの番組に出演すれば、莫大なメリットがある。一夜にしてとてつもない知名度と宣伝効果を得られる。いくらでもコキ使ってやりゃいい。そりゃ多忙さ。参加者のプロフィールを頭に叩き込んで番組の流れと演出を理解したうえで、さらに来たるべく〝剪定〟のために自分の感情とやらに向き合わなきゃならねえ。打ち合わせの連続で感情は麻痺してくる。こっちだって丁重にもてなしてやる余裕もねえしな」

苑池の言い分には、微妙な違和感を覚える。参加者の女性たちの不興を買ってはいけないわりに、クエーサーに余計な気遣いは無用らしい。同じ男として美女に囲まれた暮石剰一が羨ましいというのなら話は単純だけど、そんなふうでもなさそうだ。

「剪定ですか」村瀬リルは溜息をついた。

選定ではなく剪定。苑池は、余計な枝を払って、スタイリッシュな盆栽を刈り込むような園芸のイメージでこの仕事を捉えているのだろう。ごく初期の段階から参加者の女性たちと接している村瀬リルには、そんなふうにあからさまな表現をするのには抵抗がある。

「ああ、お高くとまった連中がバッサバッサ落ちていくのは、しがない庶民にとっちゃちょっとしたカタルシスだろ？」

苑池のキャップのつばから羽虫が飛び立った。

「庶民代表の苑さんがそんなふうに楽しんでるのはいいとして、視聴者のほとんどは純粋な気持ちで恋の行方を追いかけてますよ」

自分でも信じていないことを村瀬リルは主張した。そんな綺麗事は取り合うに値しないとでもいうように、「ふーん」と苑池はインゲンやオニオンごと村瀬の意見をかみ砕き、飲み込んでしまう。「純粋な恋の行方ねぇ」

代金をテーブルに置いて、立ち上がろうとしたその時だった。

忙しさに追われた現地人のウェイターが、二人のテーブルに身体をかすめた。卓上からはみ出ていた進行表のファイルが床に落ちて散らばる。ウェイターは「ソーリー」と振り向いた肩越しに謝ったが、駆けつけて進行表を拾い集めたのは、そばに居た別のスタッフだった。

「ちっ、気をつけろよな」と苑池が日本語で悪態をつくのを、村瀬は「気にしないでと彼は言っています」と穏便な英語に言い換えて、金髪の浅黒い少女を安心させると、ほっそりとした手から進行表を受け取った。

「お先です」村瀬リルは食堂を出て、湾を巡るモーターボートを捕まえた。これで軌道エレベーターの基部まで戻ることにしよう。タクシー代わりに使うには少々高くつくが、船酔いさえしなければ、こちらのほうが速いし、なにより潮風を浴びるのは爽快だった。アウトボード方式のウォータージェット・ドライヴのある船体後部から吐き出されていく白い泡を見ていた村瀬リルはふいに視線を上げた。島の東部には巨大な塔が聳え立つ。

他の世界の生き物があれを見たら、どんなふうに感じるだろうか。

村瀬リルが物思いに耽っていると、仕事用スマートフォンが振動した。

キツネからのショートメッセージだ。

キツネとは、参加者の中に番組側がひとりだけ仕込んだ公認のサクラである。彼女は運営の意向に沿って、番組を引っ掻き回すのが役どころだ。他の参加者もクエーサーもキツネの存在を言い含められてはいるものの、見えざるトリックスターが誰かなのかは知らされていない。

『なんとか脱落せずに残れました。そろそろもっと煽ったほうがいいでしょうか？　それともクエーサーに露骨なアプローチをかけてみるとか？　わたしからキツネ狩りを提案してみるのも面白いかも？』

村瀬リルはキツネの提案を保留にした。

まだ序盤だ。軽率に動くべきではない。それよりもずっと心の片隅に引っ掛かっている出来事についてあらためて訊ねることにした。

『日蝕の日のことだけど、コテージで起きたことは本当にあなたの仕業じゃないの？』

キツネより応答があった頃には、ボートは島の東岸に到着していた。ここからシャトルバスに乗れば軌道エレベーターの基部までは二〇分ほどしかかからない。

『ええ、わたしは無関係です。てっきりそちらの演出だと思ってました』

それは対面セレモニーから数日遡った日のことだった。

参加者の女性たちは、番組全体を通して共同生活を送るにあたり、最低限の関係性を築くため、前もって十日ばかり予備的な生活を島で過ごすことになっていた。ここはダイジェストのみで放送される部分であるため、数台の据え置きカメラしか回っていない。最高級のゲストハウスで、何不自由ない暮らしをしてもらうはずだったが、そこでも事件とは言えないほどの小さな騒ぎが起きた。まったく気が休まらない、と村瀬リルは嘆息する。

ひとつは椎葉絵里子の怪我だった。これはスタッフが注意喚起を怠ったことが原因で弁解の余地もない。ビーチでの遊びを許可するのなら、脅威となる現地の環境をもっとチェックしておくべきだった。

もうひとつ、それは七年ぶりの日蝕が起こるはずの日に発生した。

赤道付近では日蝕や月蝕が観測しやすいことが知られている。参加者の女性たちは、コテージのリビングで和やかにジェンガをしていたが、天体ショーの予定を知っていた者の呼びかけでテラスに出たらしい。

積み木の塔は不安定なまま置き去りにされた。

テラスに出なかったのは、まず鍵野ゾーイと異相あざみ——この反りの合わない二人が、仲良く部屋に居残ったというのは面白い展開だ（反対に険悪な仲である手嶌姉妹は揃ってテラスに出た)。スピリチュアリストである鍵野ゾーイは日蝕を不吉なものと見なしていたし、理系で唯物論者の異相あざみは、この手の天体ショーにさしたる魅力を感じなかった。前日に怪我をした椎葉絵里子も高熱にうなされながらベッドに横たわっていたからテラスには出なかった。リビングのあちこちに鍵野ゾーイが浄化と結界のために置いた盛り塩のピラミッドが散見された。

テラスに出た参加者たちは、呆然と眼を潤ませたり、ひしと抱き合って息を詰めたり、それぞれのリアクションをしてみせた。あるいは冷徹にカメラのレンズを向け、宇宙と睨み合うなど、参加者たちは天体ショーを存分に堪能したはずだ。

ここまではいい。問題はここから、と村瀬リルは、シャトルバスの座席でボールペンを何度もノックする。天への架け橋である軌道エレベーターは接近するほどにリアリティを欠いていく。間近にすればするほど書き割りめいて見えてくる——まるで安っぽい積み木の塔のようだ。

日蝕を見終えた参加者たちが、わいわいとリビングに戻ってくると、プレイ中だったジェンガの塔が崩れていたという。ここに不思議はない。ジェンガの塔は、パーツを抜き取られて痩せた分だけ、高く積み増しされて不安定になっていたから、わずかな衝撃でも崩れただろう。多くの人が出払った隙にと、異相あざみが掃除ロボットを起動させたおかげで、ジェンガを載せたテーブルの脚にロボットが接触したのかもしれない。同じロボットは、鍵野ゾーイが苦労して神秘図形のポジションに配置した盛り塩も崩したと非難された。テラスから戻り、床にこぼれ落ちたブロックを見た渡慶次ライラは何やら怪訝な顔をした。想定されるより、ずっと広範囲にブロックが散らばっていたからだ。その一部に乗り上げた掃除ロボットが動けなくなっていた。異相あざみは、スマートフォンのアプリでエラーを発したロボットの、ここまでの清掃経路を表示させた。

それを見た瞬間「あれ」と声が上がる。

塔ではない。穴だ。愛もろともに墜ちてゆけ
It's not a tower. Hole. Fall down with love

赤い線で図示された経路に沿って、筆記体の英文が象られていた。渡慶次と異相の周囲に集まった参加者たちは、同じものを眺めると、怪訝な顔付きでヒソヒソと囁き合った。これはちょっとした緊迫感を演出するために番組側が仕組んだことなのか、それともキツネの詩的な悪戯なのかもしれなかった。

キツネはどこだ？

天体ショーのときに部屋に残った三人のうちの誰かがキツネだという公算は高いと参加者たちは判断した。つまり鍵野ゾーイ、異相あざみ、そして椎葉絵里子である。とくに異相は、ハウスキーパーの清掃サービスを断って小型の掃除ロボットを持ち込んだあげく、そのロボットがジェンガを倒したのだから疑惑が集中するのも無理はない。

しかし、村瀬リルは、異相がキッネではないことを知っているし、番組側がこんな微妙でわかりにくい演出をしないこともわかっている。

では誰がやったのか?

不審な点は多い。たかが一筆書きの清掃経路などが文字と言えるのかどうか。村瀬リルは日蝕を見た興奮からくる集団幻覚のようなものではないかと思っている。ロールシャッハテストのようにデタラメな線に偶然何か意味を見出した。それが現時点で思いつく、あたりさわりのない結論だ。あとで確認したところ、据え置きのカメラには、ジェンガが倒れた瞬間のロボットが映っている画角は存在しない。ロボットだけではない、その時間帯に動くものは何ひとつ映っていなかった。誰もが見たいものを見る——それがリアリティだ。事実はどうあれ、これは参加者たちにとっていい刺激になったろう。

塔ではない。穴だ——

愛とは、昇りつつ墜ちてゆくもの。この番組の煽り文句にぴったりかもしれない。恋愛においては、天にも昇る気持ちでいたら、次の瞬間には地の底でもがいていたなんてこともザラなのだから。

深手を負うような恋に村瀬リルは無縁だったし、そんなものに魅かれたこともない。キツネの返信を読み返しながら、恋愛をエンタメにする資格が自分にはあるのだろうかと、ふと思う。

愛ならありふれている。親子にも、兄弟にも、国境線越しに銃弾を撃ち交わす兵士の間にさえ。しかし恋となると村瀬リルはわからなくなる。それはもっと稀少で浮ついたものであるはずだ。だからこそ無垢に輝く。

『ですから何度も言うようにあれはわたしじゃないです。わたしはただ偶然に便乗して役割を果たしただけ。ああ、それから、お願いした香辛料を買ってきてくださいね！　このために何か月も大嫌いな料理の特訓をしたんですから』

ご心配なく、と村瀬リルはさらにメッセージを送る。

スパイスなら存分に振りかけてあげる。あんたたちの下らない色恋にピリッとした刺激を付け加えるのが私たちの仕事だから。

ほどなくしてシャトルバスがエレベーターの基部へと辿り着いた。

見上げる果てのない塔は、その建築学的な堅牢さにもかかわらず心もとなく映る。これは塔ではない、というフレーズがまた思い起こされる。

十日ほど前、ここで参加者とクエーサーとのはじめての対面が行われた。ファースト・コンタクトというわけだ。勝負はここからスタートした。参加者たちは、わずかな時間でクエーサーに贈り物を渡し、いくつかの言葉を交わし、自分のキャラクターを印象付けねばならない。また制作サイドもここをどう編集するかで頭を悩ませる。数多い参加者それぞれにどれだけの尺を使うのか。後半の数人は短縮版にする必要があるが、それをすることで後半フェーズまで残る女性を推測させてしまう。短めにカットされた参加者はあらかじめ敗色濃厚と見なされるだろう。

ただし、それは通常の恋愛リアリティ番組の場合だ。

この番組は後半に進むにつれてリアルタイムに近い疑似ライブ放送に近づいていく。すべての素材を撮り終え編集を施して、順に配信していくわけではなく、ほぼ生のまま、最低限の手を入れるだけでお茶の間へ送り出す——産地直送ってわけ！——これがラブ・アセンションの売りなのだ。まだ中盤戦に差し掛かったところだが、すでに対面セレモニーの初回は放映されているし、編集用ツール〈ヒプノテイル〉に付属しているAIは、視聴者の傾向を読み取り、過去と同じ轍を踏まぬように事象に偶然性をまぶすのだ。

ちょっとしたトラブルにより、後半のショート組に入る予定だった異相あざみのシークエンスが長尺にボリュームアップしたのもAIによる臨機応変な対応だった。割を食ったのは、そんな番組の思惑など知る由もないにしろ、もともと長尺で予定されていた手嶌令歌だった。

ここで自分を印象付けるためのハグや握手より、いっそう踏み込んだスキンシップに出る者もいるが、それはある種の賭けとなる。クエーサーの二の腕に触れさせてくれとせがんだり、かわいいと頬を摘まむとかそんなことでオッズは変わらない、むしろ――いやいや。

過ぎたことを振り返ってる場合じゃない、と村瀬リルはブルブルと首を振った。

もう何年も前のことのように感じられるが、実際にはたった十日前のことに過ぎなかった。それだけここでの日々は濃密で目まぐるしかった。

パラパラと進行表をめくっていた村瀬は、ふと見慣れない書類が紛れ込んでいるのを発見して首を傾げる。

――本文書は非公開情報であり、権限を有する者のみが閲覧可能である。

「ん？」

折れんばかりに村瀬リルは首を傾げた。そうか、さっきの食堂でテーブルから苑池と自分の進行表が落ちたときに、苑池のものと取り違えたのだ。書類の出所は理解できたが、だとしてもこれが何なのかはっきりしない。苑池の関わる別の番組の企画書が紛れ込んでしまったのか？　しかし、これは番組制作のためのものとは思えない。村瀬は続けて文書に視線を走らせた。

XXXの管理と維持に関するガイドライン

1. 温度管理
●最適温度範囲：XXXは摂氏15度から41度の範囲で活動的です。この温度範囲を維持することが重要です。
●注意点：体温がこの範囲を超えるとXXXの代謝が異常をきたし、宿主の健康に影響を及ぼす可能性があります。

2. 湿度要件
●湿度レベル：XXXの生存には40％から85％の相対湿度が適しています。

3. 栄養環境

●栄養供給：XXXは宿主の栄養素を利用しますが、特定のビタミンとミネラルが必要です。特にビタミンB群と鉄分の補給に注意が必要です。
●サプリメント：宿主には、これらの栄養素のサプリメントを定期的に投与することが推奨されます。

4. 光と暗闇のサイクル

●日光への曝露：XXXは直接的な日光を避けるべきですが、寄生後は宿主の体表に保護されるため、特別な配慮は不要です。ただし過度の紫外線はXXXに有害な影響を与える可能性があります。
●環境調整：明るい環境と暗闇のバランスを取り、宿主の生活リズムに合わせた環境を整えることが望ましいです。

5. 適応と健康監視

●定期的な健康チェック：宿主とXXXの健康状態は定期的にチェックし、異常が見られた場合には直ちに対応を行います。
●適応性：XXXは新しい環境に適応する能力が高いですが、急激な環境変化には対応しきれない場合があります。

※ここでは鹵獲物Xまたはその宿主を含めた共生体をまとめてX X X《トリプルエックス》と便宜上呼称す

る。

寄生？　頭の中に無数のクエスチョンマークが点滅する。何か生き物の生育の注意点が列挙されている。苑池には、幼い娘がいた（不幸にも父親似の）はずだから、自由研究か何かを手伝っているのかもしれなかったが、どうも文書のフォーマットが物々し過ぎるし、対象生物がXXXと名指しを避けているのも不可解だった。最後のくだりはこうだ。

——この書類は、実験の概要、目的、観察項目、注意事項を概説しています。詳細な実験プロトコル及びデータ収集方法については、別途定められた書類を参照してください。

村瀬リルは深く気に留めることはしなかった。

あとで苑池に会ったらそれとなく聞いてみればいい。仕事の片手間に娘の学業をかいがいしく支えているとしたら、あのおっさんにもいいところがあるじゃないか。それよりも先の思いやられるこの仕事の方が優先事案だ。

「愛もろともに墜ちてゆけ、か」

頭の中で例のフレーズを繰り返しながら、軌道エレベーターのエントランスホールへと足を踏み入れる。ここは水上マーケットほどではないが、雑然と混みあっており、重力との葛藤にケリをつけるべく多くの人とモノが集まっている。直径約三百メートルの地上ステーションには、人員輸送用クライマーと貨物輸送用クライマーとで計十四本の軌道が伸びる。とりわけ貨物輸送にはボロンと窒素で構成されたボロンナイトライドナノチューブのワイヤーが使用されており、薄さ数ミリ、幅数センチながら絶大な引張強度を誇る。さまざまな用途でこのエレベーターは使用されるのだったが、村瀬は特別なリゾート・ユニット用の小さな昇降口に潜り込む。タイムスケジュールの決まった大型クライマーではなく、任意のタイミングで使える小型クライマーは、著名な建築家にして工学者マクスウェル・"マックス"・ストーンが設計した特定用途ユニットであるゼノスケープ・アセンションの関係者専用のものとなっている。

言うまでもなくラブ・アセンションという番組名はこのユニットの名称の一部を借りたものだ。愛の昇天《ラブ・アセンション》。それは性的なオーガズムを連想させもするし、また肉体を超越した至純の愛をも想起させる。

「さ、行くか」手早く髪を束ねて、キュッと内腿を合わせて力を込める。

密封されたカプセルは想像上の死における棺のように、ひっそりした静寂に満たされている。上昇がはじまるまでの短いうたた寝の中、神経症的に仕事に取りつかれていたもうひとりの彼女は、これまでの番組の成り行きを走馬灯めいた夢として再鑑《ダブルチェック》する。まぶたの裏の光景はとめどなく早回しに流れていくが、すべてが起こったことそのままで、夢ならではの脚色も変質もないことにひどく気が滅入った。カプセルは起点を感じさせないほど滑らかに動き出して、村瀬リルの身体をサード・フェーズの行われる高度2000キロの高みに放擲《ほうてき》したが、夢見る彼女の意識は、いまだファーストセクションに置き去りにされたままだ。

ファーストセクション　高度7000キロメートルまで

渡慶次《とけいじ》ライラ

ここは空の高みだ。

こんな場所にキツネは生息していない。

わたし以外のキツネは——と渡慶次ライラは思う。

ここで行われている茶番に興味はない。色恋沙汰を他人に見せびらかすなんて死んでもゴメンだった。こんな場所に愛も酸素もあるものか。役者であり、トリックスターでもある渡慶次ライラは、この番組の制作陣と企図を通じながら、ドラマチックな展開を仕掛けるために雇われた傭兵だ。

他の物欲しげな女どもみたくバカげた金持ちを狙ったりしない。自分のような人間には分相応な相手がいる。それよりもこの番組を引っ掻き回して役者としての知名度を上げるほうがはるかに重要だ。

クエーサーさえ彼女の正体を知らない。

動画配信サービス〈奇观直播《チィグァンジーボ》〉のプレミアム視聴者は、いち早くキツネの正体のヒントを知ることができる。渡慶次ライラのことは、すぐにネット上で取り沙汰されるだろう。しかし参加者は、軌道エレベーターに入った瞬間から外部との通信手段を取り上げられるため、キツネが何者なのかいつまでも疑心暗鬼でいる他ない。

渡慶次ライラは、この番組で名を馳せ、役者としての栄光の階段を昇るために赤道直下の島までやってきた。沖縄出身の彼女にとって島はいつだって心安らげる場所だ。まあ、軌道エレベーターなんてものがおっ立ってる島なんて知らないけどね、と渡慶次は獣っぽく鼻を鳴らす。

キツネに抜擢された瞬間から、料理人という彼女が演じる役回りのために半年間、血の滲むような研鑽を積んだ。それを無駄にするつもりはない。クエーサーも彼女を知らないとなれば、番組側の人間とて序盤でふるい落とされてしまう懸念はあった。

番組に揺さぶりをかけつつ、クエーサーの好意を勝ち取るのは簡単なことじゃない。愛すべきお騒がせ屋であるためには細心の配慮が必要だ。手始めに地上で小さな騒ぎを起こしてやった。崩れたジェンガのブロックに不審な点があると混乱の口火を切った。スタッフとの打ち合わせにはなかったけれど、ある程度のアドリブなら許容されている。異相あざみがそこに不可解なフレーズを読み込むと、多くの参加者も同調した。これは奇妙だった。

基礎教養の高い連中だとはいえ、義務教育の範疇にはない英語の筆記体をすらすら読めるのかは疑問だった。クリスマスに沖縄の基地の子供たちのために、カリグラフィのデザインボードを作るバイトをしたことがあったから渡慶次はそのフレーズをたまたま理解することができた。

ブロックの囲いを掃除ロボットはひとつのメッセージを綴りながら巡ったことになる。異相あざみの意図せざる連係プレーには驚かされたが、ともかくも渡慶次の言葉に扇動されて参加者は露骨に面白がったり、過剰に気味悪がったりしたのだった。キツネの責務は果たしたことになる。

参加者たちは、コテージに残った三人をキツネと疑った。

こいつらちょろいかもな、と渡慶次が侮ったのも無理はない。

もっともっと暴れる余地がありそうだ。

あるいはひっそりと息を殺して気配を断つか。

どちらにしろショーがはじまってしまえば、はなから自分の裁量で動くつもりだった。魅力的なキャラクターならば、視聴者の声がわたしを後押ししてくれるはずだ。うまくいけば、この塔で大きな名声を得ることができる。

渡慶次ライラが怖れているのは、キツネ狩りだけだ。

これは参加者二名が結束することで、キツネを告発できるというルールのことである。告発された者はキツネでなくても脱落となる。しかし真のキツネを見抜けたなら、告発者二名はその場で星花を与えられる。番組全体を通して、キツネ狩りは一度しか行うことができないから、それをしのぎ切れば勝てる。もし番組のサクラであるキツネがまんまとクエーサーに選ばれるなんてことがあれば、称賛と批判が渦巻く伝説的な大番狂わせとして、リアリティショーの歴史にクレジットされるだろう。

ファーストセクションでは空中ハーブ園でのお茶会とかいうイベントが予定されている。十二名の参加者たちはクエーサーとの時間を得るためにお茶を淹れて、優雅な語らいの時間を過ごすことになっている。高山植物を含めた各種ハーブが、ZAの一角で丹念に育てられていた。ガラス張りのカフェテラスからは、眼下に雲の流れと広大な大洋が一望できる。地球の丸みがはっきりとわかり、地上の喧噪ときっぱり切り離されたことが実感される。それは渡慶次に一抹の侘しさを覚えさせた。胸に抱いた野望がケチくさいものに思えてくるからだ。
渡慶次はセイロンティーに輪切りにしたオレンジを添えてクエーサーのために用意した。ティーカップを温めながら、渡慶次ライラは穏やかな昼下がりに祖母とよくお茶を飲んだことを思い出した。若い頃、真栄原《まえはら》社交街の平屋のバラックで春を売っていたという祖母は、酔った客に殴られて耳が遠くなり、その後加齢とともにまったく聴力を失ったから、幼いライラは祖母のために手話を覚えた。シングルマザーで娘を育てるのに必死だった母には、その余裕がなく、老いた祖母とのコミュニケーションに孫娘は活躍した。
――お茶、飲もさー（お茶を飲もう）
――ばあばー、お菓子やーあいびーみ？（お祖母ちゃん、お菓子ある？）
――あいあい。たんまりあるさー（あるある、たっぷりね）
真栄原社交街を遊び場にしていた母だったが、渡慶次ライラはその街の姿を写真でしか知らなかった。ほとんど誰とも口を聞かない祖母とも、手話を通じてならコミュニケーションを取れる。それは沖縄の貧しい少女にとって心細くもかけがえのないことだった。よく熟達した手話であれば、動物や幽霊とだって話せるかもしれないと幼心に信じられた。
その証拠に祖母の死後、いつもお茶を飲んだ縁側で「まーさんやー（おいしいね）」と手を動かしたとき、海からのそよ風に乗って、懐かしい祖母の匂いが鼻先をくすぐった。記憶の中で祖母の体臭と海の匂いが混じってしまったのかもしれない。すぐそばに祖母の存在を感じた。それからというもの渡慶次の手話はもっと多様で奥深いニュアンスを獲得すべくパントマイムへと発展した。

本格的な演技の道へ進むのに時間はかからなかった。

祖母と同じ生業を選ぶこととなった母は渡慶次ライラにだけは別の生き方をさせたかったらしい。必死に切り詰めて貯めた金で芸能プロダクションが経営するスクールに行かせてくれた。彼女の成功は、貧しさを耐え忍んできた渡慶次家の女たちの悲願でもあった。

それから六年が経ってもなお——彼女の演技はすべて祖母との手話の延長だった。全身を使っても、表情や声に工夫を凝らしてみても、それらは渡慶次の手に過ぎない。また皺だらけだった祖母の手でもある。渡慶次ライラはポットを掲げた自分の手を、急須を傾ける祖母の手と一瞬錯覚した。

大丈夫だ、わたしならできる——よね、おばあちゃん？

どんなに遠く大地や海と離れても祖母と引き離されることはない。

「わたしもお話いいですか？」

「もちろん」と三人に囲まれてあれこれとジョークを飛ばしていた暮石剰一は、ささやかな独演会を妨害されてもイヤな顔ひとつせず、渡慶次の願いに応じた。手嶌令歌と孔莉安は取り繕った物分かりのよさで頷くと、目配せを交わしながら「うん、どうぞ」とソファを詰めて、渡慶次のスペースをつくってくれた。「いまジョーたんに面白い話を聞かせてもらってたんだ」と守随紗英が、緑のインナーカラーのショートボブを振りながら馴れ馴れしく言う。横目に、孔莉安の銀髪が流れる。渡慶次ライラの髪は、根元から細かく編み込んだコーンロウだ。

これがわたしのスペースか、と渡慶次ライラは思った。

きらびやかな女たちの尻をどかして、ようやくできたなけなしの隙間だ。ここに自分も尻を押し込んで横並びで競う？

バカバカしい、キツネはそんな殊勝なキャラではないはずだった。

「卒業旅行の南米縦断一人旅でレンタカーがガス欠になった話でしょう？　真冬にガス欠でヒーターもない。このままじゃ凍え死ぬという段になって空軍の用地に迷い込んで夜勤の軍人にガソリンを分けてくださいと訴えたはずが、そいつはなんと付近に潜伏していた刑務所からの脱走兵だった——なかなか面白いですね、どうなるんだろう？　続きが楽しみです。でもこの先は二人きりで聞かせてくれませんか？　ガソリンならほら」と渡慶次ライラは自分のポットを掲げてタプタプと中身を揺する。

「いいね、そうしようか。でもこの話君としたことあったかな？」

暮石剰一はきょとんとした顔付きになる。

「いいえ、あっちのテーブルから聞き耳を立てていただけです。祖母は聴力を失ってしまいましたけど、その代わりわたしは地獄耳なんですよ」

「そりゃ油断できないね。これからは絶対君の陰口は言わないことにしよう」そう言って暮石剰一は席を離れた。「みんなごめんね、また話そう」

渡慶次ライラはクエーサーに付き従いながら、背中に残された三人の恨めし気な視線を感じた。トンビに油揚げをさらわれたような顔つきをしているに違いない。振り向いてじっくり眺めたかったが、それはやり過ぎだ。すべてが終わってから配信を見ることにしよう。みんなごめんね、と暮石と同じ物言いを心の中で繰り返す。

辛いけど、これも仕事なのよ。

ツーショットトークはこの手の番組の花だ。

クエーサーとの二人きりの時間をどのように奪取するかで参加者の手腕と度胸が試される。いまだ脱落者の少ない序盤では、クエーサーと交流できるチャンスは稀で、独断専行の抜け駆けに出る蛮勇こそが、次の展開への起爆剤となる。もちろん獲物をかっさらわれた者が惨めに見えないように番組が編集に手心を加えることはない。

これは豪華に盛りつけられた残酷ショーなのだ。

手嶌令歌、守随紗英、孔莉安は、ほぞを嚙む思いだったはずだ。

歯牙にもかけないといった渡慶次の態度に手嶌令歌は肩を震わせた。

シンと息詰まるような沈黙のあと、参加者たちは三々五々に囁き合う。ヒソヒソとした小声のざわめきが広がるなか、強烈な嫉妬の感情を隠さない者もいた——異相あざみだ。地味で大人しい女だが芯は強そうだ。

「ライラちゃんずるい」

「あいつってかなりヤバいじゃん。令歌のやつはいい気味だけど」

令歌の双子の妹である手嶌紫歌は犬猿の仲だという姉をせせら笑う。プライドの高そうな籾山真帆は冷笑を浮かべているが、あんなものは強がりに過ぎない。我関せずといったふうに一眼レフのファインダーを覗き込んでいるのは南千尋だった。

渡慶次ライラの大胆で行き過ぎた振る舞い、これはある種のゴングだ。

オープニングセレモニーで手嶌紫歌がクエーサーの唇を奪ったことよりも、ライバルのチャンスを目減りさせたという点で、いっそうはっきりとした宣戦布告と言っていい。これから先ほとんどの参加者たちが敵に回るだろうが、それはキツネにとって歓迎すべき試練だった。

「では、さっきの話の続きを聞かせてください」

窓際のソファに陣取った渡慶次ライラは、ウェッジウッドのカップに紅茶を注ぎながら、とても面白い話とやらの再開を促す。ここで浮かべるべき笑みは優雅で魅惑的なものであるよりも、必死さを押し隠した健気なものがふさわしい。祖母の若い頃の写真にあったあどけない表情を渡慶次ライラは何度も練習したものだ。

暮石剰一は、うーん、実はね、と悪戯っぽく苦笑する。

「さっきの話は全部嘘、アドリブなんです」とピンマイクを握り込んで声を拾われないようにして耳元で囁くが、高性能な編集AIは唇の動きから発話を再構築してしまうだろう。

「それよりもあなたのお祖母さんについて教えてくれませんか。まだご健在で？」

「いえ、祖母は亡くなりました」虚を突かれた思いで、渡慶次ライラは素直に真実を口にする。

「ライラさん――そう呼んでもいいかな、ライラさんが料理をはじめたきっかけにお祖母さんは関係あるの？」

「ライラと呼び捨てでお願いします。ええと、料理は父に習ったんです」とあらかじめ設定しておいた料理家・渡慶次ライラの生い立ちを慎重になぞって話す。沖縄伝統空手の師範でありながら、ソーキそばの革命家だったという非実在の父親のことを。父と屋台を引いた幼き日からはじめての店を持つに至るまでの苦難の日々。

誰だよ――そいつは、渡慶次ライラは自分の作り話に鼻白む。

父親の顔など知りもしない。

彼女は逞しい女たちに育てられたのだ。

一通り渡慶次の話を聞いたあと、暮石剰一は両手をこすり合わせる仕草をした。老練なマジシャンの手つきだ。

「君を怒らせてしまうかもしれないが、正直に言わせてもらうと……」

「ええ」と渡慶次ライラは大げさに唾を飲み込んだ。

「オープニングセレモニーでご馳走になった琉球の宮廷料理だけど、あれは正直言ってその、あまり現代人の口に合うものじゃないね。もう少しアレンジしたほうがいい。とても斬新な味付けだったのには違いないけれど」

渡慶次ライラは内心腹を立てた。どれだけ練習したと思ってんのよ。

クエーサーの無礼な物言いには、挑発の意図が感じられた。感情的になってはいけない。この番組におけるクエーサーと女たちとの関係は対等なんかじゃない。風下に甘んじられるその優雅さが試されるのだ。

「ご助言ありがとうございます。でも、そろそろ暮石さんのことを聞きたいな。嘘じゃない本当の話を。人生観とか、好きな女性のタイプとか」

渡慶次ライラが動揺を押し隠すために話題を変じると、

「なら、僕が子供の頃大好きだった絵本の話をしよう。昔話だ。あるとき、もんじゃの吉《きち》という男が長者の家で嫁を探していると聞き及ぶ。吉が野原の方へ歩いていくとキツネたちが化け比べをしているところに出くわした」

そこまで言うと、暮石剰一は、ひとつ呼吸を整えてチラリとこちらに視線を差し向けた。渡慶次ライラは、キツネという単語に心臓が早鐘のように打つのを懸命に抑え込んだ。

「一計を案じた吉は、キツネたちに長者の嫁に化けてくれんかと頼むことにした。お礼に油揚げと小豆飯をたんまりやると約束してね。それから吉は長者のところへ行って、嫁の世話をしてやると請け合った。で、ばっちり口利き料をせしめたんだ。とうとう嫁入りの日が来て、キツネたちは介添えの三十人の人間と七頭の馬に化けて長者の家に乗り込む。ひとしきり酒盛りが済むと仲人の吉は帰り、客たちも引きあげていく。祝宴が引けたあと、長者は閨《ねや》で待っているはずの嫁のもとへ急いだ。長者は緊張で強張っている嫁に触れることもなく、朝を迎えた。朝陽が差す頃に起き上がった長者が縁側の戸を開けると、庇にたくさんの馬の骨がぶら下がっていた。驚いた長者は嫁の布団を剝ぐ。するとそこには一匹のキツネが丸まってスヤスヤと寝入っていたというわけ。これはやられたと、長者は若い衆を呼び、キツネを捕えさせようとしたところ、危険を察したキツネはぴょんとどこかへ失せてしまった。どう？　この長者の男はまんまと騙されたってわけだ」

「でも」と渡慶次ライラは首を傾げた。「そんなことをしたら、もんじゃの吉はタダじゃ済まないでしょう？」

「もちろん長者は強面の若い衆を引き連れて、吉の家に行ったさ。すると家には吉の母親がいるばかり。聞けば、吉は馬喰《ばくろう》の仕事にありついて何日も前から家を空けているという。渋々引きあげた長者たちだったが、何日か経って鼻唄混じりに長者の家の前を通りかかる吉を見つけた。嫁入りの件を問いただすと吉はこう言ったんだ。俺は何日も村を留守にしていたから、嫁入りの話すら知らねえよ。あんたらの出会った吉というのもキツネが化けてた姿なんじゃねえのかって」

「なるほど」と渡慶次ライラは手を叩いた。芝居の経験からわかる。これはリアリティラインの話なのだ。キツネが人間に化けられる世界ならば、吉の言い訳もすんなり通るはずである。「賢いヤツですね、その吉って男は。それでこの話のどこがあなたの人生観に影響を与えたの？」

「さあね」と碁石は額にかかる髪をなでつけ、手品は終わりだと言わんばかりに笑う。

「物語のその後は描かれてないけれど、長者はあれから嫁探しの邪魔をしたキツネを皆殺しにしたんじゃないかと思うんだ。騙されたのに腹を立てたわけじゃない。長者がそうしたのは、キツネが美しい嫁に化けたままでいなかったからさ」

こいつは、わたしがキツネだと見抜いているのだろうか？

キツネの正体はクエーサーにも明かされていないはずだ。揺さぶりをかけているだけかもしれないし、本当に昔話を披露したかっただけなのかも、いや、そんなわけがない。真意は見えない。喰えない男だと渡慶次ライラは暮石の評価を改めた――他の女たちは警戒に値しないにしろ、この男は要注意だ。

ことによると、暮石剰一は自分以上の役者かもしれない。

「楽しい時間だったよ。お茶のお礼にこれを」

クエーサーから渡慶次ライラに星花がそっと手渡された。これは授与セレモニーを待たずともインスピレーションを感じた相手にサプライズ的に与えられる一足先の通過パスである。つまりこのセクションに限って渡慶次ライラは脱落の心配がなくなったのだ。

参加者たちの羨望と嫉妬の視線が再び渡慶次に注がれる。

渡慶次ライラは星花を胸に押し当てて、スカートの端のつまむと、これ見よがしにクルリと旋回してみせる。本当なら、キツネが化けるみたいにクリスタルの葉を引きちぎって頭に乗せトンボ返りしてやりたいところだ。

ダメだ。少しばかり目立ち過ぎたかもしれない。人間に化けたままでいないとキツネは殺される。クエーサーはそう言ったのだ。

ファーストセクションで脱落したのは森口遍音と守随紗英の二名。

意気消沈した二人は地上へと戻るエアシューターへ消えていくことになる。

奈落《アバドン》の口と呼ばれるエアシューター内部にはシリコンゴムが張り巡らせてあり、激しくぶつかっても怪我をしない作りになっているが、すさまじい吸引力でそこに呑まれていくのは、なるほど恐怖に違いない。重力が衰えていない高度では、ただ落下するに任せればいい。バキューム機能が搭載されているのは、さらなる高みに及んだとき、チューブ内を自然落下できなくなるためだった。

奈落の口が開くと、二人の女性はヒュッと非現実的な速度で消えた。

渡慶次ライラは、別離の涙を浮かべる他の参加者たちの稚拙な演技を心中で嘲笑う。本当はゴミのように吸い込まれた脱落者たちをおまえたちも面白がっているんだろう？　でもね、こんなときは、静かで深みのある悲しみを想像させるために波の無い水面のような表情でいるべきなんだ。

勝利に酔いながらも渡慶次ライラは胸にひろがる一抹の不安を持て余していた。クエーサーは、確かに渡慶次ライラに星花をくれた。しかし彼女の淹れた紅茶に一口も口をつけることはなかったのだ。
まるでそれが毒杯だと見抜いているかのように。

脱落者インタビュー
1　森口遍音　アスリート

うーん、不完全燃焼ですね、もっといいところまで行けたはずだったんだけど、これってあたしの人生についてまわる何かなのかもしんない。サッカーのインハイ決勝でもそーだったし、プロになってからも大事なゲームに限って本領発揮できないんだよね。あ、いや、負け惜しみじゃなくてですね、スイッチを入れるのが下手ってことで、これも実力ですよ、はい。みんなすごい魅力的な人ばっかだったし、フルパワーでぶつかってもたぶん敵わない相手と見るとあらかじめブレーキを踏んでしまう、そんな癖があるんです。泥臭くギリギリまで攻められなかった。フィールドでもペナルティ覚悟で相手の足削りにいけるタイプっていますけど……でも、あたしはそうじゃない。

暮石さんはマジで素敵な人で、彼を振り向かせたかったってのは嘘じゃないです。絶対にお似合いのカップルになる自信はありました。ただ潤とか令歌みたくメラメラ闘志と色っぽさむき出しでアピールするってのはあたしの柄じゃなかったです。自分の枠をぶち壊しながら強くなるスポーツ競技ならまだしも、これって恋愛だから、等身大の自分を変えちゃったら誰かを好きになるどころか自分を嫌いになる。残ってるみんなはそーゆんじゃないって言うんでしょうね。わかんないけど。

ひとまずこれであたしの恋はおしまい。

思い出はたくさんできたし、振り返ってみればとてもいい経験になりました。参加者のみんなと島での共同生活も楽しかったな。ライラとケーキ作りで悪戦苦闘したり、日蝕を眺めたり、真っ白なビーチで泳いだりね。そうそう絵里子ちゃんが海でクラゲだかエイだかに刺されたときはびっくりしたよね。大事なくてよかったよホント。言うまでもないけど、軌道エレベーターに上がってからの本チャンも緊張感あってワクワクしました。星にはは手が届かなかった。あたしには球遊びのできる地べたが似合ってるんでしょうね。ああ、なんだか話がとっちらかってごめんなさい。

トータルで最高っした。

バイバイ、ラブ・アセンション！

2　守随紗英　自動車エンジニア

こんちわ。初戦敗退の守随で～す。

不甲斐ないところをお見せして、応援してくださった皆さまにお詫びの申し上げようもございません。

しかしながら、短い間だったにせよボクの魅力を余すところなくお伝えできたんじゃないでしょーか。たぶんファンも増えてる。

ふふふ、ゲームに負けて勝負に勝ったといったところかな。

ジョーたんのお気には召さなかったみたいだけど、ボクはああいうちょっとミステリアスな男子は好みだったね。

なんてーの？　憂いを含んだ表情？

ボクと付き合ってもっともっと困惑させてあげたかったなぁ。セクシーだろうな。涎《よだれ》が出るぜ。いや、フラれたって大好きさ。でもまーもっとイケてる男をゲットして見返してやろうって思うよ。

ボクさ、自分がまだけっこう純粋だったことにびっくりしたんだ。

宇宙へと昇るこの番組にちなんで女たちが争奪する男子のことを「クエーサー」と天体の名前で呼んでるんだと思うけれど、本当のクエーサーの中心には強力なブラックホールがあるって知ってた？　文字通りジョーたんにはものすごい吸引力があるよね。これ以上近づいたら、吸い込まれちゃうかもだったから、ここらで脱落して正解なのかもしんない。

ひとつ心残りといえば、もう少し軌道エレベーターを間近で見ていたかったことかな。でも、ゼノスケープをたっぷり味わえたから満足だね。これに参加したのはエンジニア根性もあったんだ。あんな事故のあとでアバドン社の技術力に疑いがもたれてたからさ、どんなもんだろって目を光らせてたつもりだったけど、どうしてこいつは人間が拵《こしら》えたあれこれのなかじゃピカイチにイケてるデカブツだよね。ただ上部構造が拝めなかったのは残念かも。

ここへは、また乗り込むことにするよ。

ボクじゃなくて、ボクの作品がね。エレベーターで一度に運べる物資の重量は一二〇トンって試算が出てるけど、ふふ、今に見てて。ボクの開発した月面車輛が、このエレベーターでわんさか宇宙へ行く時代がやってくるよ。今回は唾をつけといただけってことにしといてあげる。

あ、そうだ。かなり分野は違うけど、同じ理系の異相あざみちゃんとじっくり話せたのもよかったな。もっともっとたくさん一緒に過ごしたかったよ、彼女にはボクの分まで勝ち進んで欲しいと思ってる。そだ、ボクの部屋の荷物はあとで送ってくれるみたいだけど、壁にピンで留めてあるポストカードはあざみちゃんにあげてくれないかな。島で買ったやつなんだけど、偶然にもあざみの花のフォトだったから。

セカンドセクション　高度12000キロメートルまで

ゾーイ・鍵野・オコナー

「あなたのホロスコープは月と火星が星座交換しています。木星からの特別なアスペクトはホロスコープ全体に強力な影響力を及ぼす。繊細で心優しいながらにして闘争を運命づけられ、試練のうちで鍛えられ大きなカリスマを身に着けるでしょう。人生の手綱をスピリチュアルな冥王星に握られているわたしみたいな蠍座の女と相性は抜群なの」

ツーショットトークで開口一番、鍵野ゾーイはまくし立てた。

少しばかり急ぎ過ぎたかもしれない。でも、遅かれ早かれクエーサーは宇宙の真のカラクリを知るはずだ。いまはまだ、おいおい、やべえ女と行き合っちまったぜ、まったく夢であってくれ、という顔をしているにしろ。

鍵野ゾーイは導かれてきた。

宇宙はいつだって自らを明け渡した者の味方なのだ。

「ちょっとわかんないんだけど、つまりピンと来たってことでいいのかな?」

「いいえ、もっと深淵で奥深いことなの」

「深淵か。できれば浅瀬で戯れたいんだけど」

ビーチで戯れる女たちの記憶が思い出される。故意にか不注意にか、参加者の水着がはだけてしまった。青褪めた顔色のクエーサーはそれを知っているのだろうか？

暮石剰一の調子が出ないのは鍵野ゾーイのせいばかりではなかった。

なにしろここは高度12000キロメートルの空の上、エレベーターの外壁に出て何にも守られないむき出しの状態なのだ——スカイウォークと呼ばれる今回のグループデートの狙いは、ずばり吊り橋効果というやつだ。リスクのある環境に置かれた二人は、危機感からくる繋がりを恋愛感情と錯覚する。命綱を装着しているとはいえ、ガラス張りの外壁の足場を歩かされれば、人は想像力の限界を試されることになる。

地表のこまごまとした細部はおろか雲の流動さえ足の下に踏みしめている。ここは地球の中間軌道にほど近い別世界だった。地球の半径の二倍の高度ともなれば重力は地表の十分の一ほどになる。母なる惑星の曲率は目覚ましい視覚効果となり鍵野ゾーイを圧倒した。空のブルーは頭上の暗黒とのコントラストによって際立っているし、ここから見る大気の流れは生き物のようだった。

昼と夜との寒暖差は苛烈なものとなるため、温度調節システムと放射線保護を兼ね備えたスーツが必須で、それらをまとった状態では、肌と肌が触れ合うようなスキンシップは不可能だったが、だからこそむしろ他者の存在がはっきりと感じられた。命綱に万が一のことがあった場合のために、念には念をと、スーツにはパラシュートまで内蔵されている。

これは吊り橋効果なんてものじゃない。

文字通り男女の色恋沙汰など色褪せてしまう神聖な体験だ。

「圧倒されるね」と生気に欠いた調子でクエーサーが言った。

「ええ、何もかもが。どうしてわたしを誘ったんですか？」

「高所恐怖症じゃなさそうだったから。それにあまりお話しする機会もなかったでしょう？　鍵野さんは他の参加者みたいに前のめりには見えなかった。このあたりで、そろそろゆっくりお互いのことを知りたかったんです」

壮大な光景を目の当たりにしてもクエーサーは番組の流れを引き戻そうとする。これはあくまでも恋愛リアリティ番組の一部なのだ。この場所に二人で立ったこと自体を運命だと感じないのだろうか？　地上にいる野次馬どもじゃない。お金でもない。大いなる意志がここへ二人を連れ出したというのに、あくまでも彼はクエーサーという役回りを遂行しようとする。なんという滑稽さ。でもすぐにすべてを理解するはず。

「あなたのことを聞かせてくれませんか？」

暮石剰一に促されて、鍵野ゾーイは話しはじめる。

アイルランド系のミックスとして生まれ育ち、やがて目に見えない世界へと導かれていった若き日のことを。早産で超低出生体重児として生まれたため視力に障害を抱えるのではないかと危ぶまれた鍵野ゾーィは、幼い日から奇妙な光の渦を見た。彼女が小さな神隠しと呼ぶ、数時間から数日に及ぶ失踪は、その優しい光に手を引かれていった帰結だった。慌てふためく家族を尻目にひょっこり戻ってくる娘に周囲はいつしか心配するのをやめて、あれは天使との合宿だと言うようになった。

「どこへ行ってたんですか？　そんなとき何をご覧になったんです？」

「ここだと思う。よく覚えていないけれど、わたしが居たのはたぶんここ。とてつもなく高い塔をよじ登って誰かとこうして話した記憶がある。あれはもしかして未来を見ていたのかも」

クエーサーに感銘を受けた様子はなかった。保護スーツの遮光バイザーから見える横顔は白け切っていたが、鍵野ゾーィの自分語りにはますます熱が入っていった。

「わたしはいつもマイペースな不思議ちゃん扱いでした。でも、それならまだマシ。人の気を引くために突拍子もないことを言うのだと嫌われた。思春期の頃は周囲に合わせようとフツーのフリをしたんだけどね、そうしてると、どんどん体調が悪くなったり怪我をしたりで、それもきっとハイヤーセルフからのサインだったんだろうと思うんだ」

ハイヤーセルフ？　守護霊みたいなものかな、僕も死者となら、たまに話すことがある、と暮石剰一は合いの手を入れたけれど、我を忘れた鍵野ゾーイの耳には届かない。分厚いスーツに覆われて見ることはできない彼女の首筋には、アイリッシュの父親が好きだったホースシューという遊戯にちなんで図形化された馬蹄のタトゥーがある。イヤリングも同じデザインだった。それは杭にU字形の馬蹄を投げて得点を競うというユーラシア起源の遊びだった。鍵野ゾーイが幻視する光の渦は、馬蹄型のシルエットをしていたのだ。

「じゃあ、鍵野さんはありのままの自分で生きることにしたんだね。それで万事快調になった？」

「いいえ、そんなことはなくて、ずっと軋轢《あつれき》はあった。というか、それは真の道を選んだ者には避けられないことなの。あなたもそうでしょう？」

スーツのバイザー越しに、キラキラする眼差しで鍵野ゾーイはひとりよがりに語り続ける。そう、精神世界の巨人たちは無知蒙昧《むちもうまい》な群衆から迫害を受けるものだ。キリストやゾロアスターも厳しい試練に出遭ったではないか。

この番組においてもそうだ。島での共同生活中に彼女は異相あざみとしばしば火花を散らした。あの女は、物質世界よりずっと波動の高い世界のことをまるっきり信じようとしない。鍵野ゾーイがコテージのエネルギーフィールドを浄化するためにピラミッド型の盛り塩を置いたというのに、それを無作法な掃除ロボットが吸い込んでしまった。だから日蝕のネガティブな波動を食らったあげく、あんな不吉なメッセージを受け取ったのだ。家族の醜い諍《いさか》いを持ち込んだ手嶌姉妹をはじめ第三の眼を開いていない愚かな参加者たちにとっては、この軌道エレベーターは塔ではなく地獄への穴になるだろう。

「確かに僕にも軋轢はたくさんあった。鍵野さんの言う火星のパワーに支配されているのかもしれないね。火星は戦いのシンボル？」

「ええ、そうです。でも戦いはどこを目指しているかによって、その意味を変える。闘争心は破壊的なものにも創造的なものにもなり得るの。正しい目的を選んだのなら、それは必要なことだったのに違いないよ。たとえいくらかの犠牲を払っても」

「血が流れても？」

「もちろん」

眼を見開きながら放たれる鍵野ゾーイの断言にクエーサーは肩をすくめて見せたが、はじめて心に響いたようでもあった。そして低く聞こえないほどの声量で「だったらよかったのに」と呟いた。

「すばらしい話をありがとう。でも、もう少し下らない話にも付き合ってくれないかな、海と山のどちらが好きかとか、恋愛では追うタイプ、それとも追われるタイプか、だとか」

「うーん。最初の問いの答えは海で、次のは追われる方かな。わたしは恋愛ではずいぶんと火傷してるの。だから臆病になっていた。でも、ここでは違う。いまは背中に風を感じている。この塔で起こることはみんなわたしとあなたのためにお膳立てされていることだって理解している」

「オープニングセレモニーで貰ったお守りだけど、あれの中身は?」

「乾燥させたヒトデ。海が好きだって言ったでしょう。ヒトデの星の形状には昔から呪術的な力が秘められていると信じられてきた。星を目指すこの旅にもぴったりだと思って」

「ヒトデね、ありがとう。大切にするよ」

クエーサーのげんなりした顔付きはまたしても鍵野ゾーイに気取られることはなかった。そろそろ待ちぼうけを食ったグループデートの他の参加者たちが騒ぎはじめる頃だろう。

鍵野ゾーイは、サプライズの星花を貰って、このセクションをいち早くクリアすることなど考えてもいなかった。まだクエーサーとの関係が築かれていない序盤では参加者たちとの相性や、その魅力よりも単に印象が薄い者が脱落するのだったから、その点では鍵野ゾーイの奇天烈なキャラクターは、この番組においてまだまだ重宝されそうだった。

露骨なヤラセはないにしろこの手の番組では制作側との綿密な打ち合わせのもと、あらゆる刺激的な展開へと誘導されるのは確かだ。そこに番組の意向がまったく介在しないと考えるほど視聴者もウブではないはずだった。

　人間の手による最も大がかりな建造物と、そこで催される虚飾のエンターテイメントの行く末とは関わりなく、天体は運行していく。宇宙の闇が降りてきたように地表の果てに夜が迫っている。闇に抗して都市の明かりが灯っていくと、かすんでいた大陸の輪郭が縁どられた。静かに瞬いていた星々がいっそう高らかに歌いはじめたように感じた。

　すると、ひとつのシルエットが二人の前に現れた。

　南千尋だった。スーツをまとっていても彼女だとわかるのは、首からニコンのカメラを下げているからだ。鍵野ゾーイはいまいち目立たない南千尋がこのセクションで脱落すると踏んでいた。これが最後のアピールとなるかもしれないと寛容な気持ちになった鍵野ゾーイは、クエーサーとのお喋りの時間を譲ってやろうと、手を振って南千尋をこちらへ招こうとした。

　しかし南は「せっかくやし、記念写真撮ってあげよか？」とその場から動かぬままに切り出したのだった。「こんなきれいな夕暮れは一生見られそうにない」

　意外な提案に鍵野ゾーイは戸惑いながら、これも善良さをアピールする南なりの戦略だとすぐに頭を切り替えた。それもいいじゃない。あらゆる狡知はいつかさらけ出されて運命の車輪の下で粉々になる。

乾燥したヒトデみたいに。星屑みたいに。

「じゃあ、お願いしようかな」とクエーサーは微笑み、鍵野ゾーイの肩を引き寄せた。向けられた円いレンズに、鍵野ゾーイは自分が観ることを避けた不吉な日蝕を連想した——

その時だった。

耳を聾するけたたましい音がして、気付けばガラスの足元が抜けて虚空に放り出されていた。重力は軽微になっているとはいえ、一瞬のことで、何が起こったのかわからない。ただ南千尋の手が自分の手を摑んでいるのだけがわかった。鍵野ゾーイを助けるためにとっさに動いたのだ。

「空から何かが落ちてきたんだ」と絡まり合う命綱のせいで密着する形になったクエーサーが言った。「さすがにこいつは演出じゃない」

「すぐに引き上げるよ」と南千尋は苦悶に表情を歪めた。

砕けたガラスの断面に腹ばいになった南千尋のスーツには裂け目が走っている。すぐに温度調節の効果が失われて、冷えゆく天空の夜に体温を奪われてしまうだろう。

酸素ボンベのチューブが破損していれば、さらに悲劇的な事態となりかねない。外壁の凹部に押し込められていた参加者たちにはこの惨状が見えていない。いつもならじろじろと他人の動向をうかがっている参加者たちがこの時ばかりはよそ見していたのだ。

「安心して絶対に助けるから」南千尋は繰り返す。

突っ伏した拍子に南のカメラは首からずり落ち下界に吸い込まれた。

「いいから、わたしたちは落ちないよ」と鍵野ゾーイは訴えた。

「そうだ、何もするな。手を離してもいい。命綱がある」

とクエーサーが言ったが、南千尋は苦笑しながら首を振った。

「ダメ、ドジった。その命綱に腕挟まれちゃって抜けへんわ。メチャクチャ痛い」

「だったら、そのままでいろ、すぐに助けが来る」

暮石剰一が請け合った通りに助けが来るまでの二分間は彼女たちにとって永遠に等しく感じられただろう。本来の重力下であれば、南千尋の腕はとっくにちぎれていたはずだ。すぐに命綱は巻き上げられて、三人は軌道エレベーターのハッチから内部に収容されたが、南千尋のダメージは大きかった。肘の脱臼に加えて、軽度の低体温症に陥っていたのだ。

後の調査を待つ他ないが、推測するに上層のボルトが落下し、ゆっくりと加速度を帯びて、二人の足元のガラスパネルを突き破ったようだ。南千尋が写真の構図を調節するために二人の立ち位置を少し下がらせなければ直撃していたかもしれない。鍵野ゾーイはゾッとした反面、これ以上ない吊り橋効果を得られたと、スピリチュアリストが軽蔑する小賢しい理性で思うが、それ以上にイメージの大きな巻き返しを南千尋は可能にした。あんな捨て身の行動をここにいる他の誰ができるだろう？

　番組に不名誉なアクシデントは配信ではカットされてしまうにしろ、暮石剰一の選定に影響しないはずはない。その証拠に暮石剰一は、ＺＡに備えつけられている医務室に付き添って南千尋の治療をかいがいしく手伝った。その日のすべての予定はキャンセルされたが、出演者には番組進行上の都合だと説明された。また南千尋の怪我は、転んだ際にできたものにしておくと本人に了承を得た。この事故については箝口令を敷いた甲斐あってか、騒ぎ立てる者はいなかった。

　星花授与のセレモニーは翌日に行われた。

「花を受け取ってもらえますか――もちろん片手で結構です」

　飾り立てた姿で居並ぶ参加者のなか、左腕を包帯で吊った南千尋の存在は異彩を放った。参加者の誰ひとりとして彼女の怪我を、たとえ上辺だけであっても、いたわる素振りを見せなかったのは不思議だった。まるであの包帯が見えていないようだ。彼女の名前は最初に呼ばれ、セカンドセクションでひとつ目の星花を授けられた。鍵野ゾーイは六番目だった。脱落に納得のいかない手嶌紫歌はあろうことかクエーサーに手を上げたが、それをボクサー風のダッキングで躱した暮石剰一は愛おしむように彼女を抱きしめることで、画面上では手荒なスキンシップのように取り繕った。それを姉妹である手嶌令歌は、冷ややかに見下ろしている。

「ここでお別れするのは残念ですが、あなたとの時間は決して忘れません。ありがとう」

もうひとりの脱落者である籾山真帆は、カメラの前ではっきりと、そう告げられた。彼女は挑戦的に暮石剰一を見つめ返したが、手嶌紫歌のように品位を下げるような真似はしなかった。

鍵野ゾーイは宇宙の歯車がまたひとつ動いたのを感じた。

こんなに空が近いのだから、星々の力が人間に強く働きかけていることをもう誰も否定しないだろう。

幕間のガールズトーク

ZA――ジャグジールーム
手嶌令歌　豊重潤　孔莉安　南千尋　椎葉絵里子

豊重潤　私、まだツーショットデートに誘われてない。あーモヤっちゃう。
孔莉安　令歌さんはもう二回でしょう？
椎葉絵里子　いいな、わたしまだ一回。

手嶌令歌　あ、でも、あんまり進展してないかも。クエーサーにはさ、こう壁があるって
いうのかな。踏み込もうとすると、ちょっと身構えるクセがあるんだよね。うーん。
豊重潤　ただ、令歌のこと好みじゃないだけじゃん？　そのあたり紫歌だったら、土足で
踏み込んでいって、どうにかしちゃうかもね。ま、落ちたけど。ふふ。
椎葉絵里子　潤ちゃん！
豊重潤　（わざとらしく）あ、ごめんごめん。
手嶌令歌　いいんだって。紫歌のことはなんと言ってもらっても構わない。でも潤ちゃん
の言う通り、ガンガン迫るタイプのあのコが落ちたってことは令歌の戦略が正しいっ
てことね。ここは焦らずじっくり行くよ。
南千尋　クールだねえ。潤ちゃんはメラメラしてるけど。
豊重潤　じらしてるのはわかるけど、そろそろ誘ってくれるはず。剰一ってけっこう駆け
引きするタイプなのかな。それとも本命には構え過ぎちゃうのかも？
孔莉安　あら、ずいぶんとご都合よく考えるのですね。
豊重潤　だってそうじゃない？　もうさ、私に近寄ったら、男なんてすぐメロメロになっ
ちゃうわけじゃない？　したら番組終わっちゃうからさ、いろいろ大人の事情を踏ま
えてさ、グッと抑えてるんだよ。

孔莉安　そんなこと仰っているうちにあっさり脱落なんてこともなきにしもあらずじゃありません？

豊重潤　いやいやいや、ないないない。絶対にない！　だって私だよ！　いまや飛ぶ鳥を落とす勢いの私だよ！　うちのクリニックさ、けっこう芸能人とか来てるんだよね～。そうだ、みんな私より先に脱落したらお安くブライダル整形してあげる。こうして生のボディを見るとさ、顔以外にもいろいろお直し必要そうだから。ふふふ。

椎葉絵里子　ひっど！

豊重潤　……（手嶌令歌にお湯をかけられて）ちょっとやめてよ！

南千尋　あはは。

インサート用個人インタビュー

1　孔莉安

豊重さんには負けたくありませんね。きっとすぐに落ちると思います。それに彼女もけっこう顔イジってらっしゃるでしょう？　うーん、なんだか鼻筋が不自然じゃありませ
ん？　まあ、ご自身がクリニックの施術サンプルというわけでしょうね。

2　手嶌令歌
潤ちゃんはねえ、本当は焦ってるんだと思います。あれって余裕のない人の振る舞いかなって。令歌は自信ありますよ。絶対に次も星花貰います。

3　椎葉絵里子
もう体調は万全です。でもスタートダッシュかけ損ねたから、まだ自分を出せてない。正直、このままじゃ落ちるなって思ってる。女の子たちともあんまり気が合わないっていうか、苦手で、全部が、すっごく不安かも。

4　南千尋
ようやく盛り上がってきたって感じ？　ワクワクします。暮石さんのこともっともっと知れたらいいな。

5　豊重潤
みんな眼中にないですね。手嶌姉妹は同じ顔してるんで、片方ダメならもうひとりも先はないでしょ。莉安とかはさ、男性に癒しを与えるタイプじゃないもんね。恋人にはよくても結婚、それから家族をつくるとなるとねえ。あと千尋はドジっ子ムーヴでいくのはいいけど、そもそもあの歳じゃキツイっていうか視聴者だって鼻白んじゃうよね。絵里子もそうだけど、わざとらしく弱さを演出して同情を引こうとするのは典型的なメンヘラ気質で、剰一だってバカじゃないんだからそんなのすぐに見抜くよね。それとも、あの二人のどちらかがキツネだったりして？（含み笑い）

3

トーキング《T》ヘッド《H》——それは顔面のアップあるいはバストショットでのインタビュー撮影のことで、恋愛リアリティ番組において、ある種の象徴として機能する。THはあらゆる場面にインサートされ、参加者自身がそれぞれのシーンを釈明し、実感を吐露しているように見せかける。しかし制作側は撮りためた映像と談話をトリミングし、任意のシーンに嵌《は》め込むことで、実情とはかけ離れたニュアンスを捏造することができる。

「よく来てくださいました」

この日、椎葉絵里子は、インタビュー用の特別室に呼び出されたわけではなかった。むしろ村瀬リルが椎葉の願いを受けて時間を割いた。

「お忙しいところすいません」と椎葉はペコペコと頭を下げる。

椎葉絵里子の声量はいつも大き過ぎるか小さ過ぎる、と思いながら村瀬リルは厳密に定められた画角で椎葉絵里子の胸より下の部分を切り落とす。

残るのは、ぺちゃくちゃ喋る頭部《トーキングヘッド》だけだった。

「本当にすいません」女の頭部はくどいほど繰り返す。

いえ、仕事ですからと応じるのは、最上のやり方ではなかった。ここではビジネスライクに振る舞うより、親密な友人として接するべきだ——少なくとも、そう思わせることが肝要だ。

「大丈夫ですよ、いつでも気軽に声をかけてください」

村瀬リルはとびきりの笑顔を装った。

呼び出されるのはもう七度目だった。

椎葉絵里子は村瀬リルに依存しているのかもしれない。心の拠り所なのか手頃なガス抜きの相手なのか、そのあたりはわからない。

「またいろいろと聞いてもらいたくて、お呼びたてしました」

おびただしい雑用のかたわら、村瀬リルは参加女性たちのケアを任じられている。引き受けたはいいが、いざ取り組んでみると、これはなかなかの難行だった。なにしろ潜在的に敵同士である女性たちの共同生活は、どれほどウマの合う相手であったとしても気楽なものにはならない。ましてやスマートフォンやPCの持ち込みは禁止され、外部との接触はできないとくれば大きなストレスは免れない。

ここはゴージャスで艶めいていても一種の監獄なのだ。

だからなんでも話せる村瀬のようなスタッフが参加者たちにとって不可欠だった。画面の中で美しく輝いている女たちも、その内面は多かれ少なかれ悲鳴を上げている。とりわけ椎葉絵里子は怪我のこともあり、メンタルはかなり不安定で——つまり番組としてはおいしい何かをしでかしてくれそうな期待値が高いから——目を離すわけにはいかなかった。

「うん、なんでも言ってください。どんな小さなことでもね」

親切めかした言葉を村瀬リルは重ねていく。

罪を告げるための告解室と音響技師レオ・フレッチャーはこの部屋を皮肉って呼んだ。背景には赤いカーテンが波打っており、いくつかのシェードランプとキャンドルの灯りが滲んでいる。なるほど荘厳で儀式ばった雰囲気と言えないこともない。

ライティングには絶妙なバランスが要求される。煌々とした明るさは告白に適さないが、仄暗く退廃的になってもいけない。照明設備にはいつでもインタビューにぴったりの光量がプログラムされている。

カメラの被写界深度は深くない。

というのも、視聴者が参加者自身の内面にフォーカスできるように他のオブジェクトからピントを外したのだ。据え置きしたカメラのフレームのやや左寄りの椅子にインタビューを受ける女性は座ることになっている。ディーンの法則によれば、映画や漫画などで左を向いている人物は未来への志向とポジティブな精神性を表現するが、右を向けば、その意味は反転するという。

それは過去への退行であり内省だ。

告解室にふさわしく、椎葉絵里子は画面に向かって、かすかに右を向く。

「具合は、すっかりいいんですか？」

椎葉絵里子が入室した瞬間からカメラは回っている。カメラはもちろんピンマイクなどの機材は決して画面に映り込んではいけない、これはリアリティ番組のリアリティを担保する要件である。椎葉絵里子のかすれ声を拾うための超小型ワイヤレスマイクはわずか数ミリサイズのもので、衣服の繊維に付着させても画面上からは視認できない。

「もう体調は万全です。でもスタートダッシュかけ損ねたから、まだ自分を出せてない。正直、このままじゃ落ちるなって思ってる。女の子たちともあんまり気が合わないっていうか、苦手で、全部が、すっごく不安かも」

おどおどした素振りは抜けきらなかったものの、腰を落ち着けたとたん椎葉絵里子は一気呵成に不安をぶちまけた。このくだりはそのまま素材にできそうだ、と村瀬リルは内心ほくそ笑む、と同時にささやかな良心の痛みが胸の奥にあった。

あらかじめ制作陣は参加者たちにこう告げてある。

――カメラの前だけでは本音を話してもいいですからね。

シンプルだが効果的な心理トリックである。

欺瞞に充ちたレンズとマイクの前こそが、君たちの唯一の避難所だと錯覚させる。これは詐術というより洗脳に近かった。長期にわたって閉鎖環境に置かれた人間は、驚くほどたやすく説得されてしまう。

こうして女たちはグロテスクな輪郭に閉じ込められていく。

あらかじめ、この手の番組にはいくつかの予測プランが立てられている。

どの参加者が序盤で消えていき、誰が最終局面まで残るのか。

脱落を見込まれた参加者の醜悪な面は矢継ぎ早に公開されていくのに対して、勝ち残った者は同じく口汚い言葉を吐いていても、それは配信時に制限されるから、恋愛リアリティ番組を支えるシンデレラ願望は温存されるというわけだ。だから心美しい者が残ったように見える。

清純無垢な女が存在しないのと同じく、悪逆非道な女もいない。

それらはフィクションとして生成されたものだ。多かれ少なかれ、彼女たちの言動は本来のものからズラされ、ねじ曲げられる。そして悪意を秘めたもの、ヒステリックなものとして加工されたあげく、飢えた視聴者のもとへ撒き餌としてばら撒かれる。

モニターを圧する数々の話者《トーキングヘッド》――シュレッダーにかけられたように切り刻まれた顔と声を煽情的な怪物へと作り直す作業。これは吐き気のするパズルだったが、村瀬リルはこの汚れ仕事に慣れはじめていただけでなく、おぞましいことに密かな喜びを感じはじめていた。

「島でエイに刺されたとき、わたし、ああ、やっぱりだって思ったんです。がっかりしたと同時に安心したの。わたしなんてね、そもそも、こんなキラキラした世界に来る人間じゃないって心のどこかでわかってたから。オーディションに受かったのだって奇跡で、だからここで番組がはじまる前に退場するのは至極もっともなことだったんです」

村瀬リルは、自殺防止の音声AIサービスよろしくひたすら傾聴と共感に徹した。弱気にならないで、この番組に選ばれた女性たちは皆特別な魅力があるの、という気休めのフレーズが喉に出かかっていたが、ひとまず呑み込んだ。まだ、ここじゃない。タイミングを見計らおう。

翌日は？　村瀬は呼び水となるワードを投げる。

「あの日は、お昼ごろに、みんなは日蝕を見てました。わたしは相部屋の異相あざみちゃんと部屋に残った。普段は素気なかったあざみちゃんだったけど、二人きりになると口数が多くなって、わたしを看病しながらいろいろ話してくれた。わたしと同じで大人数で話すのが得意じゃないんだってさ。え？　何を話したかって？　そうね、お互いの生い立ちとかやっぱり恋愛についてかな。わたしたち二人とも恋には奥手だけど、一緒にがんばろうって励まし合った。でもね、彼女に似た者同士だって言われたときモヤッとした。彼女は若くして起業したすごい人だから、しがない学校教員のわたしとは天と地ほどの差があるよね。あざみちゃんとも同じレベルで話せる紗英ちゃんならともかく、わたしたちは、ちっとも似てなんかいないもん」

もうすぐだ、と村瀬リルは思った。椎葉絵里子は、そろそろ本題に入りたがっている。独白に弾みをつけるために柔らかい刺激を加える。

「先生は立派な仕事だと思うよ。椎葉さんはきっといい先生だろうね」

いっそう親密さを演出するために村瀬リルは敬語をやめた。

もっと距離を詰めて警戒を解き、椎葉の中にあるグロテスクなものを引っぱり出すために。いい先生……と椎葉絵里子は呆然として呟く。

「わたしが？　立派？」

珍しいことに椎葉絵里子は相好を崩し、けたたましく笑い出した。村瀬リルは椎葉が落ち着くまでジッと待った。彼女はもうとっくに精神の均衡を崩しているのかもしれない。危険水域に入ったら、すぐに救助するか——

あるいはひと思いに介錯してやるべきだろう。

「いい先生だなんてとんでもない」さっきまでの笑みは、沈黙の底に沈んで消えた。次に浮上するのは不穏な一言だった。「わたしが担任したクラスは必ず崩壊する」

村瀬リルは問い返す。「学級崩壊ってこと？」

「三年C組はバラバラになって消えた。二年A組も。うちの学校は穴だらけなの」

——塔ではない。穴だ。愛もろともに墜ちてゆけ。

例のフレーズがリフレインする。村瀬リルは、椎葉絵里子と二人きりで居ることに静かな恐怖を感じた。

「どうして？」

「わからない。食い止めようとしたけれど、何もできなかった」

「あのときの言葉を覚えてる？　掃除ロボットが書いたやつ」

「あれかぁ、あれは誰かの悪戯なんじゃないかな」

と気乗り薄な様子だったが、何か心当たりがあるようでもある。

「もし知っていることがあったら教えて。なんでもいいから」

村瀬さんの頼みなら、と椎葉絵里子は恩着せがましく頷いた。

「……わたしだって確かなことはわからない。でも、たぶんあのフレーズはね、ゲストハウスに備え付けの本棚あったでしょう？　そこに置かれた本の中の言葉だと思う。洋書ばかりだからあまり読まれてなかったけど、わたしは暇なときにチラチラ眺めてた。これでも英語教師だったから、なんとか読めたの。あれは『愛の墜落《ラブ・ディセンション》』のフレーズね」

「愛の……墜落？」

「いわゆるハーレクインロマンスと呼ばれるジャンルの小説。恋のロマンスを主題としたもので、わたしは好き。文字は刺激が少なくていいの。それにね、映像と違って手嶌姉妹みたいな美女が眼に映らないから、自分を当てはめて感情移入できるでしょ？　あー恥ずかしいこと言ってるね」

「その小説って異相あざみさんも読んでた？」

「ううん、読んでないと思う。彼女、フィクションにまったく興味を示さなかったよ。ダメ元で薦めてみたんだけどね。あっ、紗英ちゃんは途中まで読んだってさ。あれは、もともと南米のロマンス小説のオマージュでね、元ネタの『マリア』という小説は随分昔に日本にも翻訳されてるみたいで……」

「そう」村瀬リルは話を脱線させたことを悔やんだ。

不用意に椎葉絵里子の文芸趣味に火をつけてしまったみたいだ。

村瀬リルは共同生活のことに話を向ける。

「あの二人——あざみちゃんと紗英ちゃんだけどさ、気が合うのは本当なんだよね、ただ、ちょっと因縁があるみたいで、実は紗英ちゃんはね、前にあざみちゃんの会社の入社試験受けたことあるみたいで、そのときにあざみちゃんと話したことあるんだってさ。紗英ちゃんは若くして起業して有名なあざみちゃんに憧れてて、それで一緒に働きたかったらしいんだけど、まあでも結果は残念だったらしいの。でもね、ここで出会うなんて縁があるんだと思うよ、うん、試験だけじゃなくこっちも落ちちゃったけど」

椎葉絵里子は村瀬リルの瞳をじっとりと覗き込む。もしかしたらどんなことでも誰かと話せれば気が済むのかもしれない。会話が途切れるのを怖れるようにひたすら言葉を繰り出していく。

「それを聞いたのは紗英ちゃんからなんだけど、あざみちゃんは紗英ちゃんのこと覚えてないから面接のことは言い出せないんだってさ。ところが、あざみちゃんはあざみちゃんで実は覚えてたんだけど、いまさら試験で落としたことを蒸し返せないでいて、お互いに気まずくて、そこは触れないでいるらしいの。面白いでしょ？」

「もしかして守随紗英さんは異相あざみさんを恨んでた？」

「っていうより、うーん、愛憎半ばっていうか、ずっと憧れてたから、きっと子供みたいに構ってもらいたかったんじゃない？　ここで再会したのをきっかけに内に秘めてた感情があんな形で出たんだね」

「あんな形？」

「わたしは掃除ロボットも水やりドローンの不調も紗英ちゃんの仕業なんだと思うな。幼稚な愛情表現だけど」

　確かに機械類に細工をできそうなのは、すでに脱落した守随紗英の他には思いつかない。ここを去った人間をいまさら問い詰めることもできなかった。村瀬リルは自分から探りを入れておきながら、第三者の情報をいろいろと仕入れるのに疚《やま》しさを感じた。相手がキツネならまだしも、通常の参加者と必要以上に親密になるべきではない。一方、椎葉絵里子はあらゆることを共有したがっているように見えた。

　村瀬リルは差しさわりのない台詞を脳内検索して取り出してみせる。

「ありがとう。こんなにたくさん話せるなら、クエーサーにも積極的にアプローチできそうだね。元気そうでよかったよ。今後を期待してるね」

告解室のキャンドルの炎が風もないのに揺らめく。

いや、村瀬の瞳に映った炎が椎葉の眼に反射しているのを、あらためて眺めているのだろう。球面に映り込んだ炎はひどく歪んで見えて当然だ。

ふと視線を椎葉絵里子の背景に戻してみると、やはりキャンドルの炎はぐにゃりとひずんでいた。それだけではない。調度類はさっきより遠くにあるように感じられた。告解室の奥行きは急に間延びしたようだった。

「村瀬さんこそ、疲れてるんじゃない？」

「かもしれない」村瀬リルは眼をこすった。

参加者に身を案じられるとは、スタッフ失格だ。

確かに疲労はピークにあって、もうカフェインも栄養ドリンクも効かなくなっていた。

「あなたの不安はわかったよ。必要なら専門のカウンセラーを呼びましょう。薬も処方させます。でも、まずは友人として悩みを聞かせてもらえる？」カウンセラーや薬が必要なのは私の方かもしれない、と村瀬リルは思う。

「ええ、わたしはここに居るのが不安なの。長い間休職していたのは、学級崩壊を止められなかったせいで復職するのが恐ろしくなったから。そんな時期にたまたまこの番組の参加者募集の報せを見つけて応募したんだけど、まさか受かるだなんて思わなかった」

「どうして応募したの？」

「クエーサーが幼馴染の男の子に少し似てる気がしたから。でも間近で見るとそうでもなかった。幼稚園の頃、医療事故で骨折した足を矯正する器具をつけてて、みんなに笑われたんだけど、その男の子だけは笑わなかった」

「そんなことがあったのね」

痛ましい顔つきで村瀬リルは頷いてみせる。参加者についての情報は事前調査によってある程度まで把握されているから、一部は周知のものだった。

病院側の過誤により治療中に足を骨折した幼い椎葉だったが、それをごまかすために医師が怪我を親の虐待に見せかけたことで、警察と児童相談所の介入によって家族と引き離されてしまう。裁判で勝訴するまで、椎葉の両親は非道な虐待をする親と見なされたのだった。

これはお世辞にも出だし順調な人生とは言い難い。

「足は治ったんだけど、あんまり疲れると昔みたいにX脚に戻っちゃうことがあって、そのときはお願いします。カメラに映さないで欲しいの。歪んだわたしを見ないで」

もちろん、と村瀬リルは約束した。

リアリティ番組の力学はもちろんあなたの醜く滑稽な姿をハイエナのように暴き立てるだろう。あなたのX脚のことも、離婚歴のことも、私たちはおいしく暴き立てる、と村瀬は暗く思う。

「それがあなたの伝えたかったことなんだね」

X脚やバツイチというワードから、苑池のあの文書を連想した。

XXX――トリプルエックス。謎めいた生命体。

「社会のひずみってのは、みんなわたしの中にあるみたいに思える。わたしはひずみをもたらしてしまう。生まれ落ちた家族も、自分の手で築こうとした家族もみんな壊れた。理想に燃えて受け持ったクラスも」

医療、教育、家族、つまり社会におけるほとんどすべてのひずみを彼女は体験した。それどころか、いまでは自身を歪曲そのものと見なしているのかもしれない。村瀬リルは得体の知れぬ認知の狂いが磁場のように彼女を取り巻いているように感じた。

それはなんだろう。

共同体を破壊するサークルクラッシャーのようなもの？

迫害された現代の魔女？

あるいはもっと危険な公共の敵だろうか。

またグワンと視界が揺れた気がした。本当に疲労がピークに達しているのだろう。撮れ高は申し分ないと村瀬は判断する。そろそろ切り上げ時だ。

「壊れないものを手に入れる、そのためにみんなここにいる」

空々しいと思いながら村瀬リルは、カメラを止め、椎葉絵里子の手を握りしめようとした。が、彼女は温もりが相手に伝わることをためらうように、すぐに引っ込めてしまう。エイに刺された手がまだ痛むのかもしれなかった。

脱落者インタビュー

3　手嶌紫歌　フラメンコダンサー

なんなのあの男、マジで私を落とすとかありえる？

しかも私のビンタをひょいと躱すなんて、そこは殴られておけっての。

どうして私がこんな初っ端で負けなきゃいけないわけ。オリンピックの開会式でも踊った私がよ？　どう見ても私っていい女でしょ。マジ信じらんないんですけど。悪夢だわ。まったく頭痛がする。いや百万歩譲って他のビッチどもに負けるのはいいとしても令歌のバカにだけは負けるのは許せない。外見が瓜二つの双子の姉妹だから、内面がモノを言ったとか？　配信されれば、そんな意見が飛び交うでしょうけどみんなクソだわ！

クソだって言うならこの番組もクソよね。

わかってる、これは感動ポルノかつ残酷ショーで、こんなもの観てる連中ったら下劣なアホか、シンデレラ願望が抜けきらない世間知らずに決まってる。みんなとっととくたばればいい。以上。

と、中指おっ立てて去りたいところだけど、私は大音量でがなり散らすだけの子供じゃない。転んでもタダで引き下がってやるもんか。

ここからは紫歌の予言タイムよ。

番組直前に参加者たちの親交を深めるなんて名目でファンタジースウィートな共同生活してたのは、みんなご承知の通りだけど、そこで私はアイツらの本性をいろいろと垣間見たんだ。いい？　断言するけれど、残った連中の中にはとんでもない食わせ者がいる。

ううん、波乱を起こさせるために番組側が仕込んだ〝キツネ〟とは別にね。収録から編集、そして配信にほとんどラグのないこの番組はかぎりなくリアルタイム放映に近いから、たぶんこのインタビューを視聴者が見る頃にはまだ何が起こるかは未知数なんでしょ？

あんたらがリアリティショーのリアリティとやらをどこまで制御できるか見物だわ！　デタラメなことが起こるに決まってる。バカな高校生が親の居ぬ間にどんちゃん騒ぎしたあげくに家を全焼させるみたいなことよ。

きっと最高に盛り上がるでしょうよ！

4　籾山真帆　社会活動家

お疲れ様です。

意に染まぬ結末にはなりましたけれど、非常に有益な経験でした。これからの私の活動の指針も得られたと思いますね、ええ。いえ、むしろこれまでの自分の思想が間違いではなかったとますます確信を深めました。

以前にも述べました通り、私がこの番組へ参加したのには、ある種のフィールドワークの側面もありました。いわゆる広告と娯楽の融合としてのアドバテイメントにおいて自ら実験台となってリサーチするというものです。ここに働いている性的力学とはいかなるものか。このきらびやかで皮相な見世物において搾取と収奪がどのように構造化されているのか、そこを突き止めることが眼目でした。クエーサーなる社会階層の頂点に位置する男性を射止めるために奮闘する女性たちという構図は、まさに醜悪なキャットファイトの様相を呈しています。脱落した参加者がエアシューターで海に投げ出されるという演出も、この社会に伏在するミソジニーを顕著にあらわしていると思います。いいえ否定なさらないでください。ずぶ濡れの失意の女性にカメラを向ける、その暴力性をあなたも自覚すべきなのです。

は？　いまの心境ですか？

ですから先程から述べているとおり、このリアリティショーのコンテクスト自体がある意味でカリカチュアライズされた権力勾配の一形態であり……いえ、もういいでしょう。これから先は論文として発表する予定ですので、是非、そちらをご覧ください。そうですね、今回の体験を十全な研究材料とするには、やや脱落が早すぎたのは否めません。エレベーターの建設が及ぼした自然環境や地域社会への影響を盛り込んだとしても、少しばかり散漫なものになってしまうでしょう。いえ、悔しいとかではなくて、憤りを感じているのです。暮石氏への気持ちですか？　そんなもの何もありません。

彼が夢見ているものは判然としませんでした。

会話も立ち居振る舞いも洗練されていましたけど、でもそれだけ。

魅力と言えるものは、そうですね、目尻の傷跡にそっと触れる仕草は好きでした。まだ血が流れていないか確かめているみたいで、なんだかやるせない気分にさせられて少し涙が出ました。

サードセクション　高度２０００キロメートルまで

南千尋

南千尋はまた生き残った。

第三セクションの脱落者は、ゾーイ・鍵野・オコナーだった。

彼女に星花は授けられず、地上へ落とされた。一方、孔莉安は星花を授けられたにもかかわらず、自ら棄権を申し出た。

「剰一さん、わたくしはあなたの隣に立つ人間ではなさそうです。せっかく選んで貰いながら申し訳ございません」

「わかりました。残念です」とだけ暮石剰一は返した。

クエーサーに驚いた様子がないのは、この事態をあらかじめ予見していたからに違いない。本セクションでのデートが孔莉安のスタンスを変えてしまったのだ。

何があったのだろうか？

孔莉安がファッションショーのランウェイを去るように潔く優雅に退場したのと対照的に、スピリチュアリスト鍵野ゾーイは裁定の結果を拒んで、泣きじゃくりながらカーペットに座り込むと、理由を聞くまで帰らないと駄々をこねた。力ずくで追い出せ、と豊重潤が言い、渡慶次ライラが控え目に同調する。南千尋はただいつものようにそんな光景をカメラのファインダー越しに見つめていた。

セレモニーは一時中断されたが、撮影はなおも続行された。これは視聴者が好みそうな、なかなかの見物だったからだ。鍵野ゾーイに応対したのはクエーサー暮石剰一だった。

「君を選ぶことはできなかった」

「そんなはずはない！　星がわたしの手をすり抜けるはずがない！」

「……君の運命の相手は僕じゃなかったんだ」

足を挫いた畜牛をなだめるように暮石剰一は彼女の背中を撫でた。

「だったらなぜわたしはここへ呼ばれたの？　何か意味があるはず！」

腰まで伸びた髪を振り乱し、鍵野ゾーイは叫んだ。

暮石剰一はしばしの沈思のあと、ためらいがちに口を開いた。

「君は知っているはずだ。この軌道エレベーターはかつてのピラミッドがそうだったように秘儀参入者たちのイニシエーションの場だということを。しかし君はすでに高い精神レベルに達しているため、それを必要としない。むしろガイドとしての役割を知らず知らずのうちに果たしていた。しかしここから彼女たちは自らの直感だけで進まなければいけない。わかるだろう？　もう君のオーラフィールドの庇護なしで我々は女性性と男性性の統合を成し遂げる必要がある。だから、ここでいったん身を引いて、愛ゆえに我が子を突き放す母親のように魂の底から祈るんだ。いいね？」

スピリチュアルな観念をなぞりながら、暮石がアドリブでそれらしいデタラメを並べ立てると、ほどなくして彼女のパニックは収まった。なるほど暮石剰一は人の心を掴むのに異常なほど長けている。わずかな接点から相手の深部へ入り込むのだ。

「わかった、わたしはコーザル体となって宇宙で待っている」

コーザル体？　南千尋は首を傾げた。

「そうだ、粗雑な肉体は地に戻して君は一足先に行くんだ」

コーザル体とやらが何であるにしろ、こうして暮石剰一は鍵野ゾーイを丸め込むことに成功した。苦労が偲ばれる。この手の番組のセレブ男性はハーレム状態だなどと妬まれることもあるが、そんな素振りは見せないものの、すべての参加者に気遣いをしなければならないクエーサーの神経は、絶え間なく磨り減り続けるだろう。

彼は稀に見る素敵な被写体だ。

暮石剰一が鍵野ゾーイに耳打ちする瞬間を南千尋はカメラに収めた。敗者はどんな勝者よりもフレームの中で映えるものだ。勝者の栄光は華やかで眩くとも、それだけに過ぎない。一方、敗者の惨めさは、あさましい連中にとってはいかにも食いでがある。社会のなかで満たされない飢えを満たすにはぴったりなのだ。去り行く孔莉安の後ろ姿と、打ちひしがれる鍵野ゾーイを古いフィルムカメラで撮影する。安心して、あなたたちは決して色褪せることはないし、目減りもしない。

永遠の現在のなかにディスプレイされるから。

南千尋はレンズ越しに二人を見送った。

被写体が減っていくのは悲しむべきこと。写真を撮るのは、冷蔵庫に食べ物を保存するのに似ている。誰かの姿をフレームの中に囲い込むことで、その被写体は三次元に生きる生身の人生よりずっと長持ちする。莉安もゾーイもお気に入りの被写体だったから、もっともっといろんなアングルとフォーカスで彼女たちを撮ってみたかった。

ファッションデザイナーである莉安の洗練された服装は南千尋の写真をどこかわざとらしいものにしてしまったけれど、それは新たな作風に眼を開かせてもくれた。瞬間を切り取るような写真がある一方、構図や背景や人物のポーズまで入念に作り込むスタイルの写真もあって、そんな作為性が南千尋は苦手だったのに、孔莉安の美しいドレスやアクセサリーが持つ古典絵画めいた陰影を南千尋はまんざらでもなく感じはじめた。

鍵野ゾーイを撮った写真には、オーブと呼ばれる謎の光芒や、高高度の空を背景にU字型の飛翔体のシルエットが映り込むことがあった。本当に不思議でならない。光学的バグだと退けることもできた。しかしゾーイの写真では、それが偶然とは言えない頻度で生じるので、この不可解な代物を南千尋も天使のサインと受け止めることにした。

二人は南千尋の写真の限界を押し広げてくれた。

そんな彼女たちがここで消えるとは、とても残念ではあった。

でもラブ・アセンションはあくまでも恋愛のための場所なのだから、被写体に後ろ髪を引かれていてはいけない。それにつまるところ南千尋が撮りたいものは彼女たちではなかった。本当に撮りたいものが何なのかはわからないけれど、ここへ来たのは、きっとそれを知るためなのだった。

南千尋は、世界を渡り歩き、数々の絶景にレンズを向けてきた。

性的にきわどいモチーフや、社会的な問題を可視化するような写真を手掛けたこともあった。それは一時的に評判を取ることはあっても、南千尋が心の底から望んでいるものではなかった。せいぜいチルドに納まる程度の作品だった——南はアートのマスターピースを冷凍室級《フリーザー》と呼んでいた——つまり時代を超えて冷凍保存するほどの出来じゃない。

「第三セクションでは、VR空間でのツーショットデートを楽しんで頂きます」

ほんの数時間前、司会進行の霧山宗次郎が丁重な口ぶりで告げた。

今回のデートのお相手に選ばれたのは、と霧山は、懐から〈ラブ・アセンション〉とエンボス印刷された封筒を取り出し、読み上げる。南千尋は霧山のコロンの香りが嫌いだった。

――豊重潤さん。

――孔莉安さん。

――そして南千尋さんです。

選ばれなかった残り五名の参加者たちから落胆の声が漏れた。

南千尋ははじめてのツーショットデートに指名されたことで胸が高鳴ったものの、複雑な気分だった。VR空間では写真は撮れないからだ。

「選ばれた皆さんは、クエーサーと一緒に宇宙船シミュレーターを体験して頂きます。広大な星々の世界で心ゆくまで語らってください」

ZAにあるVRデバイス〈ニューロスケープ〉は、アバドンの子会社であるハードウェアベンダーによってゲーム機として発売される予定である。

このセクションは、この商品のPRを兼ねているのだろう。

南千尋は光学機械を除く最新のテクノロジーに関心はなかったものの、知覚に変容をもたらすアトラクションは大好物だった。

これは子供の頃、家族と楽しんだ遊園地の延長なのだ。

豊重潤、続いて孔莉安が、アイソレーションタンクにクエーサーと並んで横たわる姿を南千尋は何枚も撮影した。身体にぴたりと密着した艶めかしいスーツで男女が同衾《どうきん》する姿は未来の初夜の暗示だ。そして、おあずけを食った他の女性たちの敵愾心を煽る番組の演出でもあったろう。

南千尋には、それは青褪めた二つの死体に見えた。

すでにこの高度において減少している重力をゼノスケープ・アセンションではユニットそのものをリニアモーターで上昇させることで疑似的に発生させ、さらに電磁的な吸着システムによって自重を床に固定させていたが、このセクションでは後者は解除されている。タンク内部の硫酸マグネシウムと水の溶液は首から下の皮膚感覚を消失させるかわりに、タンデムした両者に低次の感覚共有をもたらす。これはクエーサーの心に近づくためのショートカットである反面、自分の醜さをさらけ出す急所にもなり得た。

神経走査されたプレイヤーは、仮想現実に引き込まれるまでの数秒間、不快な失墜感を味わうが、それは精神同期の副作用だった。南千尋はタンクの窓からのぞく、参加者たちの苦悶の表情にもレンズを向けた。まるで拷問を受けているような光景だったが、クエーサーだけは眉ひとつ動かさなかった。測定中の各種バイタルにも変化は見られない。この男は相当な精神力を持っているか、それともただの不感症なのかもしれない。

不感症の男とは付き合えないよ、ねえ、どうなのクエーサーさん?

南千尋は性的に奔放とまではいかなかったが、とりたてて保守的なタイプでもない。もちろん極度に自制的な男がベッドの上では、特殊な性癖を解放するというのはありふれたケースで、それをどこまで受け止められるかは心もとない。かつてアブノーマルな好奇心に突き動かされた覚えはなかった。でも、これは存外に重要なことだ。大人として交際するうえで性的な問題は避けられない。そのあたりも星々の世界とやらで聞いてみたい気もする。とはいえ、カメラを持たない場では南千尋は幾分臆病になってしまうだろう。彼女にとってカメラは世界と触れ合うインターフェイスであり、同時に自衛のため懐に忍ばせる小さなピストルのようなものだった。

約四〇分後に水抜きされてタンクは開いた。

クエーサーより先に豊重潤は半身を起こした。

何か手ごたえがあったのかもしれない。仮想の宇宙でどんな語らいがあったのだろうか? クエーサーは珍しく沈鬱な面持ちでベッドから身体を持ち上げると「ゆっくり話せて楽しかった」と呟いたが、その口ぶりはとても楽しそうには聞こえない。むしろ豊重潤に敵意を燃やしているようにさえ見えた。それなのに勝ち誇った豊重潤は碁石剰一を籠絡したのだと言わんばかりに嫣然《えんぜん》とウィンクをしてみせた。

「こちらこそとってもロマンチックな時間をどうもありがとう」

二時間のブレイクのあと、孔莉安が仮想空間に入った。

豊重潤と同様に、ここで孔莉安の進退が決定づけられたのだろうか。

VR空間において何かがあったのは確実だった。

バイタルが異常を示し、システムに緊急停止をかけられる寸前ながら、彼女はどうにか持ちこたえた。しかしタンクから出てきたときには、ひどく疲弊していた。脱落が決まった彼女を被写体としてシャッターを切った南千尋だったが、VRデート直後の孔莉安を撮影する気にはならなかった。濡れそぼった孔莉安は、涙目で何度もえずいてから、凍えるように肩を震わせた。村瀬リルからバスタオルをかけられると、ようやく落ち着きを取り戻した。

「申し訳ありません。少しパニックになってしまいました」

孔莉安は乱れた銀髪を整える余裕もないまま、ゆっくりと呼吸を整えた。

暮石剰一は孔莉安を遠巻きに眺めながら、ミネラルウォーターのボトルに口をつけた。

目尻の横の古傷が赤く浮き上がって見えた。

「彼女を休ませてあげて。トラウマに襲われたみたいだ」

南千尋は、半ば公表されている孔莉安の過去を彼女自身から改めて聞いたことがあった。あの日蝕の前夜、ゲストハウスに設えられたバーカウンターで二人は飲み明かしたのだった。孔莉安は大量の死者を出したスペースクラフト事故の生き残りで、その記憶のフラッシュバックに見舞われることがあるという。加えて生存者の罪悪感《サバイバーズ・ギルト》に悩まされてもいた。それは多くの死をもたらした災厄の中から、どうして自分だけが生き残ったのかという疚しくも詮無き自責のことだ。

――ですから、わたくしのデザインした服はどれも死装束なのです。

前衛的だと見なされている孔莉安の服には、いつもある種の厳粛さが漂っていた。それはとどのつまりすべてが死者へ手向けられたものであることから来ている。仮想空間における何かが、孔莉安の凄惨な記憶を蘇らせてしまったのかもしれない。

暮石剰一は孔莉安にそっと歩み寄ったが、彼女は怯えたように身を引いてしまう。大丈夫だろうか？　孔莉安を案じた南千尋だったが、他人の心配をしている場合じゃないだろう。次は自分の番なのだ。

今回の孔莉安の不調はデバイスのせいではなく、彼女の健康状態のためだと説明されるだろう。番組とその提携企業に都合の悪いことはフレームの外に排除される。枠組《フレーム》みとそこからの排斥。それは写真であろうと映像であろうとあらゆるカメラにつきまとう成立要件だ。

「そろそろ行けますか？」と村瀬リルから声がかかった。

「ええ、大丈夫です」

孔莉安の打ちひしがれた姿を見ても南千尋は楽観的だった。

「体調はどうですか？　少しでも違和感を覚えたら、ダイヴ中でもストップをかけて頂いてかまいません」

「すこぶる快調」

スーツをまとい、簡易的なヘルスチェックを行う。ドクターからオールグリーンのサインが出た。タンクの中、手を伸ばせば触れられる距離でクエーサーと横たわると、うっすらとした彼の体温が南千尋の肌にまで伝わってくる。カメラを手放したことに不安をおぼえたが、それもタンクに溶液が充填されるまでのことだった。ワクワクする体験が待っている。南千尋はそう直感した。

「すぐに墜落《ディセンション》だ。気をつけて」

例の没入ショックは、暮石剰一の気遣いもあって、少しばかりの眩暈《めまい》に似た感覚があるものの、思ったほどの不快さはなかった。

まぶたよりずっと奥に光がちりばめられた。

すぐにそれは南千尋の外界へとめくれ上がると、星々の世界となって定着した。恒星の火がいたるところで燃えている。

なぜだかわからないが、とても懐かしい気持ちになった。

視点が急速に引いて、宇宙船の内部とそのシートに身体を預けた自分の姿が見えた。正確には手足と胴体――しかしその身体は馴染みのないものだった。南千尋は唖然としながらもじっくりと観察してみる。性別や人種という類型より、ずっと根本的に異なる形態の差が見て取れた。手指は細長く、右手指は三本、左手指は四本ある。左右の対称は著しく損なわれている。地球上の生物の中でこれに近しいものといえばサボテンのような多肉植物だろう。表皮のいたるところに生長点があり、そこから新たな枝が伸びかけているが、おそらくはこれを適時刈り取って、最適なフォルムを保っているのだと思われた。これは異星人の身体だった。こういうアバターが設定されていたのかと思うが、それを訊ねてみようにもクエーサーの姿はなかった。

「剰一さん、どこにいんの？」

口ならぬ発声器官を南千尋は震わせた。こんな姿でも故郷の訛りなのが滑稽だった。白く不定形なフォルムの船内がそれに応じて蠕動《ぜんどう》した。

「ここだ、僕はどうやらこの宇宙船になったらしい」

暮石剰一の声は三六〇度のあらゆる方角から一斉に響いてきた。南千尋の位置からは左右に二つの大きな通路が見える。たとえるならU字路の曲部のあたりにいると思えばいい。二本の通路はきつく湾曲しながら接続されている。

「おかしいな、最初の二人のときはこんなふうじゃなかった」

南千尋は霜取りを怠った冷蔵庫の内部に迷い込んだ気分だった。

「デートというには風情に欠けるわ」と南千尋は軽口を叩く。

でも、これも面白いかもしれない。

「ちょっとした不具合が起きているようだ。運営からのストップも入らないようだし、もしかしたら連中の趣味の悪い演出かもね」

「わかったよ。このまんまでやろ」

南千尋は気を取り直した。置いてきぼりになった他の参加者たちはこんな有様を知ったら大笑いするかもしれないけれど、ここで奮闘してポイントを稼いでやるつもりだった。

関節のない三本の指をギュッと折り曲げて南千尋は自分でテンションを盛り上げた。

「まずはもう一度お礼を言わせてくれ。スカイウォークで助けてくれてありがとう。君は向こう見ずなんだね。ここは勇敢さが評価される世界だ」

「あんなん全然。気にせんで」と南千尋は枝のような手を振ったが、暮石剰一の言葉の意味をすべて理解できたわけではなかった。だとしても数少ないチャンスだ、ここで立ち止まるわけにはいかない。「今日はね、暮石さんの本質の部分が知りたいな思ってて」

「ちょうどよかった。僕もだ。なんでも訊いて欲しい。そのかわり僕も突っ込んだ質問をするかもしれないけど、できるだけ率直な返事が欲しいな」

「うん、じゃあひとつ目、剰一さんて、これまでどんな恋愛をしてきたん？　忘れられへん恋ってある？」色気もなにもあったもんじゃない仮初《かりそめ》の姿で南千尋は切り込んだ。踊るサボテンの恋バナはさぞかし笑いを誘うだろう。

気味の悪い宇宙船は、ためらいがちな声を響かせた。

「恋か……これでもけっこう恋多き人生だったよ。どれも忘れられないけれど、すぐに思いつくのは高校生になってはじめて付き合った女の子かな。陽気で楽しい人だった。一緒にいるとハッピーな空気に包まれるんだ。これは喩えじゃなくてね、何か見えない傘みたいなものが僕たちの頭上を覆っていて、世の中のくだらないものを弾き返してくれるのがわかったんだ。左右の胸の大きさが違うことを気にしててさ、どっちかにサイズを合わせられるとしたらどっちがいいかって訊ねたら、いつも真剣に悩んでたなぁ」

「おっぱいなら誰でも多少は違うて。あとな、いまのうちの格好見てよ、左右対称もへったくれもないよ」

確かにと霜を振り落としながら宇宙船が笑った。

「思春期ってちょっとしたことにこだわっちゃうもんでしょう？　もう気にしてないだろうな。胸のサイズなんてどうでもよくなって、きっと僕のことも忘れてる。僕だって彼女の首から上しか思い出せなくなってる」

「じゃ、次の質問してもいい？」

「待って、次は僕の番だ。千尋はなんで写真家になったの？」

「写真撮られるのキライやってん、なんで、撮る方に回ることにしたんよ。カメラの反対側にいれば、写真に写った自分を見なくて済むしな」

へえ、面白いね、とクエーサーは応じた。

「でもいまは撮られる側にいる。リアリティショーは撮られ続けるものだ」

南千尋は立ち上がって船内を歩き回る。なるほど、これが宇宙人の歩幅なのか。暮石剰一の質問にはどう答えたらいいだろう？　ひとつの空洞から外界がのぞき見えるのだったが、その穴は不規則に動き回っているので、観測できる方角は一定しなかった。これはさまざまな方向にレンズを向ける南千尋の落ち着きのない習性の反映なのだろうか。

「実はうちスランプだったんです。無作法にカメラを向けられる被写体の気持ちを知りたかったのかもしれへん。これに出れば何か突破口が見えるて思って……もちろん暮石さんと会いたかったのが一番ですけど」

最後の部分はとってつけたように聞こえてなければいいけれど。

「君にとって最高の写真は？」

その問いかけに南千尋は自分でも思ってもみなかった答えを口にした。

「家族写真」

「ご家族との関係は？」

「父も母も健在でいまでも関係は良好です。姉と弟ともいまでも週に一回は電話で話すし。平凡などこにでもある家族かな。それでもやっぱり特別なんでしょうね。まだうちが写真を嫌うほど自意識が芽生えてなかった頃の写真見るとな、どんな有名な写真家の作品よりも、ええなあて思うわ」

たぶん南千尋は両親のような平凡な家庭を作りたいのだろう。

ならばどうしてこんな見世物で伴侶を探すような真似をしているのか。

わからない。写真家とは自分自身の内奥にレンズを向けるのが最も下手な人種なのに違いない。

「家族《ファミリア》」ポツリとクエーサーが呟いた。

ここが現実世界なら、暮石の表情が拝めたのに、仮想空間ではそれが叶わない。

「ええ、恋が実った先には何があるかっていうと、どんだけ古臭い考えやて言われても結局、結婚や思うんです。色んな形の関係があってええよ。けど、少なくともこの番組のコンセプト的には、結婚がゴールやしハッピーエンドでしょ？　恋愛の末に血のつながらない者同士がひとつ屋根の下で家族になるその軌跡はたぶんずっと廃れへん信仰みたいなんで、あらゆる幸せのイメージはそこから温泉みたいに湧き出してる」

「もし将来自分の家族を作ったら、君は撮影に回るのか、それともフレームに収まる？」

「ほんまは撮りたいけど、家族写真に写ってへんのは寂しいな。だからたまには撮ってもらうことにするわ」

大昔の写真家の受け売りに過ぎない持論を南千尋は説く。

「人の写真を撮るのは恐ろしいことである。何かしらの形で相手を侵害することになるから。だからうちは傷つける側に回った……でも、愛する人ならうちを傷つけんし、たとえ傷つけられてもかまわんし」

「うまく撮れる自信はないな。でも僕も家族が欲しい」

「あれ、うちを選んでくれるつもりになってる？」

彼女は分厚い霜の割れ目の中に宇宙船のコアであろう脈動する器官を発見する。いまにも折れてしまいそうな枯枝めいた腕をギザギザした隙間に差し入れるが、内部は入り組んでいて、とてもじゃないけれど奥まで届きそうになかった。でも諦める気にはなれない。

「やめるんだ。そいつに触れるのは危険だ。僕の中身が流れ込んでくるぞ、それでさっき彼女は――」

孔莉安のことをクエーサーは言っているのだ。デザイナーは自分のトラウマに直面したのではない。暮石の複雑な内面に触れることで、ひどく傷ついた。でも、だからこそ引くわけにはいかなかった。

「もう少し、もう少しなのに！」あと数センチのところでこの不器用な指先はクエーサーに触れることができない。愛にできることは限られている。何者かにそう告げられているようで悔しかった。

とてもじゃないけれど、まだ暮石剰一を愛しているとは言えない。

出会って日も浅い。二人きりで過ごした時間は短く、交わした言葉はわずかばかりだ。この男に選ばれるのは、虚栄心を満たすためじゃない。クエーサーが象徴しているものは、愛に何ができるかではなくて、愛そのものが可能かどうかだ。少なくても南千尋にとってはそうだった。

脱臼した肘のあたりに同じ痛みが蘇るのを感じた。

「あとちょい、いいいい、痛い……けど、ほら、も、もう届く」

その時だった。世界が大きく揺さぶられ、宇宙船から無数の光るものが放出された。いままでは床部に固定された覗き窓から、腕を亀裂に突っ込んだままの苦しい姿勢で南千尋は幻想的な光景を眺めた。白く荒涼とした星にちりばめられたそれらは、ゆっくりと降下してやがて見えなくなった。

「あ、あれなんやろ?」

「さあ、ただ、あれがなんであれ、ずっと消えないで欲しいと思う」

暮石がそう言うと、腕の痛みが和らいだ。亀裂から這い出した霜が南千尋の異なる身体を真っ白に覆いはじめていた。伸ばした手の先で触れたものがなんなのか、まだ南千尋にはわからなかった。

「うん、そんな気にさせる光だった。この宇宙船はきっとあの光を守り育てるためのものだったんだろなって思うな」

没入のときの感覚がまたやってきた。

墜ちていく――それとも上昇しているのか。

仮想空間から眼を覚ました南千尋の頬はびっしょりと濡れていた。

第三セクション・ウェイティングルーム
手嶌令歌　渡慶次ライラ　異相あざみ　豊重潤

渡慶次ライラ　あーマジ萎えるわ。置いてけぼりなんてね！
手嶌令歌　大丈夫、潤ははじめてのツーショットデートだし、たまには花を持たしてあげなきゃね。
異相あざみ　そんなこと言ってさ、本当に星花を持って帰ってきたらどうしよう？　どうしよう！
渡慶次ライラ　潤が？　それはないってば、だってあの子、ナチュラルにゴーマンじゃない？　どういう育ち方したらああなるんですかね。親の顔みたいっていうか、もう祖父母もチェックしたいくらいだよ。フッーの性格悪い女ってさ、同性の前では口悪くても、いざ男の前となるとしおらしくするもんじゃない？　潤てそれやってるつもりなんだけど、女王様ノリがジューシーに溢れ出ちゃってるから、ツーショットになったところで剰一をドン引きさせるだけだよ。
手嶌令歌　ふふ、そうそう。十中八九無意味に失礼なことを言って、イメージダウンするんじゃないかな。安心してあざみ、今回のデートはふるいにかけるためのものだと思うんだ。後半戦に向けての足切りね。合格ラインスレスレのあの子たちは粗探しをされる。
異相あざみ　じゃあ、デートに選ばれなかった私たちこそ残るってこと？
渡慶次ライラ　ズズズ（ラム・パンチをすする音）
手嶌令歌　ほら、もうすぐ戻ってくるんじゃない？　賭けてもいいよ。潤はサプライズの星花を貰ってこない。手ぶらでご帰還よ。
異相あざみ　でも他の子が貰ってくるかも……私たちの分が減っちゃう。
渡慶次ライラ　莉安と千尋か。あの二人はどうだろうね。莉安の性格はクエーサーには合わないと思う。アーティストと投資家は、パトロン関係でなら成立すると思うけど、愛情の結びつきにはなりにくいんじゃないかな。それに剰一はファッションにそれほど関心があるようにも見えない。
異相あざみ　千尋ちゃんは？
手嶌令歌　あの子は摑みどころがない。あの天然がキャラじゃなく素なのが吉とでるか凶とでるか——
異相あざみ　あ、潤が戻ってきた！
ウェイティングルームに豊重潤が入ってくる。

豊重潤　た・だ・い・ま。
渡慶次ライラ　どーだった？
豊重潤　うふふ。
異相あざみ　まさか。
手嶌令歌　勿体ぶっちゃって、どーせ手ぶらだって。
豊重潤　ジャーン！（背中に隠した星花をパッと出す）
異相あざみ　やっぱり！
豊重潤　サプライズフラワー頂きました！　そしてみんなが私の陰口言ってたのバッチリ聞いてました！
渡慶次ライラ　ブボッ！（ラム・パンチを吐き出す）
豊重潤　私のデートはみんなのデートの十回分くらいのインパクトがあったみたい。剰一さんもけっこう大胆でさ、ああ、恥ずかしい。
異相あざみ　何したの？　キ、キスしたとか？
豊重潤　そんなどっかの誰かさんの妹みたいな、はしたない真似しないよ。私からはね。
手嶌令歌　（刺々しく）はっきり言いなよ。
豊重潤　うーん、誰だっけ、ファーストセクションなんかで落ちた人の顔とかってもう思い出せないかも。特にさ、色仕掛けに頼るしかない地味な顔のヤツなんて覚えてない。

手嶌令歌　はっ地味？　紫歌の顔が？　それって遠まわしに同じ顔の令歌をディスってるわけだよね。

異相あざみ　そんなことないって、こんな美人そんなにいないよ。

豊重潤　気にしないで、大量生産できそうなお手軽フェイスってだけ。

豊重潤　それってあざみの育った人口より猿のが多い山奥の話でしょ？　東京でも周りには早口のコンピューターオタクしかいない。いい？　令歌の顔はせいぜい中の上くらい。そして私を見なさい、これが上の上の上。

異相あざみ　ジョーノジョーノジョー。

渡慶次ライラ　潤はさ、オープニングセレモニーで握手もそこそこにしてクエーサーを突き放す戦法に出たわけじゃん。それがいまになって急にベタベタしてるってどんな心境の変化？

異相あざみ　一貫性は……た、大切……かも。

豊重潤　戦況は目まぐるしく変わるのよ。恋は駆け引き。柔軟に考えなきゃね。それにこっちから迫ったわけじゃない。クエーサーから求めてきたんだもん。身持ちの固い私も流されちゃった。VRから覚めた瞬間、自然と私たちは手を握り合ってたわ。

異相あざみ　えーずるい！
豊重潤　あざみは素直でかわいいね。この二人見てみて、かなり焦ってるのに平気な顔してるでしょ。やせ我慢は美容に悪いよね。フラメンコダンサーなんだから情熱的になればいいのにね。
手嶌令歌　フラメンコダンサーは妹だってば、わざとやってるでしょ。
異相あざみ　令歌ちゃん、潤ちゃんの挑発に乗ったらダメだよ。潤ちゃんは紫歌ちゃんとバチバチだったから、お姉ちゃんの令歌に八つ当たりしたいんだ。
手嶌令歌　ありがとう。令歌はこんな幼稚な手には乗らないよ。
豊重潤　……そうかな？　犬猿の仲とかって言いつつさ、妹を貶《けな》すと微妙にイラッとしてるような気がするんだけどね〜。
渡慶次ライラ　あんたに絡まれたら誰だってイラつくっしょ。でも、確かに妹のことになると令歌はちょっと感情的になりやすいよね。
手嶌令歌　ふん、あなたたちは何にも知らないんだよ、双子、双子ってさ、令歌はね、あいつのことを双子の姉妹だなんて思ったことは一度もない！
異相あざみ　うーん、なんか複雑だね。ひとりっ子にわからない領域かも。
渡慶次ライラ　そういえば剰一には兄弟はいるのかな？　家族は？

豊重潤　誰か聞いてないの？　まったく使えない連中ね！　そんなんだからここで脱落するんだよ。
異相あざみ　お、落ちるって決まったわけじゃないよ！

4

×手嶌紫歌（28）　フラメンコダンサー
異相あざみ（26）　ソフトウェアエンジニア・起業家
椎葉絵里子（30）　学校教員
豊重潤（27）　美容クリニック経営者
手嶌令歌（28）　バレエダンサー
×孔莉安（29）　ファッションデザイナー
×籾山真帆（23）　社会活動家
南千尋（24）　写真家
渡慶次ライラ（32）　料理家

×守随紗英（26）　自動車エンジニア
×森口遍音（21）　アスリート
×ゾーイ・鍵野・オコナー（30）　作家・スピリチュアリスト
「おーい！　さっさと来いよ」
レオ・フレッチャーはリストを眺める村瀬リルを手招きした。
「ほら、グズグズしない！」
ようやく第三セクションも終わり、この番組も折り返し地点に達した。
参加者の人数はちょうど半分となり、視聴者もそれぞれの顔と名前を記憶した頃だろう。誰を推し、誰をサンドバッグにするかも決めたはずだ。根拠を欠いた好悪はそれゆえに揺るがない。南千尋のデータでのVRデバイスに異常は見つからなかった。プレイヤーの記憶と想像力から仮想空間は生成されるため、あの不気味な宇宙船こそが彼らの望んだものなのだ。素人精神分析家が大量に発生して、暮石と南の心を解き明かそうと躍起になった。いまのところ評判は上々。スタッフらもZAでの生活にも慣れた。しかし村瀬リルは緊張が緩んだことで少し体調を崩した。今朝から熱っぽいのだ。末端のADがどうなろうと誰も構いやしないが、演者たちにウィルスをうつすのはご法度だから、二重のマスクで彼女は顔半分を覆っていた。

「そっちじゃない、こっちこっち！」

気密扉と断熱材との間にあるデッドスペースにレオの足は向かっていた。村瀬リルは人目を気にしながらも、レオの後に従った。

レオ・フレッチャーは、日本から連れてきた音響スタッフで、年齢の近い村瀬リルとは気が合った。デニム地のカバーオールにニット帽をかぶり、その上から音漏れのするヘッドフォンを装着している。漏れてくるのは、陽気なダブ・ステップだったが、音楽の趣味までは村瀬リルとは合わなかったらしく、彼女はうるさそうに顔をしかめた。カリフォルニア生まれでプエルトリコ系のレオは、英語のみならずスペイン語も堪能だったから、日本人スタッフと現地スタッフとの橋渡し役としても重宝された。

「リル、ちょっといいか、例の件だ」

そう言ってレオは村瀬リルをセット固定用アンカーと予備バッテリーとなんだかわからない小道具とでゴチャゴチャした暗がりへと引き込んだ。レオの眉は神経質そうにへの字に垂れた。

「何かわかった？」

「ああ」とレオは頷いてみせる。「驚くかもよ」

苑池のものらしい謎の文書を、村瀬リルは本人に問いただす前に信頼のおけるレオ・フレッチャーに見せたのだ。好奇心旺盛な音響技師は、この謎に食いついたが、のちに村瀬リルはこれを半ば後悔することになる。

「もったいぶるのはナシ、さっさと話してよ。休憩時間ただでさえ短いんだからさ」

「まずはこれを聴いて欲しいんだ」とレオは村瀬リルのスマートフォンのチャットアプリに短い音声データを送信したが、まずは自分のデバイスにつながったヘッドフォンから直にその音声を聴かせた。そこには苑池の声が録音されていた。これは通話記録だろうか？

いや、そうじゃない。これは盗聴記録だ。

チラリとレオ・フレッチャーを見れば、得意げに口を結んでいる。

「レオ、ちょっとこれって」

一瞬、ヘッドフォンを外してレオを睨みつける。

音響技師のレオにとっては、盗聴もお手の物だ。なにしろ近頃の録音機材は小型化が進んでいるし、リアリティ番組に使用されるマイクとなれば、なおさら目立たぬサイズとデザインが追求されているから、本物の盗聴器などよりよほど盗み聞きに適している。

「音を掴むのなら任せとけ」と音響技師は親指を立ててみせる。

どれほど劣悪な環境のもとであっても、レオはサウンドをクリアに切り出してくれる。

リアリティ番組に必要なのは、虚飾を施せるビジュアルよりも思わず胸の内を表現してしまう肉声なのだ。

「苑池さんにドットマイクを仕掛けたの？」

ホクロほどの大きさのワイヤレスマイクをドットマイクと呼ぶ。ダニの生態を工学的に摸倣したこれは、繊維の上に置けば、わずか三ミクロンのロボアームが作動して、自動的に内部に潜り込む優れものだった。その微小なマイクの眼の飛び出るような値段に村瀬リルは驚いたことがある。

「薄汚ねえドラゴンズのキャップのつばに埋め込んだんだ。あれなら四六時中身に着けてるからね。苑池の仮眠中に仕込んだ」

あれはドジャースのキャップだと村瀬リルは訂正しなかった。あれだけボロボロなら、パンティや破れた鍋をかぶっているのと大差ない。

「いや、そうじゃなくてさ、何もここまでしなくたって」

「ここまでしたことをあと数分後に感謝するよ」

続きを聴いてみな、と促されて、またヘッドフォンを装着する。

苑池　上からのお達しだ。もうちょっと過激に煽ってほしいとさ。データが取れねえんだとよ。

……　鹵獲物がどれだけ宿主に定着しているかわからないから、慎重に進めろと言ったじゃないか。人体への定着率は低いと聞いた。定着したのはひとりきりなんだろ？　よくてもうひとり？

苑池　たぶんな、まぁ、スポンサー様ってのはいつだってわがまま放題なんだよ。

……　こっちの身にもなってくれよ、いくら金のためとはいえ、得体の知れないエイリアンと間近で過ごすなんて……なぁ、これ以上刺激していいのか？　襲い掛かってきてバリバリ貪り喰われたりしないだろうな？

苑池　ＸＸ《トリプルエックス》Ｘの習性はあくまで寄生した種の方法に則って繁殖することで捕食じゃない。他の動物での実験資料を山ほど見せてやったろ。

……　はぁ、こんな仕事を引き受けたのは間違いだったのかもな。

苑池　あんたが離婚調停中で金に困ってるって言うから、ねじ込んでやったんじゃねえか。いまさら愚痴るな。恋愛リアリティ番組の司会進行の男が一番結婚に幻滅してるとは皮肉だな。何が真実の愛だ。ガタガタ言わず、いいからやるんだ。演者に危険はねえよ。

……　ああ、わかったよ。

音声記録はたったこれだけ。

苑池に盗聴を仕掛けた八四時間のうちから抽出した、わずか数分の会話だった。場所や時刻は判然としない。しかし対話の相手なら声と内容からほぼ推測することができる。村瀬リルはヘッドフォンを外した。

「はぁ！」

シッとレオ・フレッチャーが村瀬リルの口を塞ぐ。

「でっかい声出すなって」

「でも、あんまりにもバカバカしすぎて」

「ああ、バカバカしいよな。でも大の大人が酔狂でこんな会話をするか？」レオ・フレッチャーは興奮して早口になる。「なんだかわかんねえが、この番組には裏の顔がある。壮大でトチ狂った仕掛けがある！」

「……だってエイリアンよ！　これが笑わずにいられる？」

笑わずに村瀬リルは言った。

「何かの隠語かもしれないだろ。とにかく苑池は叩けば埃の出るヤツだ。監督の綿貫《わたぬき》だって絶対に絡んでる。それにあいつも！」

そんなのわかってる、と村瀬リルは腕組みをしてみせる。レオが言うのはこの対話の相手のことだ。この番組に関わる連中はどいつもこいつも詐欺師同然だとわかっていたが、いまや自分もそのインチキの一部だった。

この番組以前にも似たような恋愛リアリティ番組に苑池は携わっており、ある種のヤラセやスタッフへの恫喝が露見し、監督だった綿貫絢三《けんぞう》は首を切られたという。

とりわけ問題となったのは、番組終了後に参加者の女性が世間の誹謗中傷を苦に消息を絶ったことだ。まったく表舞台に現れなくなり、わずかな噂さえ聞こえなくなった。これには番組が故意に彼女のイメージをネガティブなものへ捏造したことが大きく関わっているとされた。

しかし番組の実態を知っていただけでなく、それに加担していただろう苑池はまだこの業界に居座っているし、ずっと干されていた綿貫もラブ・アセンションにおいて数年ぶりに復帰した。悪名とは裏腹にこのコンビの作り出すコンテンツにはゆるぎない人気があった。

「それにしたって荒唐無稽すぎる」

「別の線からも探りを入れてみたんだ」

レオ・フレッチャーは嚙みつくように言った。

村瀬リルから苑池の文書のことを聞いたレオは、南千尋の事故のドサクサに紛れて、医療班の資料や機材を調べたのだという。そもそもこの番組にはヘルスケアのスタッフが多すぎる。検温や採血は入院患者並の頻度で行われる。参加者たちの置かれた特殊なシチュエーションを思えば無理もないと村瀬リルは気にも止めなかったし、実際に椎葉絵里子の体調不良と南千尋の怪我のあとでは、万全な設備と人員はふさわしいだけの規模だったと言えないこともない。

「にしてもだ」とレオ・フレッチャーは語気を強めた。「軌道エレベーターそのものにだって医療設備はあるし、常駐の医師もいる。大掛かりすぎやしねえかって思ってたところにだ、君のタレコミが入った」

「タレコミじゃなくて相談ね」

レオ・フレッチャーに話を持ち掛けたのは、真相を知るという目的としては正しかったが、同時に手段としては大きな間違いだった。まさか苑池に盗聴を仕掛けるというリスクを冒すなんて思わなかった。面白半分で渡るには危険過ぎる橋だ。

「とにかくあの紙切れは、苑池のおっさんにはそぐわない内容だったし、三代続く由緒正しい陰謀論者の家系に生まれた俺にしてみたら、こいつはクセエぞとピンと来たのさ」

「で？」

「南千尋の事故のドサクサに紛れて、俺は医療スタッフのネームプレートを拝借して、印刷されてるデータマトリックスから、医療データベースにアクセスした――」

「あんたヤバいって」

　ここまで大胆に動き回っていれば、遅かれ早かれ足がつくだろう。

が、レオ・フレッチャーに悪びれた様子はない。

「アクセスした先で追加の認証を求められたんだけど、脳波パターンを読み取るニューロ・エンフォースメントで施錠されてちゃ、さすがの俺もお手上げだった」

「よかった。もう勝手なことしないで。レオがどうにかなったら私までマズいことになる」村瀬リルは胸をなでおろした。

　いやいやいやとレオは手を振った。

「変だと思わないか？」

「何が？」

「ニブいな。たかが健康診断のデータにそこまで厳重なセキュリティが必要だと思うか？」

「むぅ」と村瀬リルは唸った。それはそうかもしれない。レオにしては珍しく正論だった。

「でも、じゃあ何なのよ」

「わからない。ただ、ここで行われてるのが、普通の恋愛リアリティショーじゃないのは絶対確実なんだ」

「でも、これ以上手がかりはない。苑さんに直接聞いてみるしかないけれど、それだってまともに答えてくれる保証はないでしょう？」

「そこでだ」とレオ・フレッチャーは言った。「さっきの音声記録で、苑池と話してた人物がいたろ？　そいつにも盗聴を仕掛けてやろうと思うんだ」

「それって——」村瀬リルはゴクリと唾を飲み込む。

苑池が話していた相手なら目星がついている。

あの会話の中で「司会進行の男」というワードが出てきたからだ。

あの声は聞き違えようもない。

ふと視線を走らせた小指の先でピンキーリングがねじれていた。奇妙な変形の仕方だ。仕事中どこかにぶつけたのだろうが、まるで記憶になかった。こいつは何か不吉な予感がするじゃないの、と思った矢先、

「おいおい、勘弁してくれ」

そこにいるはずのない人物の声がして、村瀬リルは心臓が止まりそうなほど驚いた。熱で火照った身体が一気に冷たくなった気がした。セット裏の入り組んだスペースに人が潜

んでいるとは考えもしなかったが、そこからのっそりと人影が這い出てきて、隠れて吸っていたらしい煙草を靴のつま先でもみ消す。レオ・フレッチャーが次にマイクを仕込もうと話した、当の人物がそこに居た。村瀬リルは自分たちの迂闊さにげんなりする。喫煙スペースのないユニットでは、ここだけが愛煙家たちの秘密の楽園だったらしい。

「霧山さん、盗み聞きしてたんですか？」

番組進行役である霧山宗次郎は次の煙草に火をつけながら言った。

「まさか君たちから盗み聞きをとがめられることはないよな？」

脱落者インタビュー

5　孔莉安　ファッションデザイナー

わたくしはもうここには居られませんが、どうぞ皆さんにおかれましては悔いなきよう精一杯頑張って欲しいものです。ええ、こうして地上に降りてみると、あんな場所に居たのはとても非現実的で、どこか異常なことだったと思われます。

なぜ、自分から番組を降りたかですか……いろいろと皆さん仰っているようですね。ネットではこんな意見が多いのではないでしょうか。クエーサーに選ばれておきながら、主役であるクエーサーを拒絶することで、この番組から消えてしまっても、序列として優位に立てるからそうしたと。確かにそうでしょう。最後に選ばれた女性も、彼女を選んだクエーサーを袖にした女よりは落ちるかもしれないのですから。負けるが勝ちよとばかりに安全圏に身を置く卑怯な振る舞いと見なす方もいるでしょう。

しかし、わたくしは視聴者や皆さんにこう考えて貰いたいのです。皆さんが思っているほどわたくしたちは承認欲求の権化ではないし、この番組の女性たちは不毛なマウンティング合戦に拘泥しているわけでもないのです。リアリティ番組のリアリティとは、現実であるよりも、世の欲望を汲み取るその手つきのことです。わたくしは服を作っていますが、あなたがたの欲望の在り方、そのリアリティに忠実でありたいと思っています。ファッションデザイナーの創造性など、世界のリアリティに比べれば吹けば飛ぶようなもの。消費社会に抵抗しているなどとうそぶくデザイナーはみんな嘘っぱちの偽物。わたくしはここで棄権すると決めたのは、自分の虚飾に気付いたからです。ええ、この番組はわたくしに新しいインスピレーションを与えてくれました。これからわたくしの作品は大きく変わることでしょう。それともまったく創れなくなるかもしれませんが……

あのVR空間でわたくしのトラウマが刺激されたのだというご指摘もありましたね。クエーサーも番組内で「トラウマに襲われたみたいだ」と発言しています。それは半分だけ当たっています。確かにわたくしは凄惨な航空事故のサバイバーではありますが、生き残った少数の人間ではあっても、ただひとりの人間ではありません。同じ生存者とは連絡を取り合って、互いに支え合ってもいます。わたくしの創るファッションが死者へ手向けるものであるという通説は、自分の過去を利用したセルフプロモーションなのです。

　深刻な過去の傷を創作へと昇華させるという物語は、大衆のウケがいい。もはや、そのような戦略を隠そうとは思いませんが、ひとつだけ伝えておきたいのは、わたくしはわたくしのトラウマに襲われたわけではないのです。わたくしが襲われたのは他ならぬクエーサーのトラウマです。ご存知のように〈ニューロスケープ〉というVRデバイスは、タンデムプレイにおいて二人のプレイヤーの感覚を低次に共有させます。しかしこれは控え目な表現かもしれませんね、なぜならわたくしはあの時、クエーサーの内側に深く入り込んで、そのおぞましい記憶を見てしまったから。

　ここでわたくしが見たものを語ることはしません。しかし、あのようなトラウマの持ち主をパートナーにすることは考えられません。いえ、正しく述べるなら、あのような記憶を持ちながら平然としていられる人間を伴侶に選ぶことはわたくしには難しい。わたくしが棄権したのは、そのようなわけからです。わたくしは、ついに理解しました。あの日蝕にもたらされた不気味なメッセージの意味を。そう、まさしくここから繰り広げられるのは愛の墜落《ラブ・ディセンション》なのかもしれません。

6　ゾーイ・鍵野・オコナー　作家・スピリチュアリスト

タロットカードの〈塔〉の意味を知っている？

それは大いなる変化。痛みと衝撃をともなう激変。

大きすぎる野心。おごり高ぶった心が破壊される。この番組において高みに上れば上るほどに、打ち砕かれた衝撃は大きい。ここより先は絶望なしでは進むことのままならぬ階《かい》梯《てい》。彼女たちの安寧を祈っているけれど、無傷で終わるはずがない。わたしはずっと夢に見てきたの。塔の高みで愛する人と結ばれる未来を。でも彼はわたしを選ばなかった。

不可解な暗い未来をクエーサーは選び取った。美しいハーモニーは崩れ去った。もう後戻りはできない。恋人たちは、冷たい夜の岸辺に漂着するでしょう。光へと続く道は狭く険しく、わたし以外の伴侶と歩むには危険すぎる。血に濡れた手を繋ごうにも、それはどうにも滑りすぎる。

奈落へ、谷間へ、暗闇へ、みんな墜ちてゆくしかない。

5

ポマードで撫でつけたいつものオールバックではない洗いざらしの髪の司会者は少しだけ若返って見えた。スウェットの上下は似合わないが。

「遅かれ早かれ、彼らは真実に辿り着くでしょう、下手に騒ぎを起こされるよりもこちらに引っ張り込んでおいた方が得策なのでは」

ラブ・アセンション司会進行役の霧山宗次郎は、元アナウンサーでなおかつ愛妻家というう触れ込みだ。既婚者が選ばれたのは、結婚というゴールを目指す番組の性質上、未婚のイケメンが深くかかわることは参加者にとっても視聴者にとってもノイズとなるという意見からだ。

「そこでこうして集まってもらったというわけでして」

演者たちの寝静まった丑三つ時に、村瀬リル、レオ・フレッチャー、霧山宗次郎、苑池寿、そして番組ディレクターである綿貫絢三は秘密の会合を持った。場所は綿貫の部屋だった。めいめいに低重力用加圧式マットレスとソファとに車座となって額を寄せる格好は密談というよりは、修学旅行生のお楽しみといった風情だったが、彼らの居住まいには少なからぬ緊迫が見て取れた。

綿貫絢三は几帳面に片づけられた部屋に他人を招くことを心底嫌がっているようで、早く出ていけと言わんばかりに声を尖らせる。

「わかったよ。君たちには内緒にしていたことをこれから話そうと思う。契約書の類は存在しないけどね、これには守秘義務が発生する。必ず守ってもらわなきゃならないよ。もし受け入れられない場合は、いまからでもこの仕事を降りて貰う。いいかな？」

「そういうのってはじめに言って欲しかったな。ありていに言ってフェアじゃないでしょう」レオ・フレッチャーがまくし立てる。「仕事ってのは信頼の上に成り立ってるんじゃないでしょーか。ねえ？」

自らのミスでこの騒ぎを招いてしまったカメラマン苑池は、綿貫の前で気の毒なほど萎縮しており、ひどく小さく見えた。いつもの横柄な態度は影も形もない。

「すいません、俺のせいで」

「苑池、私たちには後がないんだ。これは貴重なチャンスだ。失敗は許されない。このようなリスクを背負い込むことは絶対にあってはならなかった」

「はい」苑池寿は、ひとまわりほども年下であろう綿貫に完璧な従順さを見せた。村瀬リルとレオ・フレッチャーは視線を交わす。率直に言って苑池の情けない態度は、胸がすくのを通り越して、不愉快ですらあった。

「では、聞かせてくれ、これから私が話すことを絶対に他言しないと、そして聞いたからには、明かされた目的に全力で奉仕してもらわなくちゃいけない。恋愛リアリティ番組なんて所詮は二義的なものに過ぎないんだから」

綿貫絢三という男は、村瀬リルが知っているより、ずっとずっと恐ろしい人物なのかもしれない。年齢は四十手前のはずだが、小柄な体軀に比べて頭だけがアンバランスなほどに大きく、まるでファンタジー世界のゴブリンを彷彿させる。眼には狡猾さと無感情の色がチカチカと点滅している。伸びた小指の爪だけが、入念に磨かれていることを村瀬リルは発見した。

「まずは聞かせてもらえませんか、すべてはそれからじゃ？」

偉そうな口を叩くんじゃねえ、と苑池は村瀬リルを恫喝した。

この男は村瀬リルが憎くて仕方がないのだ。あの取り違えた文書をすぐに苑池に戻したならば、こんな大事にならずに済んだ。このバカな女がろくすっぽ使い道のない脳みそを下手に振り絞ったから、こんな馬鹿げた災難が降りかかってきた。苑池の全身からそんなメッセージが発せられていた。村瀬リルは苑池寿を無視して繰り返した。

「何も知らないのに約束なんてできません」

だからおめえはよぉ、と苑池が身を乗り出すのを綿貫絢三が制した。

「黙っていろ、苑池」

「でも、綿貫さん」

「聞こえなかったか？」

ドスを利かせたわけでもない綿貫の一言に苑池は押し黙った。

「村瀬さん、君の考えはわかった。君は非常に優秀な人材だ。参加者の女性たちへの細やかなケアには感服している。お世辞は抜きにして、この番組の制作になくてはならないスタッフだろうと思う。彼女たちとの間に築いてきた信頼関係を考えれば、なおさらそうだ。にもかかわらず、事の真相を明かしたうえで献身的な協力を得られないなんてことは絶対にあってはならないんだよ。だから約束を取り付けたあとでないと本当のことは話せない。もしイヤだというなら、君が抜けるのは損失であることは承知の上だが、いますぐここを去ってもらいたい」

怪し過ぎるよ、もう降りようとレオ・フレッチャーはここで口を挟むべきだったろう。村瀬リルの手を取って逃げ出すべきだった。しかし彼は沈黙を守った。濡れた瞳の奥に興奮を湛えて。

「さっき霧山さんが言ったように、遅かれ早かれ俺たちは真相に辿り着くだろう。俺はここを去ったとしてもこのネタを追い続ける。けっこうしつこいんだよ俺、こう見えてね。だからもうもったいぶるのをやめて、腹の内をさらけ出したらどうかな？」

レオ・フレッチャーは抜け目なく囁いた。

苑池寿はレオと綿貫を交互に眺めて、落ち着きなく唇を噛んでいる。

「君は早死にするタイプだな」と綿貫は言った。「それも眼を覆うような惨たらしい死に方をするだろうな」

「お袋も祖父《じい》さんも、みんな口を揃えてそう言ってたけど……なんとかまだ生きてるし、蓋を開けてみりゃ、もっともらしい忠告を並べたあいつらの方がさ、先にくたばったよ」

レオは胸で十字を切った。

「覚悟があるということか。それとも無謀なだけか。フェアでいることにさして興味はないが、それが必要ならば、もし我々の計画に乗った場合の待遇を考えよう。下《しも》の世話を誰かに任せるような老齢になるまでの秘密厳守を誓ったうえで、もし番組制作の激務の合間に、ちょっとした仕事をこなせるなら、君らのギャラは三倍になる。ただし先程から繰り返しているようにこれはデリケートな仕事だ。リスクも大きい——というよりリスクがどこまで膨らむのか、その見積もりができないという点が最大のリスクだと言ってもいい。だからレオはいいとして、村瀬リル、君はいますぐあのドアを開け、私の部屋を出ていくことができる。シャワーを浴びて汗といっしょに今夜の世迷言を洗い流したら、スナック菓子の夜食は我慢して眠るんだ。そしてまた明日からもあのバカな女たちとの空騒ぎを続ける。そうすべきだと思うのだが、どうだろうか？」

綿貫絢三の慇懃な忠告は、ことによると慈悲なのかもしれなかった。村瀬リルは上司の命令を真に受けたフリをして、ドアの前まで歩いていく。小さなモカシンブーツが丁寧に揃えて置いてあった。靴の中に白っぽい輝きが見えた。綿貫絢三にはいくつかの不穏な噂がつきまとっていたが、そのひとつはこの男が麻薬常習者だというものだ。この白い粉はそんな噂を証立てるものかもしれない。不審に思った村瀬リルだったが、すぐに気を取り直して人の輪へと戻ると、「冗談ですよぉ、誰が帰るもんか」とおどけてみせた。どうでもいいことに拘泥している場合じゃない。空疎なリアリティ番組は虫唾が走るだけだが、陰謀めいた企みを見逃すつもりはない。ひとりだけ真実《リアリティ》からはじき出されるなんて真っ平だった。

「留まるというのだな。では、ここからは一蓮托生だ。もししくじれば仲良く破滅する。まず、結論から言えば、君らの睨んだ通り、これはある種の生物実験だ。そして同時に社会実験でもある。太陽系縁辺部にアバドンが送り込んだ無人探査船のことは？」

綿貫は、話題を唐突に変えた。

「太陽風と星間物質の衝突地点のヘリオポーズの観測やカイパーベルトの小天体の探査が目的の小型船でしょ。原子力電池の技術的課題をクリアできたことで可能になった。確かハンニバル号」

レオ・フレッチャーが意外な博学ぶりを披露した。

ここで、だんまりを決め込んでいた霧山宗次郎が口を開く。「エリスというカイパーベルト上の準惑星からハンニバル号はいくつかのサンプルを採取した」無駄によく通るテノールだった。「エリスの公転周期は五五八年。氷とメタンの表面を持ち、質量はほぼ冥王星と同じ。見た目もよく似通っている。その名前はギリシャ神話の争いと不和の女神にちなんでいるという」

部屋の壁面モニターに白い球体が浮かび上がる。

凍りついた大気に覆われた、これがエリスなのだろうか？

どこか既視感があった。

「鹵獲物Xとは？」村瀬リルはずばり切り込んだ。

「エリスで採取したサンプルのことだ。ハンニバル号の開発者たちは、この探査の旅をある種の軍事作戦行動になぞらえていた。カルタゴの将軍ハンニバルはカンネーの戦いにおいてローマ軍から大量の武器や装備を鹵獲した。それらは後の戦いの趨勢《すうせい》を決したのだ」

「つまりそれは？」

「君らが予測した通り、ある種の寄生生物だ。エリスの氷の中に仮死状態で眠っていたものだが、地球上の生物との適合率は驚くほどに高い。非活性時の姿はこれだ」

エリスの画像についでリング状の生物が映し出された。

イソギンチャクのような刺胞生物に質感が似ている。

「指輪みたいだ」レオ・フレッチャーが誰の頭にも浮かんだ感想を述べる。

「ああ、不和の女神がもたらした婚約指輪さ」と綿貫。「採取されたのは三十七体。こいつがエリスの原生生物とは考えにくい」

「じゃあ、どうしてこれがエリスに？」レオと村瀬が同時に問う。

「さあな、それは誰にもわからない」と綿貫絢三は首を振り、「ともあれ、こいつが知的生物に寄生した場合の観測データをアバドンは欲しがった。エクアドル政府との官民連携《PP》プロジェクト《P》が発足されたが、いかんせん資金が集まらない。六年前のスペースクラフトの事故でアバドン社の信用は急落したからね。そこで彼らは奇策に打って出た。この研究実験そのものを恋愛リアリティ番組として制作し、その放映権を中国の配信プラットフォーム〈奇观直播〉に売るというね」

「そんなバカなことが！」と声を荒だてながら村瀬リルは頭脳をフル回転させる。

綿貫絢三が語るのは中間軌道を飛ぶ遊覧スペースクラフトの事故のことだろう。それは孔莉安が遭遇した災厄のことでもある。この事故でアバドン社がいまも莫大な額の賠償金を支払い続けているのはつとに知られている。

この実験とやらが秘密裡でありながらショー化した番組で執り行われる理由はひとまず納得できた。しかしまだわからないことだらけだ。次から次へと湧いてくる疑問のどれかをぶつけるべきだろうか。

苑池寿も縮み上がったままではいなかった。

「おまえらの小容量の脳がパンクしそうな気持ちは痛いほどわかる。俺たちだって似たようなもんだ。でも俺と綿貫さんには、この申し出を蹴るって選択はなかった。知ってんだろ？　かつて俺たちは大ヒットを飛ばしたのに、ひとりの脱落者が番組終了後、大騒ぎしたあげくに消えちまったもんだから、綿貫さんと俺はスケープゴートになって干されたんだ。畜生が」

「コレオグラファーだったUTAさんという女性ですね。あなたたちのせいで多くの誹謗中傷を浴びたから、いまは表立った活動を見合わせてるんでしょう。あんたらはひとりの人間の人生をねじ曲げたのよ！」

「ふん、世間にこっぴどく叩かれたのが、俺たちのせいだとでも？」

ラブ・アセンションの雛型とでも言うべき番組の恣意的なフレーミングによってUTAという女性はステレオタイプな悪女に仕立て上げられた。

「もういい」ヒートアップした苑池寿を綿貫絢三はたしなめたが、先程のような厳しい口ぶりではない。感情の見えない綿貫の内側から、うっすらと自己憐憫が滲み出す。エンタメの供給者が、ひたすら視聴者の期待に応えるために一線を越えた。それを後悔するどころか、もっとあくどい見世物を生み出そうとしているなんて、村瀬はこいつらの神経が信じられない。

「いちいち脱線していては埒が明かない。苑池の言う通り、汚れ仕事だからこそ私たちのような脛に傷のある連中に白羽の矢が立ったのだ。裏で何が動いていようと私たちは生き残るためにラブ・アセンションを続けるしかない。墜落は許されない」

「背水の陣ってわけか」レオ・フレッチャーは言った。「あんたらの溢れんばかりの気合いなら十分にわかった。さっさと続けてよ。俺たち下っ端は明日も早いんだからさ」

霧山宗次郎は苦笑した。

「では、そうしようか。配布した資料を見てくれ。苑池さんが一足先に限定公開してくれたみたいだけれど」

皮肉を交じえつつ司会者は流暢な解説をはじめる。苑池の粘っこい目付きを優雅に無視しながら。

「我々がXXX《トリプルエックス》と呼ぶ存在は、ある種の共同性を持つ生物に寄生すると、個体の性質に合わせた特性を付与する。まずひとつとしては性差を持つ種族の場合は異性に対する絶大な魅力を発散するようになる」

「フェロモンみたいなもの？」と村瀬リル。

「いや、むやみやたらに誘惑的な魅力を放つわけじゃないんだ。その個体が求める対象に向けて、ピンポイントで効果を及ぼす。実験対象となったボノボの雄は群れの中で有力な個体ではなかったにもかかわらず、もっとも健康で毛並みのいい雌と番《つがい》になった」

「つまりこのエイリアンは意中の相手を必ず落とせる本物の媚薬になるということ？」

「簡単に言えば、そういうことだ。フェロモンのような代謝物質よりずっと精妙な働きをしているものが何なのか、それを解明すれば、一攫千金どころか、歴史を一変させることも可能だろうね。お気に入りのパートナーの心をずっと射止めたままでいられる。永久保証の夫婦円満というわけだ。これがあれば私も馬鹿げた離婚騒動に足を突っ込まずに済んだな」

霧山は自嘲気味にこぼす。

でも、いつ参加者たちにエイリアンを寄生させたのだろうか？

村瀬リルの疑念を察してか、綿貫絢三が「君は知らないだろうが、このタイプの恋愛リアリティ番組は撮影開始前に長い予備期間を設けることはしない。経費の面からしてもあれは無駄だ」と説明した。

そうか。地上での十日間にも及ぶ参加者たちの共同生活中に、番組側は女たちに未知の宇宙生物を寄生させ、モルモットに仕立てた。そして番組の進行表に疑問を抱かず、唯々諾々と従っていた自分たちはモルモット以下の生き物なのだろう。

霧山宗次郎のテノールが中断された話を再び続けていく。

エイリアンが宿主の意中の相手を虜にする仕組みとは？

「これは憶測にすぎないが、脳に直接作用して対象の嗜好を書き換えていると思われる。おそらくこのプロセスにはクリプトクロムが関与している。量子力学的効果によって渡り鳥に磁覚を与えるタンパク質とされているが、人の視交叉上核《しこうさじょうかく》においても生成される。XXに見初められた対象は、この部位が発達しているという報告がある。とはいえ、詳しい原理はまだ未解明だ」

「恋の磁力に引っ張られるってこと？　それってただの洗脳じゃない」

「そもそも恋愛なんて錯覚に過ぎないともいえる。先を急ぐぞ。もうひとつある。はじめに触れたが――」

「寄生された個体はその性質に見合った特殊な力を得るってやつだな」

レオ・フレッチャーは、面白くなってきたなと言わんばかりに椅子の上で足を組み換え、エナジードリンクを一息に飲み干した。

「ああ、こちらは千差万別だ。高等な哺乳動物については、夜目が効くようになったというささやかなものから、手も使わずに火を起こしたという信じがたい報告もある。玉石混交といったところだ。これについては少なくとも私はあまり真面目に受け取っちゃいない」

「人間だとどうなるんだ？」

「未知数だ。この実験の大きな目的のひとつはそれを突き止めること。ただし得られる能力は個体が持つ背景や性向に左右されるということは間違いない。彼女たちのたどってきた人生と信念体系そのものがギフトに変わる」

贈り物には有難迷惑なものだってある、と村瀬リルは思った。

「そして最後に」と霧山宗次郎は締めくくるように言った。「寄生生物は絶対的なカリスマをもたらす」

「え？」と不快な表情を隠さずに村瀬リルは疑問を差し挟んだ。「さっきの話じゃ性的な魅力は意中の相手だけに作用するって」

「違う、カリスマとなるのは、寄生体が選んだパートナーの方だ。ボノボのケースでは寄生された雄に選ばれた雌は群れの女王となった」

信じがたい話だったが、それが本当ならこのリアリティ番組の持つ意味は根底から覆されてしまう。当然ながら、この実験のことは参加者の女性たちには知らされていない――では？

「クエーサーはそれを承知なの？」

「ここからは私が話そう」と綿貫絢三が話題を引き取ると、ずっとつきまとっていた微熱から来るものでない眩暈が村瀬リルを襲った。

「彼の素性は偽物だ。暮石剰一は投資家などではなく、エクアドル亡命中に逮捕され収監中だった麻薬カルテルの首領だ。大幅な減刑を条件に司法取引によってこの番組に参加したのだ。詳細は知らされていないが、この番組に裏があることは当然ながら承知している。この手の番組ではカップルが成立してもほとんどはその後に別れてしまうのが現実だから、律儀に添い遂げる必要もないと言い含めてある。もちろん動物実験の結果が正しければ、彼もまた寄生者の魅力に抗えないはずだが」

深夜だというのに村瀬リルは声を上げて笑い出してしまう。

「あいつが裏社会のボス？　あんな優男が！」

「普通、こういった番組には出演者が風呂や温泉に浸かるサービス回があるものだろう？　男女が肌と肌を触れ合わせてイチャつくやつだ。アニメにだって温泉回はある。でもな、来たるべき一夜への前戯ともいうべきお披露目がこの番組にはない。なぜだと思う？」苑池が暗い眼で問う。

「女たちがジャグジーでおしゃべりするシーンならあったじゃないですか。あれで充分サービスになっているでしょう。胸を寄せて上げる涙ぐましい努力の甲斐あって、みんな立派な谷間が……」

「んなこたぁどーでもいいんだよ。なんでクエーサーと参加者が素肌でベタベタするおいしいシーンが撮れねえんだと思うよ？」

懸命に頭をひねったが答えらしきものは出なかった。確かにエロチックな男女の入浴シーンがこの番組には欠けていた。

苑池は口惜しそうに唸った。

「暮石剰一の裸が映せねえんだよ。誰が見てもギャング丸出しのタトゥーと銃創、それに刺し傷だらけだからな！」

あ、そうかと思わず村瀬は声を上げる。

隠しきれない罪科が男の裸には刻まれているのだ。

チャラついたバカ番組だとばかり思っていたものが、まったく別の相貌を見せはじめた。それも不穏な方向へと。国家と企業が手を組んだ最悪にふざけた陰謀が、ここで行われている。暮石剰一はこの番組のために整形手術をしたうえで偽名まで名乗っているのだと苑池は付け加えた。

「しかし全身の傷跡を処置するのは間に合わなかったのだ」と綿貫。

「あはは、疲れもぶっ飛んだよ。生きていてこんな驚くことがあるなんて思ってもみなかった。しかもこんな恐ろしい茶番の一部に加担してるなんて！」村瀬リルは自分の頰を叩いてみせる。

「もう手遅れだ。君はすべてを知ってしまった。もう手遅れなんだ」

違う、すべてじゃない、と村瀬リルは呻いた。

「一番肝心なことが残されています。彼女たちの中の誰がＸＸＸ《トリプルエックス》なの？」

激しく詰め寄られても小鬼めいた男にうろたえる素振りもない。

そして、ためらいもなくその名が告げられた。

フォースセクション　高度２５０００キロメートルまで

椎葉絵里子
眼前に花が溢れた。
香り漂う生花だけではない。特殊な加工を施したプリザーブドフラワーにドライフラワー、ありとあらゆる花たちが視界を埋め尽くす。

第四セクションのイベントを知ったとき、椎葉絵里子の胸に苦い思い出が蘇った。破綻した最初の結婚のウェディングパーティで、元夫とブーケトス用のボタニカルリースを編んだことがあったからだ。

あれは誰に渡っただろう？　もう思い出せない。

本セクションで女性たちはそれぞれに想いを込めてリースを編むことになっている。星空のリースと名付けられたイベントの趣旨は、クエーサーと共同で花輪を制作しながら互いの心を通い合わせてゆくというものだった。

花輪が象徴する永遠の誓いはすでに一度破られている。

今度は何を誓うべきなのか。

美しい円環にどんな祈りを託す？

椎葉絵里子は自信が持てなかった。

わかっている。インタビュールームで村瀬リルが、そっと椎葉に手を伸ばしたとき、彼女のピンキーリングを歪めてしまったのは自分なのだと。椎葉絵里子の得体の知れない力は美しい輪を破壊してしまう。この番組に参加してから——いや、きっと地上の海岸で何かの生物に刺されてから、不思議な力場が椎葉絵里子を取り巻いていた。感情が高ぶると、周囲のものが醜く変形してしまうのだ。彼女の自室には、奇妙にねじくれた歯ブラシや花瓶やマグカップがあった。浮世離れした鍵野ゾーイではあるまいし、こんなこと誰にも打ち明けられなかった。

でも——

本質的には、これはいまにはじまったことじゃない、と椎葉絵里子は思う。

わたしはずっと歪めてきた。家族や職場を。はじめは自分の足を。

彼女がそこにいるだけで穏やかで幸福な流れがぐにゃりと折れ曲がってしまう。何気なく発した一言が調和を乱す。豊重潤は辛辣な口ぶりで椎葉絵里子にこう言い放ったことがある。

——あなたは壁の前にいる。天然バカの絶壁。女はね、ちょっとばかり顔立ちがよかったり愛嬌があるだけで、ドジで役立たずでも社会に許される期間がある。ううん、むしろもてはやされるの。

豊重潤の言葉は、社会的には不穏当でありながら、椎葉絵里子にとって真実の響きを帯びていた。

——その期間の長さは、彼女の容貌の美しさに左右される。ええ、男にだってそれはあるでしょうよ、たぶんね。でも女にとってそうであるほど残酷な形では終わりは来ない。

どちらにしろ、もてはやされる期間が長ければ長いほど、それまでちやほやされてきた連中こそ、うろたえるハメになる。

それから豊重は言い放った。

耐用期間の終わりだと。

――もう持ちこたえられない。天然キャラが通用しなくなる瞬間ね。あなたくらいにはどほど顔がよくて、なおかつとびっきりズレてる人間には、さぞかし痛烈にそれは訪れる。まず味方だと思っていた男たちは手の平を返す。そして女たちははじめから敵だったことに気付く。

どう、身に覚えがあるでしょう？

何も言い返せなかった。

本当にそうだったからだ。幼い頃に施設に入れられた椎葉絵里子はようやく家族のもとに戻ったとき、足の故障のこともあって、腫物を扱うようにして育てられた。下の弟には厳しい両親も長女である彼女を叱りつけることは稀だったし、そんなふうに甘やかされていることにさえ無自覚だった。対人関係の距離感や人の感情を慮ることが決定的に不得手であることを最近まで理解できずにいた。

他人の容姿や性格の欠点をはばかることなく指摘する彼女を周囲は怖れを知らない人間

だと面白がったが、それはいまにして思えば、たんに無神経だったに過ぎない。椎葉絵里子は恥ずべき不適合を個性と取り違えた。友人たちがひとりまたひとりと去り、結婚に挫折し、受け持ったクラスを崩壊させてようやく、はじめて自分が取り返しのつかない人格破綻者なのだと思い知った。

豊重潤はカメラに映らない場所で椎葉絵里子に告げた。

――傲慢なのは私だって同じ。でも私は傲慢でいるために社会に守られないで生きられる強さを手に入れた。もうとっくに人生の行き止まりだってのに、それに気付かない女が私は大嫌いなの。虫唾が走る。だからね、恥をかかせてやろうと、浜辺で戯れるフリをしてあなたの水着の紐を緩めてやった。貧相な胸がこぼれ落ちるようにね。そしたらあなたはエイに刺されて熱を出した。笑っちゃったわよ。本当に運がない。諦めなさい。あなたは他を押しのけて咲くダリアにはなれない。

椎葉絵里子はここでも何も言い返せなかった。

この世界はありのままのわたしを受け入れてくれない。わたしが世界を歪めてしまう分だけ、世界もわたしをねじ曲げようとしてくる。だとしてもわたしは、そんな不適合を研ぎ澄まして武器に変えるだけの努力もしてこなかった。この果てしない空の高みにやって来ても、まだ自分の境遇を僻んでいるのだから、まったく救いようがない。

潤いを欠いたドライフラワーコーナーの片隅に身を寄せて、椎葉絵里子は途方に暮れた。こんな自分がどんな花輪を編めるのだろうか。他の参加者たちは花々を手に取り、あれこれと構想を練っているというのに、椎葉絵里子にはまだ何の閃きも訪れなかった。

そこへ暮石剰一がやって来て、柔和な笑みを向けた。

「さあ、どうですか。何から手伝おうか？　今日はアシスタントとしてこき使ってくれて構わないよ」

他の女性たちの視線が痛い。クエーサーの気を引くために何もできないかまってちゃんを装っているのだと冷え切った感情が伝わってくる。花を編んで未来を形作ること。そのための一歩目だというのに、椎葉絵里子は泣き言を漏らしてしまいそうになる。

——孔莉安が辞退しなければ、本当はわたしが脱落していたんでしょう？

そうだ、前セクションのセレモニーで、あらかじめ暮石は二人の脱落者を決定していたはずだ。それが孔莉安の辞退によって、本来脱落すべき者がそれを免れたのだ。

それが自分ではないとどうして言える？

「ボーッとしてどうしたの？　花は嫌い？」

「あ、いいえ、そんなことはありません」

「そう、ならよかった。ドライフラワーを選ぶつもりかな？」

みんなは明るい未来を想像させるようなカラフルな花を手に取っている。渡慶次ライラはデイジーとユーカリの葉の取り合わせで鮮やかな花輪を編んだ。そこに彼女のルーツである沖縄のでいごの花をアクセントに加えることを忘れていない。異相あざみはラベンダーの紫を基調にした寒色系のクールなリースだし、豊重潤は大輪の牡丹でインパクトを狙う。

すっかり出遅れてしまった。

「ドライフラワーなら枯れないですからね」

椎葉絵里子は弱気に弁明する。

「これは死んだ花だ。ああ、否定的に取らないでね。僕はむしろ死んだものが好きかもしれない」

それってどういう意味ですか、と訊ねなかったかわりに椎葉絵里子は別のことを問う。

「ぶしつけかもしれませんが、その目尻の傷はどうして？」

ああこれか、と暮石剰一は指先で傷にそっと触れながら呟く。

「これは自分でつけた傷なんだ。ある人に気に入られたくてね。その人の亡くなった甥っ子が同じ箇所に傷があった。僕はその甥っ子に似ていると言われていてさ、だからいっそう似るようにって」

「その人って女性ですか？」

「ちがうちがう、ずっと年上の男性だよ」

想定外のことを持ち出されたのか、暮石剰一はクスクスと笑ったが、

「よっぽど尊敬していたんですね」

椎葉絵里子がさらに話を続けると、にわかに顔色が曇った。

クエーサーは、この話題を歓迎していないのかもしれない。このあたりが椎葉絵里子の空気の読めなさなのだ。子供のように思ったことを口にしてしまう。相手の雰囲気から感情を察することができないで、空回りするだけならまだしも、ひどく不快にさせてしまう。

「ご、ごめんなさい、やめましょう。この話題」

「いや、いいんだ。質問の答えはノーだ。彼は最低の部類の人間だった」

デリケートでなおかつ色っぽさの欠片もない対話だった。

きっと配信ではカットされるだろう――しかし。

尊敬に値しないどころか、軽蔑しているであろう人物のために自傷行為に及ぶなんて一体どういうことなのだろうか。

椎葉絵里子にはわからないことだらけだ。

「本当にもう……こんなこと聞くべきじゃなかったですね」

かわいそうなほどにしょげ返った椎葉絵里子をクエーサーは慰める。

「大丈夫だよ、気にしないで。彼はもう亡くなったし、僕はもう彼の愛した甥っ子に似ていない。すべて終わったんだ。言ったでしょう？　死んだものが好きだって。だからもう彼のことは嫌いじゃない」

暮石剰一はリース作りの芯となる円形のワイヤーを椎葉絵里子に差し出すと、ほら、楽しいよ、と付け加えた。それを受け取った彼女は名前も知らない枯れた植物を不器用な手つきで金属に編み込んでいく。

「そうそう、その調子。独特のセンスがあっていいんじゃないかな」

「そ、そうかな？」椎葉絵里子はぎこちなく微笑んだ。

「バンクシアをそんなふうに使うなんて面白い」

鳥の巣のようなバンクシアの花をメインに、オレンジ系のドライアンドラを添えてみた。それにグレイビアゴールドリーフとタイサンボクの葉も。ドライフラワーらしく枯れた色合いながら、上品で温かみのあるリースが出来上がった。とはいえ、かなりの部分が暮石剰一の手によるものだ。花の名前を教えてくれたのもクエーサーだった。

「すごく綺麗だね。気に入ったよ。絵里子は自分に自信がないみたいだけど、きっと特別な才能があるんじゃないかな？　まだ自分でも気付いていないか、それとも気付きかけてる力が――どう？」

まっすぐに見つめられてキュッと心臓が縮こまる思いだった。

これはときめきなんてものじゃない。ただ萎縮しているだけだ。暮石の前では何かが暴き立てられる気がする。この男のことを好きだというより、恐ろしさの方が勝る。配偶者を手放し、男子校のクラスを崩壊させて以来、男性一般に忌避感を抱くようになっていたけれど、暮石剰一はこれまで出会ったどんな男よりも恐ろしいと感じた。紳士的な横顔の奥に得体の知れない何かが隠れている、そんな予感がする。それでいながら昔好きだった男の子にやはりどこか似た面影がある。足に矯正器具をつけていた頃の椎葉絵里子を他の連中のように決して笑ったりしなかった彼に――

「わ、わたしには特別なものなんて何もないです」

「謙虚さは美点じゃないよ。少なくてもここではね。みんな自分の魅力をアピールするのに必死だ」

「すごいですよね、みんな。わたしなんかとても……」

「もし自分になんの取り柄もないと思ってるなら、どうして参加したの？」

そうだ。ここには自分の魅力を信じて疑わない女性しかいない。あるいはそんな虚勢を張り続けられるタフな人間でなければ勝ち残れない。

「わたし男の人が怖いんです。そう、言っておかなきゃ、わたし一度結婚に失敗してて。元夫がひどい人だったというわけじゃないけれど、何もかもかみ合わなかった」

「それで？」

「いっそひどい人ならよかったんです。あの人はね、誰もが羨むというようなハイスペックな夫じゃなかったけれど、善良で物静かで優しい人。だからこそ、そんな普通の人とも幸せになれなかった自分が他の男性とやっていけるとは思えなくなった」

「それで男性が怖くなった。それとも自分に愛想が尽きた？」

「たぶん両方。ここに参加したのは、そんな性格を克服できるかもって思って。恋愛リアリティ番組で女性に取り囲まれてる男の人って、王様っていうより、どこか孤独で弱々しく見えたから、もしかしたら大丈夫かもって」

「僕も弱々しく見える？」

「そうは見えません。でも寂しそうには見えます」

「花言葉ってさ、どんな場合であってもクサいから使いたくないんだけど、バンクシアの花言葉を知ってる？」

「いえ、知りません」椎葉絵里子は首を振った。

「心地よい孤独、それに心に鎧をまとう、だったかな。まあ友達は多いほうじゃないのは認めるよ」

暮石剰一は椎葉絵里子の手を握った。正確には四本の指先を軽く握り込んだに過ぎない。海での傷はもう治っていたが、ジンジンと血流が末端まで押し出されるのを感じる。村瀬リルの手を避けたように、クエーサーの手からも逃れようとしたけれど、そうさせてはくれなかった。

「君は第三セクションで僕に落とされるはずだったと思ってる？」

出来上がったばかりのリースが細かく振動している。

あの歪める力が発動しているのだ。タイサンボクの葉先がゆっくりとねじれていく。せっかく作った美しい花輪が壊れてしまいそうになる。椎葉絵里子は必死になって自分の中から溢れ出るものを押し止めようとした。それにしてもどうして暮石は椎葉絵里子の不安を見抜けたのだろうか。心に分厚い鎧をまとっているはずなのに。

「無理しないでいい。君はもっと自分を解き放ってもいいよ。僕は君を落とすつもりなんてなかった。絵里子のことを知りたかった。もっと高みまで一緒に行こうと思っていた」

そんなふうに言われると、スッと力みがほどけて、強張っていたうなじのあたりが楽になった。リースの振動も収まった。幸いにも暮石はこの小さな異変に気付かないでいる。暮石の言葉は、椎葉絵里子を少しだけ自由にしてくれるのだった。これでよかったのだ。

恋が成就するとは限らないにしろ、このショーに参加することで、椎葉絵里子は愛する人に出会うことができた。

「わたしはいつも歪めてしまうんです。大切なものを台無しにしてしまうんです。家族も。ずっとずっとそうでした。それが本当に恐ろしい」

暮石剰一は彼女の手を握る力を強めて言う。

大丈夫、安心するといい、と。

君はそんな人間じゃない、祝福されるべき女性だと、そう励ましてくれるとばかり思ったけれど、言葉の続きは望んでいたものとはまるで違っていた。

ゾッとする声色で暮石剰一は囁いた。

「安心しろ。僕も先代から引き継いだ家族《ファミリア》を守り切れなかった。ああ、そうだ。世の中はそもそも醜く歪んでいるんだ。それを必死に取り繕っているだけだよ。君は世界を本来の姿に戻しているに過ぎない。絵里子は間違っていない。君だ。君だけが正しい」

「え？」椎葉絵里子が聞き返したとき、すでに痛いほどになっていた暮石の力はふいに緩んだ。「それって——」

クエーサーは唇を近づけて、そっと耳打ちする。

「絵里子。君だけにひとつ教えてあげるよ。ここにある無数の花の中に星花が隠されている。これは秘密のボーナスだ。必ず見つけ出して君のリースに加えるんだ。そうすれば——

——」

そうすれば永遠の誓いの輪が完成するだろう。

それだけを告げると暮石剰一は、すべての興味が失せたとでもいうようにふいと離れていった。

この数分で何が起きたのか、椎葉絵里子は理解することができない。

ただ、確かなのは探さなくてはいけないということ。

この花々の中から真実の一輪を——それだけが彼女が愛を手に入れるただひとつの方法なのだ。

椎葉絵里子が工作用の椅子から立ち上がったそのときだった。

司会者である霧山宗次郎が弾むような声で告げた。

「突然ですが、ただいま参加者二名の申し入れがございました。ラブ・アセンションの公式ルールに基づきまして、これよりお待ちかねのキツネ狩りが行われます」

フォースセクション

豊重潤

豊重潤は優雅にほくそ笑む。

思い切り哄笑してやりたい気持ちをグッとこらえているのに、どうしても口元が緩んでしまう。本当にみんな大馬鹿者だ。とりわけ自分こそシンデレラにふさわしいと信じ込んでいる女たちは間抜け過ぎて、一生分思い出し笑いのタネになるだろう。このショーを支配しているのが私だと知らないまま星花だのツーショットデートだのと一喜一憂している。

何も怖れるものはなかった。

負けることはない。少なくとも最後の二人、世界の頂上で一騎打ちに挑むまでは——別にクエーサーと結ばれるのは望んでいない。誰があんな男と寝るものか。あいつの正体ならわかっている。たとえ、このショーの裏側のすべてを把握しているわけではないにしろ、その一部は手の内にある。はじめからすべてが豊重潤の計画のままに進んでいる。

そうだ、私はあいつの正体を摑んでいる。

豊重潤はアホらしいリース編みに重ねながら、鮮やかに張り巡らせた自分の策略の仕上げに取り掛かる。暮石剰一は監獄にいるべき人間だ。あいつは日本人でありながらコロンビアギャングのボスの座についたはいいが、組織をまとめきれず内紛を引き起こした。そして血で血を洗う抗争に敗北したあげく、エクアドルくんだりで収監されたのだ。それがなぜこんなところにしゃしゃり出てきているのか。そこまでは知らないし知る必要もない。名前と顔を変えてクエーサーとしてスポットライトの下に現れたのが後ろ暗い過去を持つ人間であることをわかっていればいい。

どうして豊重潤がそれを知っているかと言えば、あの男に現在の顔を与えてやったのは他ならぬ彼女だったからだ。独立前に豊重が執刀医として勤務していた有名な美容整形クリニックにあの男は客としてやってきた。すべての手続きは別の人間が代行したが、実際に麻酔で眠る男の顔を切り刻んだのは彼女なのだった。

有能なボディデザイナーは自分の作品を忘れることなどない。

それにあの目尻の傷だ。

跡形もなく容貌を変えろというオーダーをしたくせに、あの傷だけは残せというのがクライアントの希望で、それが暮石の背後にいた誰かの思惑だったのか彼自身のものだったのか、どちらにしろあの傷を一目見たときに豊重潤は思い出したのだ。あの時の男だと。

ラブ・アセンションに応募すると決めたのもそれが理由だった。ずさんな番組制作陣はクエーサーの執刀医がまさかここに参加してくるとは考えもしなかったようだ。彼女自身が所属を変えたのと同時に改名したのだし、たった一度、施術の日にしか暮石剰一には会っていない。マスク姿の執刀医のことをあちらが覚えていないのも当然だが、こちらはそうはいかない。

かつての同僚に大枚をはたいて当時のカルテを横流しさせた。

そして大きな声では言えない怪しい伝手を頼ってまで、あの男の素性に辿り着いたのだ。

これまで豊重潤はチャンスの匂いがすれば、あらゆる手を使って、それを眼に見える距離にまで引き寄せてきた。美貌にも知性にも恵まれていながら、さらに貪欲に欲しいものへ手を伸ばす、それが彼女の生き方だった。だから——今度もそうした。そう、間違いない。

豊重潤はクエーサーを脅迫したのだ。

自分をファイナルまで残せと。

そうすれば、おまえの過去を忘れてやろう。最終セクションまで残れば相当な知名度が手に入る。番組における露悪的なキャラクターはすべて演出だったとあとで偽証してもいい。綿貫とかいうディレクターは過去に過剰演出で問題を起こしているらしいから、私が声を上げれば世間はこちらの味方をするだろう。立ち上げたばかりでまだ軌道に乗り切らないクリニックにも、院長である豊重のタレント性に魅かれて客が押しかけるはずだ。

問題は脅迫のための機会に恵まれなかったことだ。

番組内で二人きりになったところですべてにカメラとマイクがつきまとうのだから、取引を持ち掛けるタイミングがない。あろうことかツーショットデートにすらこぎつけられない日が続いた。

マジでマジでマジでイラついたよ。

もしかしたらこちらの計画を嗅ぎつけてるんじゃないかって勘ぐるぐらいね。でもようやく好機が訪れた。これ以上ないという最高の形で。

サードセクションのVRデートにおいて、豊重潤と暮石剰一は、同じタンクに入った。言葉こそ交わさなかったが、すぐ隣に横たわるクエーサーに小さなメモ書きを手渡すのは造作もないことだった。女たちの一挙手一投足を監視するあのいまいましいカメラもタンクの中までは侵入できない。

〈ニューロスケープ〉から出たあと、もし彼女の要求を呑むのであれば、その場で星花を渡せとメモには命じてあった。そして眉ひとつ動かさずに暮石剰一はそのとおりにしたのだ。あのとき、豊重潤の勝利は決定づけられた。

すべてが彼女の支配下に置かれた輝かしい瞬間だった。

だから、たとえ全裸にハチミツを塗りたくってカンフーの演武をしたって負けるはずがない。冴えない女芸人どもが崇めてやまないクエーサーにはもう私の首輪がかかっている。吠えろと言えばキャンと鳴くだろう。

こうなれば、この番組は茶番以下の出来レースに過ぎない。

お花で工作でもなんでもしてやろうじゃないか。こんなものは片手間で仕上げても他のメスどもより上等な花輪になるだろうとタカをくくりながらも、豊重潤は自分の美的センスを誇示するのに余念がない。

なぜなら私は完璧で——だからこそ世の中の醜く生まれついた哀れな連中に完璧さを提供できる。

それなのに。

完璧であるはずの豊重潤がひとつだけ取りこぼしていたことがある。

「ただいま参加者二名の申し入れがございました。ラブ・アセンションの公式ルールに基づきまして、これよりお待ちかねのキツネ狩りが行われます！」

だしぬけに伊達男気取りの司会者がギャーギャー騒ぎはじめた。

キツネ狩りを忘れていた。これは参加者二名が手を組むことでキツネを指名し、それが本物であれば、キツネは脱落し、見事キツネを見破った二人はそのセクションを突破できるという厄介なルールのことだ。

もちろん豊重潤はキツネなんかじゃない。

しかしもし推量を誤った場合、キツネと疑われ間違われた人物も、告発者ともども敗退となる。これだけは、いくらクエーサーと意を通じ合わせていようとも参加者からのアクションだけに防ぐことができない。あの女どもが玉砕覚悟で私を告発したら？

考えただけでゾッとする。

大ぶりな牡丹をあしらったリースを思わず握りつぶしそうになる。霧山宗次郎が、二人の告発者を前に招き出すまで息をするのも忘れていた。

南千尋。

手嶌令歌。

むせ返るような花の匂いの中から手嶌の鋭い眼差しが突きつけられる。南千尋はともかく、あいつは私を敵視している。戦意を削ぐためとはいえ、少し挑発し過ぎたのは認めよう。カメラ映えする口論はサービス精神から出たものだったにしろ、途中からちょっとばかり熱くなったことも確かだった。手嶌令歌が、お人好しな南千尋を引き込んで私を蹴落とそうとしているのだろうか。

「ふざけんじゃねえ」思わず口走った言葉に豊重潤は気付かなかった。ハッと一瞬椎葉絵里子がこちらを見たが、すぐに眼を逸らす。これから修羅場がはじまるかもしれないというのに、あのズレた女は、何か探し物でもするようにあちこちをうろつき回っている。

まったく目障りだ。年増のブスが。

残った参加者の中で二番目に年嵩のあいつには何度もおまえは耐用期間を過ぎていると教えてやったのに、一向にピンと来た様子もない。カメラのフレームの外で何度も死刑宣告をしてやったのに。キツネであろうとなかろうと告発されたら終わりだということがわからないのか。自分が標的になることを想像しないのか。いつだってかみ合わない。致命的に認知が歪んでいる。

なぜ、あんなのが残っている?

どいつもこいつも腹が立つ、と豊重潤は恐怖と怒りとで頭が飽和したまま叫び出したいのを必死にこらえた。

「では、あらためてキツネ狩りのルールを説明します。キツネとは番組側が用意した役者であり、このコンテンツにおける唯一の仕込みです。彼女は番組内を暗躍し、さまざまな方向へ流れを誘導するのです。トラブルメーカーとして振る舞うこともあれば、調停役を担うこともあります。そんなキツネが誰なのかを見抜き、それを告発するというゲームを従来の恋愛リアリティショーに組み込んだのが、当番組の目玉なのです」

黙れ、上辺だけの空っぽ野郎め。

おまえの女房は結婚前から、うちのクリニックの客なんだぞ。顔面とボディのリフォーム工事を施したことも知らずにイチコロになりやがって。保湿成分たっぷりのハンドクリームのため乾いたことのない豊重潤の手がわなわなと震え出した。さっさと進めろ。ただし私の名前を出したら、おまえらひとり残らずただじゃ済まさない。

「もちろんこの場にキツネが存在しないこともありえます。過去の脱落者たちの中にキツネがいたのかも。プレミアム視聴の皆さまはすでにキツネの正体が誰だか勘付いている方もいらっしゃるでしょう。さてキツネは誰なのでしょうか。それを外せば告発者は脱落する。これは告白者のお二人にとっても進退を賭けた大きな決断となるのです」

豊重潤はクエーサーを探した。

眼が合った。あいつは怯える私を見て薄く微笑んだ。

「ふざけるな」とまた呟く。

笑うのはおまえじゃない。

高みから笑うのはいつだって私じゃなきゃいけない。

ここで誤認のために殺されるなんて——そんな間抜けな結末は絶対にあってはならない。

思わず、豊重潤は「やめろ」と取り乱した声を上げる。

三台のカメラが豊重潤の方を向いた。そのうちの二台は4K解像度が撮れるビデオカメラだったが、ひとつは南千尋の古いニコンだった。

豊重潤は日蝕を思い出した。世界が一瞬にして暗くなる、あの数分を。

「豊重さん、どうしましたか？」

上目遣いでメガネを押し上げる霧山。

「あ、いえ、なんでもないです」豊重潤はすぐさま我に返ったが、いまやすべての視線は彼女を囲い込んで、まるで追い詰められた獲物のような気分にさせる。カメラマンの苑池、音響のレオ、それに監督である綿貫もまた血走った眼で彼女を見つめている。この場所だけじゃない。これを観ているだろう視聴者の何千万もの瞳を感じる。あれほど注目されることが好きだったのに、なぜか恐ろしくてたまらなかった。恍惚は消し飛んだ。四角いフレームに閉じ込められ、鋭いフォーカスにピン留めされて、罠にかかったキツネ同然に身動きが取れなくなった。

もしかして私がキツネなの？　もしかして——と途方もない疑いがリアリティを持ちはじめる。

豊重潤こそがキツネではないかという周囲の疑念と期待が現実を塗り替えようとしている。いや、そんなことはありえない。あるはずがない。

「大丈夫ですか？　豊重さん？」

「も、もちろん……続けて」なんとか言葉を絞り出す。

生きた心地がしなかった。

「では、あらためまして、告発に踏み切ることになったお二人にまずはお話を聞いてみましょう。ズバリどうなんでしょう？　キツネを見抜いたという確信はおありでしょうか」

霧山宗次郎の質問に口を開いたのは、手嶌令歌だった。

「はい。確信なくしてキツネ狩りに打って出るはずはありません」

「どのあたりで尻尾を摑んだと感じたのですか？」

「そうですね。日頃から、彼女は過剰にヒールを演じてらっしゃるように見受けられました。とくに令歌に対しては当たりが強くて、そのくせ本心じゃないみたいで、番組を盛り上げるために背伸びをしているみたいで、途中からは彼女の憎まれ口にわざと付き合ってあげていたほどです。特に決定的だったのは、クエーサーもまた彼女がキツネだと見抜いたうえで、それを泳がせているように見えたことですね。クエーサーにもキツネの正体は明かされていないはずですが、たとえそうであっても、サービス精神旺盛なクエーサーなら、ある段階までキツネと見込んだ女性を残すのではないか。またキツネもそんな意図を汲んで振る舞うのではないか。令歌はね、キツネとクエーサーの見えない目配せのようなものを感じたんです」

それが答えだというように自信たっぷりに手嶌令歌は暮石剰一に手を振り、ついで豊重潤に流し目をくれた。まさか手嶌令歌は本当に勘違いをしているのか？　私の憎まれ口は演技なんかじゃない！

確かに目立つために誇張した言動を取ったこともあるが、それはキツネが人を化かすためではない。私はただ——ただなんなのだろう？

どんな釈明の言葉も出てこない。いますぐ叫び出したいのは子供が駄々をこねるような否認のただ一言。

私はキツネじゃない！

「南千尋さんはいかがですか？　キツネ狩りの告発は二名の参加者の結束が条件ですが、手を組もうと誘ったのはどちらですか？」

南千尋はカメラのレンズに蓋をする。

「うちです。なんやろ。うーん、直感？　決め手ちゅうんはないかなぁ。ただ、ここでなんかアクションを起こさなあかん思って。うちな、シャッターチャンスと同じで、人生の勝負時ってのがわかるんです」

お手軽なインスピレーションごときで、自分だけでなく他の誰かを脱落させてしまうかもしれない行動を起こすのか。この女はヤバい、と豊重潤は思う。

南千尋は、どこかネジが外れている。

本当はおまえこそキツネじゃないのか？

「では、もったいぶるのはここまでにしましょうか。あなたがたお二人を抜いた女性たちは四名。巽相あざみさん、椎葉絵里子さん、渡慶次ライラさん、そして豊重潤さんです。では、お二人がキツネだと思う方はどなたでしょう?」

渡慶次ライラは無表情のまま二人を傲然と見据えている。巽相あざみは落ち着かなげに耳朶《じだ》を引っ張った。

「では」と手嶌令歌が胸を反らして短く息を吸い込んだ。「手嶌令歌と南千尋が告発します。我々両名が彼女こそキツネであると考える、その人物の名前は、ト――」

その時だった。あのぉ、と横合いから息詰まる緊張感を台無しにする声が割り込んできた――椎葉絵里子である。

「あのぉ、星花を見つけちゃいました」

6

第四セクション開始、その二日前。

村瀬リルは、とんでもない真相を明かされても、まだすべてがタチの悪いジョークなのではないかと疑う気持ちが晴れなかった。それとも高いところに長居し過ぎて高山病に似た幻覚症状に見舞われているんじゃあるまいかと本気で心配になった。宇宙から来た生物を人間に寄生させて実験しているなんて、まったくどうかしてるよね。

「これが現実だなんて、とても思えない」

「現実か、非現実か。これぞ本当のリアリティショーじゃないかよ」

面白くなってきたぞ、とレオ・フレッチャーは金の鉱脈を掘り当てたみたいに浮かれていた。

「面白くなんてない。もしXXX《トリプルエックス》である椎葉絵里子が最後のひとりに選ばれたら？」

「ギャングのボスとエイリアンの最凶パワーカップル誕生とくりゃ胸躍る展開っしょ」

色めき立ったレオに村瀬リルはだんだんと腹が立ってくる。

ただでさえこき使われているというのに、さらに手に負えない事態に巻き込まれようとしているのだ。そして、うんざりすることに、村瀬リルはよりいっそう重い荷を引き受けようとしていた。

「見過ごすつもりじゃないでしょうね？」

「よーし、クリア」レオ・フレッチャーは前回の轍を踏まぬように、この隠れ場所に喫煙避難民がいないか隅々までチェックしている。安心して密談できる場所はZAには少ない。下っ端のスタッフは綿貫のように個室を与えられていないので、互いの部屋を使うこともできなかった。

「ん、なにが?」と要領を得ない応対にじれったくなった村瀬リルはデッドスペースの片隅にレオを押し飛ばした。

「あんたの言うパワーカップルが誕生したらさ、大変じゃない!」

「君は他人の幸せを祝福できないのか、やだなぁもう、さもしい人間はこれだからなぁ。データも豊富に取れるし、みんな幸せじゃないか」

「だってだってよ、暮石剰一はギャングの親玉なんでしょ? で、寄生体の伴侶となったらすごい人心掌握のカリスマを発揮するって」

あの資料にも寄生体のパートナーが猿たちのボスになったという大真面目な記述があった。しかし人間はもっと複雑な社会構成のうちで暮らしている。せいぜい数十頭でしかないボノボの群れにおいて可能だったほど簡単に覇権を取れるとは思えないが。

「バカらしいと思ってる。なのに君は心配してる。ならいったいどうしたいのかな?」

「たとえあの紙切れとあの夜の話が半分以上妄想だとしても……だとしてもそこに少しでも真実があるならさ、そんな悪いやつに武器を与えていいわけないでしょ」

「暮石はとっくに落ちぶれてんの。この番組が終わったらムショに逆戻りするだけ。なんぼカリスマがあったって何もできやしないよ。獄中の野球大会で四番ピッチャーになれるとか？　出所後に選挙にでも出るとか？」

レオ・フレッチャーは鼻で笑う。

本当に大丈夫なのだろうか？

「クエーサーのことでわかったのはそれだけ？」

ああ、まだあるさ、とレオは自信たっぷりに頷いてみせる。

「暮石剰一は黒い手《マノ・ネグラ》のエンリケ・トーレスというボスに仕えていた。もちろん当時は暮石なんて名前ではなかったけれどね。本名はエフライン・ナカムラ。父方の祖父がコロンビア人だった。暮石はたんなる小間使いに過ぎなかったが、亡くなったボスの甥っ子に似ていたのがきっかけで、トントン拍子に出世した。子供のなかったエンリケは甥を溺愛していたが、甥は敵対組織との抗争で死んじゃって、それで怒り狂ったエンリケは残酷の《エル・クリエル》二つ名通り相手をギッタンギッタンに叩き潰すことになる。暮石剰一は死んだ甥っ子と同じ箇所に傷をつけてまでボスに取り入った。そして小さな取引を成功させたり、こじれた諍いを解決したりして頭角を現していった。俺はデリバリーピザ屋のバイトリーダーになるのにだって七年かかったってのに、この男は次のボスになるまでわずか六年しかかからなかったそうだ」

「なのにいまじゃキザな女たらしを演じてる？」

「キザな女たらしが素なのか演技なのかは議論の分かれるところだけど、ボスの死後、せっかく掌握した組織は分裂し、ひどい内紛のすえ暮石剰一はわずかな手勢を連れてコロンビアを逃げ出した。エクアドルで再起を図ろうとしたもののあえなく逮捕されてしまう」

「彼は受け継いだ組織をまとめきれず瓦解させた。だったらなおさら自分のカリスマを強化したいと考えるんじゃ？」

「南米のカルテルがたかが個人の魅力なんていうチンケで脆弱なもので結束してるなんて思うのか。やつらにあるのは血讐の経済原理《ベンガンサ・エコノミア》だけだ。それよか椎葉絵里子については？そっちの担当でしょ」

村瀬リルとレオ・フレッチャーは手分けして情報を集めたのだった。

「ああ、彼女の経歴に嘘はないよ。たぶん彼女は寄生体の侵入、そして定着に成功したケースなのだと思う。文書によるとほとんどすべての参加者が寄生体と接触している。まだ知られていないメカニズムがあるんだろうけれど、侵入及び寄生が確認されたのは三名だけ、二人には際立った変化はなく、おそらく定着に失敗したものと思われる。椎葉絵里子だけが、実験と観察に値する力を獲得した。これを見て」

村瀬リルはルームサービスのスタッフから得たいくつかの画像をレオ・フレッチャーに見せた。そこに写っているすべてのアメニティ用品や部屋の調度が、何かしらの力で変形している。ねじれた花瓶は、あたかも前衛的なオブジェのようだ。割れても不思議ではない力が加わっているにもかかわらず、陶器の花瓶はあくまで変形するにとどまっているのだった。

　さらに小指を立ててねじくれたピンキーリングを見せる。

「ひぃ、おっかねえ」わざとらしくレオは身をすくめた。「モノをグニャグニャに歪めちまうのが椎葉のサイキックパワーなのか」

「モノだけとは限らない」村瀬リルは神妙に切り出した。「第二セクションの事故をおぼえている？」

「ん……なんだっけ？」

「忘れたなんて言わないでよ、落下物がスカイウォークの床面を破壊したやつよ」レオの記憶の曖昧さに村瀬リルはかすかな違和感を覚えたが、すぐに本題に戻った。

「ああ、あれか。あれも椎葉絵里子の仕業だって言うのか。だって椎葉の力は対象を歪めても壊すことはないんだろ？　でも、あのガラスは砕け散ってたじゃないか」

「ようやく詳しい調査報告が出た。何か高層の工具や部品が落ちてきたのが原因だと言われてたのだけれど……いくら調べても軌道エレベーターの高層に欠損はなかった」

「じゃあデブリ？　それとも隕石とか？」

「それならレーダーに必ず察知されるはずなんだよ」

「なんだよ、さっさと言えよ。綿貫のもったいぶり癖がうつったか」

「欠損はあった。ただし低層部にね。あるボルトが抜け落ちているのが発見された」

「へ？　それってのは……」レオ・フレッチャーは間の抜けた顔になる。

「つまりエレベーターの部品は確かに落ちてきた。ただし下から上に向けてだけれど」

ちょ、ちょっと待て、と喉にダチョウの肉を詰まらせたみたいにくぐもった声でレオは口走る。「誰かがぶん投げたってことか？　それとも何かの装置で射出した？」

「ちがう、文字通り落ちてきたんだよ」

「んなわけあるか。いくら低重力になっていたとはいえ、まだ地球の重力は作用してただろ……なんだよ、よくわかんねえ」

「だから言葉通り、ボルトは下から上に落ちてきた。重力に従ってね」

「……？」パチパチと目を瞬かせるレオ。

「呑み込みが悪いわね。つまり局所的に重力が逆転したってこと。あのボルトに対してだけね」

それが椎葉絵里子の能力とやらとどう関係があるのか、レオ・フレッチャーにはまだ判然としないようだった。

る？」

「そう」と村瀬リルはレオ・フレッチャーの肩に手を置いた。「重力ってどう定義される？」

「物と物とが引っ張り合う力だろう。過保護な母なる大地が俺たちを宇宙の真空に逃がさないように抱きしめてくれてるおかげで、俺たちはビーチバレーやカーセックスができる」

「それだけ？」

んーと数秒考えたすえ、「あ、そうか！」

ようやく合点がいったのかレオは手を叩いた。

「ええ。物理学ではこのようにも定義される。重力とは、つまり時空間の歪みなのだと。質量は時間と空間に歪みをもたらす。椎葉絵里子はモノだけじゃない。なんだって歪ませられる。空間であってもね。だからボルトは下から上へ落下したの」

上方への失墜。それは日常の体感とは大きく食い違う事象だった。

「もし重力に干渉できるとしたら、俺たちが想定してるよかずっと椎葉絵里子は危険な女だってことになる！」

「予備期間のコテージでジェンガのブロックが不自然なほど広い範囲で部屋中に散らばっていたのを覚えてる？　あれもブロックが崩れたあとの、どこかの瞬間だけ重力が減少したのだと考えれば辻褄が合う。あの時間、コテージに残っていたひとりが椎葉絵里子だった。たぶんあそこで力が発現したのかも。スカイウォークの事故は、クエーサーとのデートにお預けを食った椎葉の感情が昂ったせいだとしたら？」

「なんてこった」レオ・フレッチャーは降参するように両手を掲げる。

「コソコソとデータだけかき集めてる場合？　私たちで止めるのよ。捲土重来《けんどちょうらい》を狙うギャングのボスがなんでもグニャグニャにできる恐ろしい人間兵器としっぽりラブラブになるなんて目も当てられない事態よ」

「待てよ」とレオは村瀬の勢いある語気を押しとどめた。「たとえクエーサーと結ばれなくても椎葉がヤバいってことには変わりないだろ？　この番組の外でだってあのサイキックは健在なんだろ？」

「それは違う。レオ、ちゃんと資料読んだ？　XXXはお目当ての異性と結ばれることができず、もしくは物理的に距離を隔てられた場合、その能力を減衰させるとあるでしょ？　信じがたいけれど、あの馬鹿げた力は求愛のダンスみたいなものなのかも」

「OK、ともかく最凶カップルを誕生させないためにリルは番組に介入するつもりなんだな？　でもどうやって？　椎葉絵里子がクエーサーを虜にする謎のフェロモンだか磁気だかを出してるとすると、俺たちにそれを止める手立てはないだろ。悪いけど、当番組はクエーサーの自主性を尊ぶヤラセなしのクリーンなコンテンツですよ」

「そうね」村瀬リルは唇を噛んだ。

番組としては視聴者の目を引きそうな数々のシナリオを想定していたはずなのに、暮石はこちらの演出など気にも留めず、自分の直感のままに突き進んできた。たとえば番組の意向としては、手嶌令歌の双子の妹である紫歌をあんなに早く脱落させるつもりはなかった。もっと姉妹喧嘩を見世物にするつもりだったし、反対に異相あざみのようなカメラ映えしない地味なタイプは早々に脱落して然るべきだとされたのに、そうはならなかった。

こちらの思惑の半分は無視されたと言ってもいい。たやすく手綱を握れると思われたクエーサーだったが、それは誤りだった。いまや飼いならすことができない手負いの獣だということが明らかになりつつある。

「クエーサーを丸め込むことはできない」と村瀬は現状認識を共有する。「しかし彼の手を離れてジャッジする唯一の方法があるでしょう？」

「キツネ狩りだな」

ええ、と村瀬リルは肯定した。

「キツネ狩りは参加者の自発的な行動で、クエーサーの思いもよらない結果を招くことができる。そしてこれがキツネだと参加者にうまく吹き込めば、ショーの行く末をある程度はコントロールできるはず」

キツネ狩りの結果は二つのパターンしかない。

成功した場合、キツネが脱落し、告発者二名がセクションを通過する。

失敗した場合、キツネと疑いをかけられた参加者と、告発者二名のいずれも脱落となる。

後者においてどこかのポジションに椎葉絵里子を据えることができれば、彼女を得体のしれない寄生体ごとこの番組から排除できる。

「つまり誰か二人に椎葉絵里子をキツネとして告発させるわけか」

「あるいは椎葉絵里子を告発者にしたうえで、誤った告発をさせるか……彼女を追い出すには二つにひとつね」

番組のスタッフがキツネの露骨なヒントを参加者へくれてやるわけにはいかない。インタビュールームで二人きりになって何か暗示めいたことを告げるか、撮影後のプライベートタイムで酔ったふりして本音を漏らすか、どちらにせよお粗末な結果になりかねない。

「下手打ちゃどうなるか、綿貫のあの鼻息見たろ、やつらのセカンドキャリアをぶち壊すんだ。タダじゃすまないぞ」

だが、他にも番組に干渉する手立ては存在する――二人は同時にそのことに思い当たる。

ぎこちなく視線を合わせると、押し付けあうように発言を控えたが、とうとうレオが口を開いた。

「キツネだな。キツネ狩りの標的である渡慶次ライラをこちらの駒として動かすのか。そうすりゃ外からゲームに干渉できる」

キツネである渡慶次ライラとは内密にコミュニケーションを取り合っているから、たとえ間接的にではあれ、何かしらのアクションを起こさせることが可能だ。

「キツネ狩りを失敗させるたくらみであれば、キツネ自身の利益にもなるはず。仕込みをするなら第四セクション前の今ここしかない。これ以上番組が進めば参加者は減り、キツネ狩りそのものがシビアになる。時間が足りないから入念なプランは望めないけれど、うまく説得すれば必ず協力してくれるはず」

「綿貫や苑池に気取られないようにできるか？」

「危ない橋なのは間違いない。でも渡慶次ライラとの連絡は私に一任されているから不可能じゃない。そうね、まず彼女自身を告発者にすることは難しいと思うわ。キツネがキツネを告発するなんてバカげてる。渡慶次ライラを使って別の二人を告発者へ仕立ててあげるの……」

「本物じゃないキツネを告発させるわけだから、告発者は脱落することになるんだぞ。哀れな偽キツネも含めて」

村瀬リルたちの計画がうまくいけば第四セクションでは、セレモニーを待たずに三名の参加者が脱落することになる。そもそも次のセクションでは六名を三名に減らす段取りだったから、セレモニー自体が成立しなくなる。これは番組にとっては大きな波乱となるはずだったが、予想外の珍事に目がない視聴者はきっと喜ぶはずだった。

「なあ、保身も含めて話を戻すんだが、俺たちがこんなに心配してやる義理なんてあるのかな。この多様性の時代、エイリアンとギャングが結婚したってさ、いいんじゃないかっつうか、それってかなり面白いだろ。俺は見てみたいよ、もしかしたら、そこにあるかもよ」

「何があるっていうの？」

村瀬リルが乱暴に訊くと、笑うなよ、とレオ・フレッチャーが前置きしてから言う。

「真実の愛」

思わず村瀬リルは吹き出してしまう。

このバカげたコンテンツに愛があるわけがない。真実はなおさら存在しない。つられてレオも笑い転げる。これはラブロマンスにはならない。出来の悪いホラーがせいぜいだ。

ひとしきり笑ったあと、村瀬リルは吹っ切れたように落ち着き払うと能面めいた無表情になった。

「ねえ、こうしない？　手嶌令歌をスケープゴートにする。彼女を告発者として引き込んで、椎葉絵里子を次のセクションで落とすの」

「へえ、お得意の公平性はどうなるの？」

「これは仕事じゃない。むしろ責務の放棄と言ってもいい。だったらいっそ思いっきり私情を持ち込んでやる。そう、私はずっと手嶌令歌が大嫌いだった！」

「彼女に恨みでもあるの？」

「自分で言うのもなんだけど完全な八つ当たりね。中学時代あいつに似た色白スレンダー美人にずーっと陰気なガリ勉メガネ呼ばわりされてたんだ。ずんぐり体型でストパーかけなきゃほぼアフロだった私だけど、視力だけは二・〇で、こっちとしてはオシャレな伊達メガネのつもりだったのに！」

どこにでもあるスクールカーストの恨み事に過ぎないが、それの何がいけないの、と村瀬リルは開き直る。手嶌令歌は監督の綿貫にはおもねるくせに、ADやメイクなどのスタッフをまるで召使い同然に扱うのも気に入らなかった。

「メガネの恨みか、そりゃ根深いな」とレオは気のない合いの手を入れつつ釘を刺す。

「渡慶次ライラを使って手嶌令歌をハメるのはいい。私怨で動くのだって悪くない。でも本当の目的は椎葉絵里子を退場させることだ。頼むから、そいつを忘れるなよ」

「もちろん」村瀬リルは荒い鼻息でメガネを曇らせた。

フォースセクション

手嶌令歌

もう後戻りはできない。

妹のためにも必ずクエーサーに選ばれてやる。

そのうえで暮石剰一を袖にする。何もかもメチャクチャにする。手嶌令歌の胸の底に秘められた思いはそれだった。少なからぬ人間が見抜いているように妹の紫歌とは犬猿の仲なんかじゃない。同じ顔とスタイルの姉妹は、性格をきっぱりと演じ分けることによってどちらか一方がクエーサーに選ばれる可能性の幅を広げたのだった。ヴィジュアルだけでなく中身までもそっくりであれば、それがクエーサーの意に染まぬ場合どちらも脱落してしまう。だからリスクを分散するため、紫歌は大胆で情熱的な女を演じ、令歌はクールで落ち着きのある役柄をこなした。

作戦は功を奏したらしい。

紫歌は先に脱落したが、姉である令歌はここまで残っている。いや、妹は負けていない。心は共にある。それは気休めなんかじゃない。まったく同等の遺伝子を持つ彼女たちだけにある繋がりの感覚だった。

妹が見ることのなかった高みでこのショーを破壊したうえで、あの男——綿貫絢三を抹殺してやるのだ。少なくとも社会的には再起不能にする。それこそが彼女ら姉妹がこの番組に参加した目的だった。だから綿貫絢三を油断させておくために、あからさまに媚びるような態度を取ってきた。

すべては寝首をかくためだ。

必ず仇は取ってあげる、と朝が来るたびに令歌はここにはいない妹へ誓う。あなたの無念はお姉ちゃんが晴らしてあげるわ。

残るライバルは五人。

ダンスで鍛えた令歌のしなやかな足でならきっと蹴落とせる。

自分を過信している豊重潤は言うまでもなく、他の四人だってこの復讐心の前では取るに足らないだろう。

すべてが終わったあと、彼女たちは何を相手にしていたかを知るはずだ。

まずは誰から蹴落とすかだ。

ただし、ここまで生き残っておきながら、手嶌令歌はまだ自分がクエーサーに特別な印象を残していないと感じていた。ツーショットデートで言葉を交わしたものの、踏み込んだ話題には及ばなかったし、サプライズの星花を貰ったこともない。もう、足踏みしてちゃダメだ。

明確なアクションを起こす必要があった。

そこへ持ち掛けられたのが、キツネ狩りだ。渡慶次ライラは共用トイレの鏡の前で前髪をいじくりながら、やぶからぼうに切り出した。

「キツネは椎葉絵里子だよ」

「は？」手嶌令歌もまた鏡越しに不機嫌な返事をした。額に小さなニキビができているのを見つけたのだ。コンシーラーで隠さなきゃ。

「だからさ、絵里子がキツネだって言ってるの」

「いきなり何を言い出すかと思えば……」

「絵里子は、もう十一回も告解室にリルちゃんを呼び出してる。向こうからの呼び出しを合わせたらもっとだね。インタビューという建前であの部屋を使えばさ、誰にも見られず好きなだけ打ち合わせができるから」

「へーかもしんないね」にわかには信じられないというポーズを取りつつも手嶌令歌はこの説に綻びを見つけられずにいた。「ドアにコップ押し付けて盗み聞きしたとか？」

「わたしは地獄耳キャラだけどそこまではしない。中での出来事まではわからない。でも二人きりで長いときは三時間近くも閉じこもっていることもあるんだよ。怪しいでしょ？」

渡慶次ライラの言うことが本当なら、確かに不審と言えないこともない。他の参加者が告解室に足を踏み入れたのは平均して五回ほどだろうし、こちらからスタッフを呼び出してインタビューさせるというケースも手嶌に限っていえばまずなかった。しかしなぜ椎葉絵里子の動向をそこまで摑んでいるのか、手嶌令歌には渡慶次ライラもまた怪しく見える。

「こんな説もある」と手嶌令歌はデタラメにカマをかけてみる。「スタッフ同士が使う業務用の慣例的なハンドサインがあるでしょう？　そこにあなたのお得意の手話によるキツネへの指示が織り交ぜられてるっていう話」

「へえ、それって誰の説？」と渡慶次ライラが眼を光らせた。

「さあ、でもあなたの説の言い出しっぺときっと同じね。根も葉もない無責任な噂を垂れ流すやつはそんなに多くはいないはず。いえ、そいつこそがキツネなんじゃないかな」

空気に緊張が走る。

鏡の中で左右反転した渡慶次ライラを手嶌令歌はじっと見つめる。

渡慶次ライラは嘘をつくのにためらいのないタイプだ。ただし、その嘘は彼女自身の真実に背かない限りのものだ。今度の発言は真偽がどうあれ、どこか歯切れが悪かった。鏡像はどれだけそっくりでも本物ではない。

「かもしれないね」

渡慶次ライラがこちらへ振り向くと、鏡の中の女は背を向けた。

互いにそれ以上の詮索をしなかったのは「膀胱爆発待ったなし！　5、4、3……」と喚きながら南千尋がトイレに飛び込んできたからだった。渡慶次ライラは澄ました顔付きでトイレを出ていった。

「ふわあああ、間に合ったぁわぁ」と南千尋は個室の中から弛緩した声を漏らす。

「ったく騒がしい」

ドタバタが収まると、ややあって音消しのメロディーが流れた。

左右で周波数の違うバイノーラルビートだった。同時に手嶌令歌もジェットタオルで手の水気を飛ばしていたので、二重に南千尋の排泄音はかき消された。

「ねえ、令歌ちゃんさ」

手嶌令歌がトイレを出ようとした瞬間、少しトーンの違う南千尋の声が個室から飛んだ。

額のニキビについて指摘されるのだと勝手に妄想したが、豊重潤ならともかく南千尋は吹き出物のひとつや二つ気に留めるはずがなかった——そのかわり誰よりも大胆な一言を口にする。

「一緒にキツネ狩りせえへん?」

「……え?」

「お互いのことを信用してないのはしゃあない、でもな、ここらで何かせんとな、生き残れへんし。ってか面白くないやろ」

「かもしんないね」手嶌令歌は頷いた。

ガラガラとトイレットペーパーのロールが回転する音がする。

南千尋はトイレにまでカメラを持ち込んでいたはずだ。

わかりやすいトレードマークを身に着けるのはいい戦略だったし、あんな大きくちゃ盗撮には向いてないだろうけれど、いつもあれをぶら下げてるんじゃ肩が凝りそうだなと手嶌令歌はふと思った。

「ほんなら、こうしたらどうかな? せーので同時にキツネだと疑ってる人間の名前を言うやろ。これが一致したら一緒に告発する。もし不一致やったら物別れということでこの話はきっぱりナシってことで」

「一発勝負か。千尋らしいよ」

「うちらしい?」今度は水の流れる音がした。「そうかなぁ」

「あれこれ駆け引きしたり勘繰ったりしない。キツネ狩りってルールはそういうのが醍醐味なんだけど、ぶち壊しだね」

「はは、頭が悪いだけだってば。ほんじゃさ、この水の流れる音が止まった瞬間にさ、狩るべきキツネの名を言おか。ええ?」

「わかった」壁を隔てて手嶌令歌は言った。

南千尋の口車に乗ってしまったけれど、考えてみれば、これは奇妙なシチュエーションだった。コインが落ちた瞬間に銃を抜き合うガンマンみたいなもの? いや、これは南千尋の排泄物を流す水の音だ。どうしてこんな下らないものに運命をゆだねているのだろうとひどく情けない気分になるが、南千尋には人をそうさせてしまう不思議な魅力がある。

それも面白いかもしれない。

流水の音に耳を澄ます。こんな狭い場所じゃない。昔、妹たちと信濃の渓流でカヤックをしたのを思い出す。途切れることのないせせらぎの音を。

水の音に乗って、ルーレットのように無数の名前が回り――

「一致したね」南千尋は個室のドアを開ける。

やはりカメラは彼女の首からぶら下がっていた。同盟成立ってことで、と握手を求めてきた南千尋に手嶌令歌は冷たく言い放った。

「先に手を洗って貰っていいかな」

7

椎葉絵里子の場をわきまえぬアクションに腰を折られる形になったキツネ狩りだったが、霧山宗次郎の柔軟な対応力によってなんとか持ち直すことができた。星花などを掲げているが、もうここまでなんだよ、と村瀬リルは椎葉絵里子の肩を優しく撫でてやりたかった。悪いけれど、告発されるのは――

「なんと告発されたのは――渡慶次ライラさんです！」

霧島宗次郎は、手嶌令歌の言葉を繰り返した。

愕然とした。

そんなはずはない。

椎葉絵里子をこのショーから退かせるために、あれこれと手を尽くして彼女に疑いが向くように仕向けたはずだった。インタビュールームの使用記録までリークして渡慶次ライラを説得したというのに、何が足りなかったのか？　結局、キツネ狩りは椎葉絵里子の関与なしで、偶然にも成功してしまった。

いや、それは本当に偶然なのか？

村瀬リルは咄嗟にレオ・フレッチャーの姿を探した。眼が合うとレオは悪戯っぽく舌を出してみせた。あいつだ、あいつが裏切ったに違いない。本番中じゃなければ詰め寄りたかったが、いまはマズイ。ここで騒ぎを起こせば椎葉絵里子と変わらない。でもあとで絶対に締め上げてやる！

「では、お聞きします。渡慶次ライラさん、あなたはキツネですか？」

霧山宗次郎が息を詰めるようにして迫る。

「はい」と渡慶次ライラはあっさりと認めた。「キツネはわたしです」

豊重潤は安堵の表情を湛えたものの、すぐにまた青褪めた。

気付いたのだろう。キツネとして葬られることはなくなったとしても、もう第五セクション進出の芽がないのだと。このセクションで残るのは六名のうち半数の三人に過ぎない。

星花を得た椎葉絵里子。

そしてキツネ狩りを成功させた手嶌令歌と南千尋。

これでもう三人だ。クエーサーによる選定セレモニーを待たずして結果が出てしまったというわけだ。ここでのリース作りや会話など、ほとんど意味がなかったことになる。

何か言いたいことはあるか、と霧山はキツネである渡慶次ライラに水を向けた。長らく背負っていた荷物をようやく下ろしたといったふうに渡慶次ライラはすっきりした表情になり、やがて静かに口を開く。

「みんな、ずーっと騙しててごめんね。こんな私と仲良くしてくれてありがとう。一緒にいろんな料理を作ったりしたね。ふふ。お茶会のときのスコーンは傑作だったし、それを令歌が喉に詰まらせたのは超傑作だった。クエーサーを射止めてわたしの演技力を存分に見せつけたかったけれど、こんなところで尻尾を摑まれるなんて、まだまだ修行が足りないみたい。そう、わたしは役者なの。わたしの演技がお気に召した方は、どうかよいオファーをください。わたしはセレブを踏み台にしなくても高く昇るから」

キツネだった女は元気よく右手を掲げて大きく振った。

誰よりも爽やかな去り際だった。

「残った三人は頑張ってね、応援してるから！」

「――ちょ、ちょっと待ちなさい」と豊重潤が真っ赤になって抗議の声を上げたとき、それを押しのけて異相あざみが身を乗り出した。

「無理だよ。ありえない。こんなところで引き下がれない。クエーサーにフラれるならまだわかるけど、こんなふうにすべてが決まっちゃうなんて、絶対に受け入れられるわけがない」

異相の頬がコーラルのチークを施したように発色した。

「はじめてだった。はじめて誰かのことを好きになった……なったのに……初恋だったのに、そんなわけないでしょ。私の初恋がここで終わるなんて、そんな、そんなわけ……ねえだろうがよっ！」

異相あざみの拳が作業用テーブルに叩きつけられる。

あの豊重潤が呆気に取られている。これまで目立たなかった異相あざみがこんな激情を秘めていたのかと誰もが驚きを隠せないでいる。鍵野ゾーイのときのように幼稚な駄々を捏ねるのかと固唾を呑んで見守ったが、異相あざみは激しい感情と得体の知れない合理性を並走させているらしく、ニヤリと気味の悪い笑みを浮かべながら、そうだ、と呟いた。

「渡慶次ライラ、あなたが撤回すればいい。あなたはキツネなんかじゃない。ちょっとばかり寝ぼけてたんでしょう？　そうすれば手嶌令歌と南千尋は誤爆したってことで失格。これで万事解決」

「あんた何を」渡慶次がバカバカしいといったようにかぶりを振った。「自分が何を言ってるのかわかってるの？」

言うまでもなくこんなものは無理筋だ。

渡慶次ライラがキツネだということは村瀬リルが知っている。他にキツネはどこにもいない。ずさんな詭弁がまかり通るなら、このショーは子供の遊び以下の暇つぶしになってしまう。くだらない、と思いながらも、異相あざみが子供っぽさをむき出しにする姿を見ると、そもそも恋なんて不合理なものだったのではないかとあらためて思い知る気がする。ねじ曲がっているがゆえにひたすらまっすぐな矛盾した感情。

「豊重潤、あなたね、あなたがキツネね」

すでに異相あざみの眼は据わっている。正気とは思えない。

「やだ、この人、ぶっ飛んじゃってるよ」

問詰された豊重潤は決まり悪そうに苦笑いを浮かべた。

「認めるんだ、さあ」異相あざみはにじり寄る。

「やめましょう。そんなチンピラまがいのいちゃもんで世の中が……」と間に入ろうとした霧山宗次郎は異相の鬼気迫る一瞥にたじろいだ。

「怖いよ、あざみ、ど、どうしちゃったの？」と豊重潤が声を震わせる。

「認めないなら、魔法の呪文をかけてあげる。人間に化けたキツネの正体をあばく呪文を私知ってるの。悪いキツネは懲らしめなきゃね」

村瀬リルは、このショーはどこへ流されていくのか、まったくわからなかった。あらかじめ想定されたシナリオのどれにもない展開だ。誰ひとりとして行く先をコントロールしている人間はいない。この落ち着かない感情はなんだろう。不安なのは間違いない。でも——私はこれを面白がっている？

異相あざみは瞑目《めいもく》し、精神を集中しているかに見えた。

そして厳かに言葉を発する。

——上原野乃花、クマ取り手術。

——江口涼香、ボトックス注射を各部四単位ずつ。

——岸岡菜々美、フェイスリフト及びカニューレ管によるアゴ脂肪吸引。

——木島シェリル、ヒアルロン酸を唇に注入、涙袋形成。

「え？」豊重潤が言った。

——出口香奈枝、シリコン挿入によるバストアップ。

——小山田美咲、レーザーによるシミ取り。

——丹生谷恵美、PRP注射によるスキンリジュベネーション。

——仲村彩、鼻プロテーゼ挿入。

——高橋乃蒼、フェイスリフト。

――芳田愛子、脂肪溶解注射による二の腕スリム化。

――佐々木湧、ヘアトランスプラント。

――清水優奈、ヒアルロン酸注入によるほうれい線改善。

――護摩堂梨花、額のボトックス注射。

「ええ？」またもや豊重潤。「ちょ、ちょっと冗談……よね？」

――伊藤真由美、頬のフィラー注入。

――鈴原健一、顎のシリコンプロテーゼ挿入。

――斉藤舞、耳介軟骨移植による鼻整形。

――加藤ハナ、脂肪吸引によるお腹引き締め。

「やめて！　ふざけ……だ、誰か！　こいつを止めなさいよ！」

――長谷川萌、RF波による肌の引き締め。

――久我沼美和、目の下の脂肪除去。

「ねえ、あざみ、友達でしょ！　ねえってば！　お願い！」

――高坂麻美、レーザー脱毛。

「あんたら何してんの？　この女じゃなくてもいい。せめてカメラを！」

――大谷正樹、脂肪吸引による腹部の引き締め。

「頼むから誰か──ねえ！」

──山本香、リップフィラー注入。

──水巻智子、ヒアルロン酸による涙袋形成。

これはなんだ？

魔法の呪文だと言ったが、これは一体？

聞き覚えのある名前と美容施術の数々が淡々と並べられていく。誰もがこれが呪文だなどとは思わなかった。ひとり豊重潤の顔はみるみる引き歪んでいった。村瀬リルもその意味を遅れて理解した。

「あああああああ！」豊重潤は金切声で叫ぶ。

「安食カスミ、下眼瞼切開法による眼の下のたるみ取り、L字型プロテーゼによる鼻整形及び糸リフトによるこめかみリフト。さらにシミ取りシワ取り……」ようやく呪文とやらは途切れた。

「あ、あ、あんたそれをどこで仕入れたの！」

半狂乱で問う豊重潤だったが、カメラを含めてすべての視線は霧山宗次郎に向けられていた。異相あざみが最後に詳説した安食カスミという人物は、霧山の離婚調停中の妻だったからだ──どんなに呑み込みの悪い者もさすがに、この状況を理解した。異相あざみが仰々しく並べ立てたもの、それは豊重のクリニックの顧客とその施術内容に違いなかった。挙げられた名前は、アイドルに役者やセレブなど有名人ばかりだ。

豊重が故意に暴露したのではなくても、どんな理由であれ、それが流出したのであれば、管理体制が問われることになるはずだ。もちろん顧客たちは美容整形の事実を公表などしていないが、いくら否定したところで口さがない視聴者は噂を広めずにはおかない。

「な、な、なんでうちの嫁さんが出てくるんだ？」丁重な紳士という役回りだった霧山が素っ頓狂な声を上げた。「あいつそんなにイジってんの？」

「やめなさい！　まさかこんなものを放送するつもりじゃないでしょうね！　ねえ冗談よね？」

豊重潤はもう演者になど構っていない。

番組の監督であり、責任者である綿貫絢三につかつかと詰め寄る。

原則として、制作側のスタッフが画面に映ることはない。カメラやマイクが入念に隠されているのと同様に、スタッフは黒子として映像からその痕跡を消されている。ラブ・アセンションという共同恋愛空間のフレームの外には何も存在してはいけないのだ。どのような逸脱があったとて、編集ＡＩはスタッフの姿を風景の中にうまく隠すに違いない。

「さっきの戯言を消して！　いいわね？」

「……それはどうかな」と放送上では擬態したカメレオンのようにセットに溶け込んだ綿貫は、いったん言葉を濁したあと、

「クエーサーにケンカを売ったうえ不正を働いたのは君だ」

と小声で囁いた。これも放送されることはないが、至近距離に居た村瀬リルにははっきりと聞こえた。

ハッと振り向いた豊重潤は、作業用のエプロンを着たままの暮石剰一と花々で溢れる数メートルの距離を挟んで向かい合う。

「そうか、これはあんたの仕業ってわけね」

忌まわしげに吐き捨てる豊重潤に答えず、暮石剰一は手で銃の形を作ってそれを目尻の傷に突き立てた。誰もが息を呑んだ。

ここでは村瀬リルのうかがい知れぬ私闘が行われているのだ。

だとしても構図ははっきりしている。豊重潤はクエーサーの弱味――たぶん彼の前歴だろう――を掴んで、それをネタに何かを要求した。しかし暮石剰一はされるがままになってはおらず、この第四セクションで報復に出たというわけだ。それも考えうる限り最もセンセーショナルな形で。

クエーサーは銃を滑らかに変形させて四本の指を立てた。

その意味を解説するのは綿貫絢三だ。まるで閻魔王にかしずく従順な小鬼が死者の生前の罪状を告げ口するみたいに。

「四分。わかっているとは思うが、契約書にはどのような個人情報の開陳及びエンターテイメント制作上のいかなる演出も許容するとあった。それにあなたはサインしたのです。そしてこのセクションから当番組は限りなくライブに近づく。撮影した素材は編集AI〈ヒプノテイル〉によって速やかに編集され、ほとんどリアルタイムで配信される。そのタイムラグはわずか四分だ。いや、こうして話している間にも時間は目減りしていく」

「だったら早くなんとかしなさいよ！　こんなものを流されたら私破滅するのよ！」豊重潤は艶やかな髪の毛をかきむしった。

そこへ異相あざみが妄言を重ねる。

「豊重潤、キツネだと認めなよ。私はここで負けられない。私は出ていくの。あの村を出たみたいに。ずっとずっと遠くまで！」

「わかった。そうすればいいのね、そうすればさっきのあんたの暴露を取り消してくれるのね。いいわ、そんなことお安いものよ、キツネは私、私がキツネ、それでいいの？　あんたらの勝ちだわ！　どんな手を使ったか知らないけれど、まさかうちの顧客情報を盗み出してくるなんて。認めるわ異相あざみ、あんたとても卑劣だけど、吐き気がするほどやり手ね。クエーサーが何もかもを図ったのか、そうでないかも、真相はどうでもいい。とにかく私はこんな下らない番組から降りる。負けを認める、だから」

「無理だな、キツネ狩りの結果は覆らないでしょう」綿貫絢三は冷ややかに告げた。「あと一分で視聴者たちはテレビの前でしてたロさがない邪推が真実だったとわかる。いつだってお茶の間ではこんな言葉が飛び交っているだろう？　あの子もあの子も綺麗な女はみんな整形してるんだってね」

「あんたたちだって訴えられるわよ！」

「異相さんは、人名と美容施術を交互に述べただけだ。そこになんら名誉棄損の意図はない。そこにあなたがいることが問題なのです。美容クリニックの経営者であるあなたが文脈を作り出してしまう。あらゆる観点から見ても我々に責任はないでしょう」

うううううううぅ、と豊重潤は地団駄を踏んだ。

「なんでなんで、なんで私がこんな目に！」

完璧であるはずだった美容クリニックのオーナーは、パンプスを脱ぎ捨てると、紫のペディキュアが光る足でグルグルと歩き回る。ノイローゼになった犬のようだと村瀬リルは思った。

あの豊重潤が、このような醜態をさらす羽目になるなんて。

恐ろしいのはこの番組なのか、それとも暮石剰一なのか。

村瀬リルはクエーサーの正体を知ってから、無意識に彼に関わるのを避けていたが、知れば知るほどゾッとすることが増えていく。

「もし放送できないような映像がここで撮影されれば、AIは自動的にそれを排除するかもしれない。もしかしたらその周辺の動画もまとめてカットされる可能性はありますね。あの呪文とやらも」

サディスティックに綿貫絢三は口元を綻ばせた。

村瀬リルは、これまでに綿貫の笑みを見た記憶がなかった。

「裸踊りでもしろっていうの！」と豊重潤は涙目で言い募る。

ああ、と綿貫は手を叩いた。

「それはいいかもしれませんね。だって君はリゾートの海岸で椎葉絵里子さんの水着に悪戯をしたのでしょう」

「あれは――ちょ、ちょっとした遊びじゃない」と豊重潤は苦しい言い訳をする。

何度目かのインタビューで、村瀬リルは椎葉絵里子からこの嫌がらせの話を聞いていた。報告によれば、ブラジャーがほどけ、それを拾おうとした直後に椎葉は謎の生物に刺されたのだった。つまりＸＸＸに寄生されたのは、もしかしたら水着の紐を緩めた豊重潤のせいかもしれないのだ。

自業自得とはいえ、すでに大きな打撃をこうむっている豊重潤にさらに侮辱を加えるべきなのか、トップレスダンスを踊らせるべきなのか、村瀬リルにはわからなかったが、彼女のどこかで加虐の火がちろちろと揺らめく。

告解室に灯っていたキャンドルの炎のように。

「わかった。やるよ」もう何も考えられないといった憔悴の姿で豊重はまとっていた服をひとつひとつ脱ぎはじめる。汗と涙とですでにメイクはグチャグチャになって道化じみた滑稽さを漂わせている。

「レオ、タオルを持ってきて！」

豊重潤がワンピースを取り払って下着姿になったとき、これ以上見ていられないと、村瀬リルはバスタオルで彼女の裸体を覆い隠した。

「勝手なことをするんじゃねえよ」と苑池が咎める。

「こんなことはもうやめて。じゃないと私は」村瀬リルは言うべき言葉の続きを呑み込んだまま立ち尽くす。

じゃないと私は……この俗悪な見世物を心から愉しんでしまう。美貌も金も何もかも持っている高飛車な女がボロ雑巾さながらに踏みつけにされるのを、心の底の底から喜んでしまう。これは眼を覆うばかりの残酷ショーだ。どうせカットなどされやしない。このストリップダンスだって気休めにもならないモザイク処理を施されたうえで放送されるに決まっている。

「そのカメラマンの言う通りよ。勝手なことはしないで」

そう言うと豊重潤はかけられたタオルを振り払って、恥辱に打ち震えながらもガムシャラに四肢を振り乱す。

たわわな白い乳房が揺れ、髪が波打ち、足がもつれる。

クエーサーは同情も共感も示さず、石像のようにそれを眺めた。

手嶌令歌は鬼気迫るパフォーマンスを食い入るように見つめる。渡慶次ライラは諦めたように首を振った。異相あざみはまだ何かをブツブツと呟いている。南千尋はこの期に及んでもなおシャッターを切り続けることをやめなかった。誰もが狂っている。

「クエーサー、あなたを侮ったことをここにお詫びします」

豊重潤は敗北を完全に受け入れた。さらに、この番組で罵り嘲ったすべての参加者たちに対しては床に額を擦りつけるようにして謝罪した。

「私が悪かったです。全部わだしがぁ――だから許してぐださい」

とても演技だとは思えない。傲慢な人間のそのプライドが、ここまで木っ端みじんに打

ち砕かれる瞬間というものはなかなかお目にかかれるものではない。完璧だ、と村瀬リル

は心のどこかで考えてしまう。

あらゆる尊厳を踏みにじっていけ、と頭の片隅で声がする。それはエンターテイメント

の作り手としてのモラルを欠いた欲求だった。

いいぞ、なにもかもを面白おかしく消費し尽くすのだ。村瀬リルは自分が黒々とした快

感に染まりつつあるのに逆らえなかった。思い及びもしなかったけれど、これまでひたす

ら軽蔑していたはずの空疎なショーに村瀬リルは自分の一部を明け渡しつつあった。

なぜなのか——わからない。でも、そう。

そうだ、かつてないほどに近づいている。

私たちは、かつてないほど完璧なリアリティショーに近づいている。

高揚が頂点に達しかけたとき——

倒れ伏した豊重潤を踏みしだくように異相あざみが叫ぶ。

「キツネはこいつだ。よって誤りを犯した告発者たちは脱落する」

まだ言うのか。往生際悪く踏みとどまろうとするのか。あの呪文とやらをどこから知っ

たのか突き止める必要があるが、いまはスタッフとして、この場を収めねばならないだろ

う。あくまでキツネは渡慶次ライラであって豊重潤ではない。世迷言はここまでだ。私の

作品を台無しにするな！

はじめて村瀬リルはおぞましいはずのショーを守ろうと拳を握った。

しかし混乱は加速する。膨張する。すでにパニックの渦中にある現場に新たな爆弾が投げ込まれる、そんな予感が走った。

椎葉絵里子が「どうしても先へ行きたいんだね、あざみちゃん」とおっとりした口ぶりで言った。「だったら、もうここでわたしはいいや。あざみちゃんはわたしが寝込んだとき一生懸命看病してくれたから、これあげる」

そう告げると、椎葉絵里子は異相あざみに星花を優しく手渡した。

誰もが凍りついたように立ち尽くす。

なんだ？　どういうこと？

村瀬リルは椎葉絵里子にはっきりとした憎悪を覚えた。

どいつもこいつも次から次へと勝手なことばかりする。

「わたしはここで降りる。せっかく星花をゲットしたけれど、もうわたしには資格がないんだもん。この番組の趣旨にそぐわない。クエーサーではなくて、別に好きな人ができちゃったんだ。先へ進みたかったのは、その人とできるだけ長くずっと一緒に居たかったから」

何を言っているのだ。そんなことをどうして？

「だから……ここを去る前に自分の気持ちを伝えてもいいですか？」

物事の間尺が、正しい遠近法が、つまり世界がぐにゃりと歪曲する。

これが椎葉絵里子の力か。そうだサイキックなんかじゃない。もともと彼女はこうやってすべてを——大勢の人間が必死に作り上げてきた調和を歪ませてきたのだ。だから排除される。だから遠ざけられる。

こいつははじめから異郷人《エイリアン》なのだ。

ひどく残酷な気持ちになって村瀬リルは打ち震えながら言う。

「そろそろわかれよ、このバカ女」

思わずそう呟いてしまったのと同時に、椎葉絵里子ははっきりと告げた。

「わたしはスタッフの村瀬リルさんを愛しています」

村瀬リルの頭は真っ白になった。

そうして重力が見失われた。

8

気付かぬほどにゆっくりと、重力は減衰していたのだ。

ふわりと足の裏から荷重が抜けていく。

唐突な愛の告白に文字通り浮足立ってしまったようだ。

大きなセットや機材は電子的な吸着アンカーによって床と壁に固定されていたが、ハサミや針金など雑多な小物はふわふわと心もとなく漂い出してしまう。何より花々が空中に舞い踊るさまはあまりに幻想的だ。

おまえなのか、椎葉絵里子？

おまえに違いない。そうだろ？

撮影班のひとりがユニットの支柱にしがみつきながら、「エレベーターの上昇速度が落ちたんだ！」と叫んだ。この高度では地球の重力の影響はほぼないと言っていい。ゼノスケープでは、ユニット上昇によって疑似重力を作り出していたのだったが、それが何か不具合を起こしているらしい。アバドン社の技術力を疑問視する声は多くなっている。

巨大多国籍企業の落日は近いのかも——だが、いまは、そんなことを心配している場合じゃない。

「わたしじゃないよ」と踵を浮かせて椎葉絵里子は言った。「知ってるんだね、わたしの力を」

「ええ。あんたがやったんだ、そうでしょ！」

カメラが一斉にこちらを向いた。

クエーサーはこちらの動静をうかがっている。霧山宗次郎は身振りを交じえながら喚いた。退場し損ねた渡慶次ライラと豊重潤が顔を見合わせる。異相あざみは譲られた星花を大切そうに抱えながら、花弁漂う無重力空間に横たわり、オフィーリアのように何やら歌を口ずさむ。

村瀬リルは、素顔を晒すことになるだろう。先程のやり取りにおいて綿貫絢三の姿は特定されないように加工が施されていても、村瀬リルの場合は参加者のひとりに恋心を抱かれ、あまつさえ告白されているのだ。編集ＡＩは村瀬リルをスタッフであるよりもひとりの演者《プレイヤー》と判断するに違いない。

「わたしは……むしろ落ち着かせている。ほら、こうして、ね？」

すると重力は戻った。

ユニットの上昇スピードが戻ったわけではなさそうだ。椎葉絵里子はあらためて下方への重力を生み出し、失われつつあった安定を取り戻した。

「疑ってごめんね。その力をこんなにもコントロールできてるなんて」

素晴らしいわ、と村瀬リルは付け加えた。

空中に舞い上がった花々がゆっくりとまた降り積もる。

椎葉絵里子の告白は二つのことをもたらした。

ひとつは、異性愛《ヘテロセクシャル》を前提としたこの番組に亀裂を走らせたことである。男は女に、女は男に恋をするという暗黙のフレームを破壊してみせた。椎葉絵里子は誰よりもイケてる男であるクエーサーに恋心を寄せないまま勝ち残ってしまったし、番組もまた、そのようなバグを取り除けないでいた。村瀬リルは椎葉の気持ちにまったく気付けず、迂闊にも不意を突かれた。

もうひとつは、表舞台である参加者たちと裏方であるスタッフの垣根を無効化したことだ。人為的なフィクションであることを感じさせないリアリティ番組の表舞台に存在してはならないはずの人物を引っ張り込んだ。

恋の対象となったということは、つまり村瀬リルもまたひとりの演者に成り上がったということだ。あるいは猿回しが猿に成り下がったともいえる。

安全な場所から、俗悪な人間模様にホイップクリームを添えて配膳していたはずの村瀬リルは、気が付けば自分自身も皿にのせられて貪婪《どんらん》な視聴者に舌鼓を打たれる側になってしまった。

どうしてこうなった？

そんな準備はできていない。私は自意識過剰で目立ちたがり屋の彼女たちとは違う。つつましく地味に生きてきた。なのに――私はなぜ、同意もないまま照明を浴び、気付かぬうちにポルノに出演しているのだろう？

「こんなヘンテコな力のことなんてどうでもいい。力より大切なもの……それは」

椎葉絵里子は話を変える気はなさそうだ。

「愛だとでも言うの？」村瀬リルはレオ・フレッチャーがエイリアンと人間における真実の愛について語ったことを思い出した。それを笑いのめしたことも。「ごめんなさい……ちょっと混乱してる」

「仕方ないよね。責められることじゃない」

「えーと、あなたはもともとその……」

「もちろん、男が好きだって思ってた」と椎葉絵里子。

両性愛者であれば、クエーサーと結ばれる可能性があるのだから、ラブ・アセンションの参加資格を備えていることになる。ただし同性愛者となれば、男女ペアの成立をクライマックスとして目指す、この番組の趣旨に反しており、参加自体が契約違反にあたるだろう。ぶしつけに性的指向を訊ねることはマナーに則っているとは言えないが、無礼になるのも躊躇している余裕はない。

「でもそうじゃなくなった？」

「村瀬ちゃんは、わたしにずっと寄り添ってくれたでしょう？　不安で堪らないときも、インタビュールームへの呼び出しに応じてくれて、何時間もわたしの話に耳を傾けてくれた」

「あれは……仕事だから」言いにくい台詞を喉から押し出した。それ以上でもそれ以下でもない。仕事でなければ、椎葉絵里子などに構いつけやしないだろう。恋人はもちろん友人になるのさえ願い下げだった。

「そう、だよね。うん、わかってるよ。でも気持ちだけは伝えておきたくてさ。わたしだって混乱してる。はじめて女性にこんな気持ちを抱いたんだからね。男性が怖いんだって言ったでしょう？　もしかしたらこれって逃避なのかもしれない。代償行為なのかも。でもさ、理屈で説明したってしなくたって何も変わらない。本当は性別も関係ない。わたしというひとりの人間があなたというひとりの人間を好きになった。それだけなの」

綺麗事を抜かすなと、また鋭い言葉が飛び出しそうになる。

おまえは果たして人間なのか？

宇宙の彼方からやってきた寄生体に半ば乗っ取られているおまえのどこが人間なのか。文書によれば、XXXは宿主の意中の相手を虜にするはずだったが、それは異性にしか効かないらしい。なぜなら村瀬リルは恋に落ちてなどいないからだ。おそらく寄生体は生殖のために戦略を選んでいるのだろう。ごめんね、私にはあなたの魔法は通じないんだ。

「わかってる。あなたはわたしを受け入れない」

疲労のためか緊張のためか、椎葉絵里子はX脚気味になっていた。

映してくれるなと懇願されたのに、結局カメラは残酷なまでにそれを映し出す。私はこれっぽっちの約束も守れない。村瀬リルが暗澹《あんたん》とした気持ちで小指のピンキーリングを外してゆっくりと手から離すと、それは音もなく落下していく——その方向を下と呼んで差し支えないのなら。

「うん、気休めは言わない。そうよ。私はあなたという人間を好きにはなれない。同性だからじゃない。それだけが問題じゃない。だから——」

だから、ごめんなさい。私はあなたを拒絶します。

「ありがとう」椎葉絵里子の涙は頰を伝わなかった。このわずかな水滴だけが重力を欺いて宙に漂う。「これで諦めがつくよ」

「あなたはあなたが思っているような呪われた存在なんかじゃない。こう考えてみたらどう？　あなたは垣根を越える。硬直した境界線を踏みにじる。それは誰かにとって呪いでも別の誰かにとっては解放でしょう？」

「解放。わたしが？」

「今回の番組のレビューを見るといい。良くも悪くもあなたのおかげで番組はメチャクチャになった。罵る人もいるでしょうけど、視聴者の中には胸のすく思いの人もいるはず。あなたはいっときの気晴らし以上のことをした」

椎葉絵里子の一挙手一投足を皆が見つめていた。

とりわけ村瀬リルはハラハラした。次の瞬間に軌道エレベーターがへし折られるかもしれないのだ。極小ブラックホールで後頭部をカチ割られるのかも——でも、そうはならなかった。幸運にも。

椎葉絵里子が不器用にねじ曲げたのは、自分の唇の端だけだ。

「いっときの気晴らしのためじゃないお願いがある。あなたにキスしたい。これっきりで永遠に想いを振り切るから。だから——」

上目遣いの要求に村瀬リルはたじろいでしまう。

「え、あ、急にそんな。わ、わたしの唇なんてカサカサの焼きタラコだよ、そ、それでもよければ、まあ、そうね、へ、減るもんでもないし」

椎葉絵里子に同情したのではない。村瀬リルは、すでに無意識に演者としての立ち回りをはじめていた。カメラという光学機械でむき身にされ、編集という解剖台でバラバラにされないためにどう振る舞えばいいのか、それだけのために思考は高速で巡っていた。

暮石剰一は何も言わず首を横に振った。

番組の名前でネット情報をサーチしたレオ・フレッチャーは「神回だって大騒ぎになってるぞ！」とひとり色めき立った。「キツネ狩りからの豊重潤のトップレスダンス、んで椎葉絵里子の衝撃の告白とこいつ誰やねんの下っ端アシ村瀬リルの登場！」

一方、村瀬リルは椎葉絵里子のキスに応じたのを即座に後悔していた。

よく考えてみたら、これって私のファーストキスじゃないの。しくじっちゃった、と彼女は泣きたくなる。歴史的な口づけをエイリアンとするハメになるとは。大幅に遅れてはいても、入念に立てた人生計画では私好みの細マッチョな年下ラガーマンと夜の海で――

うぐっ！

だしぬけに口を塞がれて村瀬リルは気を失いかけた。

ぎゅっと眼を閉じ、歯を食いしばっていたのがいけなかった。鬼の形相で唇を重ねる村瀬リルの姿は超ドアップで配信され、世界中の笑いを誘った。

が、ふいに緊張が解ける。と同時にかすかな喪失感がポツンと残る。

この唇の感触は二度と思い出せないだろうし、また決して忘却し切ることもできないだろうという矛盾した想い。

「絵里子」はじめて村瀬リルは演者とスタッフという関係を超えて彼女に呼びかけた。あなたは一体私に何をしたの？

「いまのキスに乗っけて、わたしのものはみんなあげちゃった。どうか受け取って欲しい。でもね、そのうちで大切なのは勇気。無謀な恋に挑むためのなりふりかまわない勇気をいつかあなたも絞り出すの。いい？　ためらっちゃダメだよ、ううん、まだ理解してくれなくたっていい、いつかあなたはそうする。それじゃ、さようなら。大好きだった」

椎葉絵里子は深々とお辞儀をすると、背中を向けて、誰からも記憶されることを拒むみたいに全力で走り去った。足をもつれさせはしても、とうとう転ぶことはなく――あらゆるカメラのフレームから逃れた彼方へ――村瀬リルを残して。

脱落者インタビュー

7　渡慶次ライラ　役者（キツネ）

おつかれさまでした。だんだんと悔しさがこみ上げてきたよ。キツネとして本領発揮とまではいかなかったけれど、少しでも視聴者の皆さんに楽しんで貰えたならうれしいな。

いろいろ仕掛けたつもりだったのに、編集でほとんどカットされちゃって……ごめんね、おばあちゃん。不甲斐ない孫だよね。

キツネのくせにキツネ狩りをそそのかしたのが裏目に出たね。

千尋と令歌にしてやられるなんて！

あいつらが思ったよりずっとバカじゃなかったのが誤算だったね。

あーやっぱ悔しいな。もう悔しみ？　それしかないね。

んでも、ま、第四セクションはとんでもない波乱が立て続けに起こって、超手に汗握る展開だったよね。ここまで残れたのが、なんていうの歴史の証人的なアレよ。語り継ぐべき伝説っての？

ひとつ言えるのは、同じチャンスがあれば、もっとうまくやる自信があるってこと。もう顔バレしちゃってるからキツネにはなれないけど、次は参加者になってもいいよね。

ぶっちゃけクエーサーに群がる女たちをはじめは見下してたけど、ずっとそばで見てるうちに、案外これは価値ある戦いなのかもって気がしてきたわけ。クエーサーはただの物差しでしかなくて、参加者たちは、対象の好みに適った魅力と能力をアピールする。

美貌とスタイルだけじゃない。知性と教養だけでもない。人柄と愛嬌だけでもない。もっともっと計測不能な何かが試される。

それって面白いじゃない？

　恋愛という仮の枠組みのせいで見えにくくなっているけれど、女性としての総合力をぶつけ合える貴重な場かもしれない。一方の性にまつわるものとして定型化された魅力や、それを良きものとしてラッピングするのはどうかって話はあるけれど、そのあたりは社会活動家の真帆っちに任せるとしてさ、ただもう一度純粋なゲームとしてこれに挑戦したいってのは本音だね。

　人間に化けていられなかったキツネは殺されたけれど、次はうまくやってみせる。どんな皮でもかぶって、クエーサー好みのどんなものにでもなってあげる。これは自分自身への挑戦であって自分を偽ることとは違う。これでわたしのショーはお開きだけど視聴者の皆さんとはすぐにまたお会いできるでしょう。わたしは渡慶次ライラ。唯一無二にして七変万化のシェイプシフター。次はキツネじゃなくてエイリアンみたく都会の夜に紛れて、君の隣の誰かさんに化けて、金曜ともなれば哀れな犠牲者の脳を吸い出すかもよ。きっときっとおぼえといて。（ウィンク）

8　豊重潤　美容クリニック経営者　インタビュー不能

9　椎葉絵里子（音声のみ）学校教員

あー、とんでもないことをしでかしちゃいましたね。

でも、これがわたしなんです。ひとりの男性を奪い合う恋愛リアリティ番組で同じ参加者の女性ならまだしもスタッフの女性に恋をしてしまう。驚きとうんざりとが入り混じったみんなの表情をよく覚えています。わたしの人生にはあんな顔がズラーッと隙間なく並んでる。だとしてもわたしにはどうしようもなかったんです。

村瀬リルさんのことを本当に大好きでした。

これまでに恋したどんな相手よりもずっと強く想った。性的指向のことはどう言えばいいのでしょうか。いわゆる「同性に目覚めた」わけではないのです。新しい扉が開いたのでもない。これは誰にでも起こり得るありふれたことであり、それでいて特別なこと……だと思います。

何も断言なんてできない。

わたしは自分を不当に低く扱わなかっただけ。

ただ相手の気持ちを考える余裕がなかったのは確かです。受け入れられるはずのない相手に気持ちを告げるのは、ひとりよがりの押しつけなのかもしれない。だとしたらわたしは罰せられる覚悟があります。

この番組ではずっと孤独を感じてきました。

怪我をして寝込んでようやく回復したと思ったら、もうすべてが激しく移り変わっていて、わたしは嵐みたいな流れの中に飛び込む勇気が出せなかった。この遅れを取り戻せないんじゃないかと怖くなったとき、いつも村瀬リルさんがそばにいてくれた。手を引いてくれた。みんなとまた肩を並べられるようになって。わたしは彼女と話すうちに深く信頼するようになった。それだけじゃない。ただ、どこにでもある普通の恋をしたんです。

あのインタビュールームが、わたしの一番の恋の舞台だった。

視聴者から顔も見えず声も聞こえないであろう、カメラの手前側にいる村瀬リルさんをずっとわたしは追いかけていた。視聴者にとっては存在しないはずの彼女を乱暴に引っぱり出してしまったけれど、それについては許しを乞うしかない。ただね、ここでは「ごめんなさい」より「ありがとう」を残したいんです。最後のキスは暴力だったかもしれません。あの状況で去り行く女の懇願を断るなんて、とても冷酷な人間に見えてしまうでしょうから、それを知りつつわたしは……わたしはひどい人間です。

こうして最後の最後でカメラを遠ざけることもそう。ペコペコと卑屈な態度を取っているくせに誰よりも強く我を通しちゃうんです。すいません。わたしという歪んだ人間をもう映さないで欲しい。

でも、それだけじゃない。

カメラの前にいると、ずっと何か微妙な感覚があったのです。何者かの不可解な意志に組み込まれていくような薄気味悪さが。センセーショナルでいやらしいシーンを求めるリアリティ番組の習性のことじゃない。そんなものはたいしたことじゃない。そんなバイアスの裏側にもっと空恐ろしい別の力が潜んでいる。あれはなんだろう？　わたしはずっとあれから身を隠そうとしてきた。とても危険でアンバランスなもの。わたしはただ村瀬リルさんが無事でいてくれたらいいと願う。これ以上空の彼方へと墜ちていかないでくれたら、それだけをただ祈ります。

幕間のガールズトーク

第五セクション前　共用ウォーク・イン・クローゼット

手嶌令歌　異相あざみ　南千尋

手嶌令歌　とうとう三人になっちゃったね。

南千尋　いっぱいだった共用クローゼットもガラガラだ。

異相あざみ　うん、私たちの服のびのびくつろいでる。

手嶌令歌　千尋の服は実際びろんびろんに伸びてる。
南千尋　着古したジャージ最強。色気はないけど、クエーサーに会うのなんてな、ここの暮らしのほんの一部でしかないわけやし。
　南千尋、ハンガーを指先でクルクル回す。
手嶌令歌　この三人のうちの誰かがクエーサーと結ばれるんだね。まだ実感わかないかも。
異相あざみ　私は絶対に勝つよ。誰かと結ばれるって意味は正直わかっていないけれど、どんなことしても勝たなきゃ。
南千尋　あそこから星花をゲットして生き残るなんてなぁ、すっごい執念だったわ。でも、そんなに暮石さんのこと好きなん？
異相あざみ　好き好き好き好き大好き。こんな恋をしたのははじめて。彼のことが頭からずっと離れないんだ。
手嶌令歌　思春期かよ。
南千尋　あの呪文はどーしたの？
手嶌令歌　そうそう、令歌もそれが知りたかった。もしかしてハッキングってやつ？　潤のクリニックのデータベースに侵入したとか？
異相あざみ　みんな映画やドラマの観すぎじゃん。そんなわけないんだよ。私にはそんな技術ないし、あったとしても何もかも取り上げられたこの状況じゃ何もできやしないよぉ。エレベーターに上がる前ならいろいろやりようはあったかもね……。（ふいに何かを閃く）いや、そうか、やられたのはこっちなのか。

手嶌令歌　ん？

異相あざみ　ううん、水やりドローンも掃除ロボットも、島のコテージからセレモニーまでの間に起こったことは誰かの私への妨害だったのね。

南千尋　紗英ちゃん？

異相あざみ　え？　なんでわかるの？

南千尋　えー気付いてなかったんか。鈍感過ぎるわ。あの子はあざみちゃんをライバル視してたでしょ、前にな、あんたの会社の面接で落ちた言うてたしな。普段からな、憧れと敵意が入り混じった気の毒な態度やったろ？

手嶌令歌　なーんだ、わかっていながら泳がせてるんだと思ってた。ジャレてたわけじゃないのか。あの子はいろいろと小細工をしてあざみにキツネの疑いを向けようとしてたのもわかってた。あんたらは知的なゲームを楽しんでるものだとばかり……まあいいか。つまり、あの呪文はあざみがサイバーアタックで手に入れたものじゃないってわけね。

異相あざみ　アタックしたのはきっと紗英ちゃん、彼女はあらかじめライバルたちの弱味を調べ尽くしてたんじゃないかな。部屋のドアの下にポストカードが挟まってて、手書きで〝ふっかつのじゅもん〟って書いてあった。あのカードは紗英ちゃんと買ったやつだから、紗英ちゃんが残してくれたものだってすぐわかった。土壇場のヤバいときに唱えるんだと思ったの。ちゃんと復活できるとは。さすが紗英ちゃん！

手嶌令歌　でも、とっくにあの子は脱落してたわけでしょ。そのカードを誰かが配達してくれた？　うーん、怪しいな。

南千尋　とにかくさ、自分が脱落するとわかった紗英は隠し持ってた最悪の切り札をあざみちゃんに託したってことよね。恐ろしい子。

異相あざみ　友情の勝利と呼んで！

手嶌令歌　ま、でも、潤はさ、あの性格でしょ、誰に恨みを買ってても不思議じゃないよね。ってか当然だし。

異相あざみ　あそこまで大変な目に遭うとは思ってなかった。

手嶌令歌　だとしてもさ、そーゆーことだって、なんとなくわかるでしょ。あのリストの芸能人ひとりも知らなかったとか？

異相あざみ　全然知らない。ドラマもバラエティも観ないし……もちろん恋愛リアリティ番組もね。

手嶌令歌　なら、どーして来た？（笑）

異相あざみ　んんん、私がいると会社の風紀が乱れるからって重役が勝手に応募しちゃったんだよね。ひどいよね。でも来てみて、すべて変わった。私ずっと知らなかった。みんなの言う恋ってのは、こういう感じなんだね！

南千尋　いや、あざみの恋はみんなのとは大分ちゃうような気が……

手嶌令歌　もっと大人しい子かと思ってたら、禁断の呪文を唱える魔法使いだったなんて！

異相あざみ　ぶっ飛んでるのは椎葉絵里子ちゃんでしょう。なんだろう、もうメチャクチャになったじゃない？　もちろん星花をくれたのは本当にうれしかったけれどさ、あの時の絵里子ちゃんてまったくフツーじゃなかったって思わない？　まるで人間じゃないみたいだった。謎の生命体？

手嶌令歌　同感だね。あの子が残らなくてよかったって正直思う。彼女とクエーサーを巡って戦うなんてゾッとする。

南千尋　うちは誰が相手だろうがベストを尽くすだけ。

異相あざみ　いまのところ誰が有利なんだろ？

手嶌令歌　さあね、でも剰一への気持ちならあざみが一番なんじゃない？

異相あざみ　千尋ちゃんは？　どう？

南千尋　うちも暮石さんと結ばれたい。でもね、あざみちゃんのが恋やとしたら、うちのは恋じゃないかも。そうなぁ、家族としてあの人のそばに居たい。同じ写真のフレームの中に並んで写りたい。永遠に凍りついたみたいなわざとらしい笑顔ぶら下げてな、そういうことなんよ。

異相あざみ　ははは、何それ。どゆこと？　令歌ちゃんは？

手嶌令歌　令歌はもともと恋愛体質のギャンブラーだから、なんの計算もない。当たって砕けるのみ。でもひとりで玉砕も癪だから、相手も砕くよ！

異相あざみ　ははは、ヤバ。もっと駆け引きに長けた蜘蛛みたいな女だと思ってた。割と直球なんだね。

手嶌令歌　後先考えないんだ、それでしくじってばかりいる。そのくせ反省も後悔もナシ！

南千尋　イメージ崩れたよね、自他ともにさ。もしかすると新しい自分に出会えたのかもしれへん。（白いドレスを取って）ほら、これやけど、サイズぴったりや言うて莉安が餞別にくれたんよ、彼女のブランドの一点もので、ほんまなら眼飛び出るくらいの値段するっぽいし、そんなの貰えないて言うたんやけどさ、似合うからって譲らんかった。でもね、確かに最近、これを着てみると、まんざらでもないなって思えた。不思議やわ。ウェディングドレスには地味やし、死装束にしては派手だけど。

手嶌令歌　みんな何かと託されてんのね。令歌は何もない！　人徳の問題？

異相あざみ　(手嶌を無視)次のセレモニーはそのドレスで？

南千尋　そ、令歌ちゃんとはキツネ狩りで手組んだけど、次は真っ向勝負だね。最高にドレスアップしてさ、呪文も魔法もなしで戦うの。

9

「やってくれたな村瀬よぉ」
「ええ、やりまくってやりましたよ」
「てめえ、なんで得意げなんだ、おうコラ？」
　苑池がゴリゴリと顔を寄せてくるのを、額で押し返しながら村瀬リルは命令違反のすべてを潔く認めたが、一歩たりとも引くつもりはない。宇宙からの寄生体XXXの宿主である椎葉絵里子をあえて不利にするためにキッネ狩りを仕組んだことまですっかり露見していた。

レオのやつがゲロったに違いない。あの裏切者め！

村瀬リルがレオ・フレッチャーを睨みつける恨めし気な眼差しを遮ったのは綿貫絢三の矮軀《わいく》だった。ここは村瀬リルに愛を告げるために脱落した椎葉絵里子の部屋。相部屋だった島のコテージと違って、軌道エレベーターではそれぞれに個室が与えられたが、脱落者が出るごとに空き部屋は増えるから、それを清掃したのちスタッフに開放していくことになっていた。

「君のしたことは、許し難い違背行為だ。貴重な実験体がこの番組から失われたよ」歪んだオブジェを物珍しそうに手に取りながら綿貫絢三は独り言のように呟いた。村瀬リルは、怒気を秘めた小鬼が弄ぶグラスを奪い取ると、

「ええ、残念ですが、もう実験とやらはおしまいですね」と言い放った。

この部屋には椎葉絵里子の体温が残っている気がする。

誰にも踏み荒らされたくないと村瀬リルは思う。彼女の恋心には応じられなかったが、エンタメの走狗《そうく》になりかけていた村瀬リルの眼を覚ましてくれたのは、あの突然の告白だった。

あれには毒気を抜かれた。村瀬リルは思い出し笑いを浮かべた。

「何がおかしいんだ？　この無能がぁ！」と苑池が罵声を発し、テーブルをドンと叩く。

「レオ、おまえもおまえだ、どうして止めなかった？」とハーネス付きスリーピングポッドに腰かけた音響技師に噛みついた。

「でもさ、すげー画が撮れたわけでしょう？　はっきり言って、この前の配信は歴史的な回になった。それにまだまだ余波は広がりつつある」

キツネ狩り、クリニックの顧客データ流出による豊重潤の失墜、そして椎葉絵里子の想定外の告白と、目まぐるしいテンポで事態は推移した。疑似ライブ放送での配信は編集AIの配慮によって〝ふっかつのじゅもん〟とやらの内容を伏せていたが、そこで何が起こったのかは一目瞭然だった。音声は伏せられていたものの、異相あざみの唇の動きはそのまま放送されたから、解析ツールを使えば、すべてが判然とするだろう。

「はぁ、ずっと騙されていたなんて。結婚前にあいつを褒めそやした部分は全部整形だった。ひとつ残らずだ。私は豊重潤の技術に恋をしたようなもんじゃないか」

流出した豊重の顧客データの中に妻のものがあったことがよほど応えたのか、霧山宗次郎は、すっかり覇気を失っていた。顔だけで人を選んでるからそんなザマになると村瀬リルは霧山を冷たくあしらった。影の薄くなった進行役の頬を、観葉植物の葉がいたわるようにさわさわと撫でる。

霧山と対照的にレオ・フレッチャーはひどく陽気だ。

「過去回の視聴数もうなぎ上りに増えてます。予測のつかない展開にみんなびっくりしてる。ヤラセだとかそうじゃないとかって議論も活発だね。どちらにしろ連中は、リアリティ番組につきまとう虚実そのものを面白おかしく消費するつもりなんだよ。ともかく、このデタラメな番組こそが、いま観るべき何かなんだっていう風潮が世の中に共有されつつある。どっちに向かって吹いてるにしろ、これは俺らにとっちゃ追い風ですよ」

「レオ、あんたがやったんでしょ？　異相あざみに豊重クリニックの顧客データを吹き込んだ！　味方だと思ってたのに、あんたもこのクソったれな番組の犬なんだ！」

「そりゃそうだよ」とレオがきっぱりと言い切る。「俺たちはさ、金で雇われてんだ。この秘密の実験を完遂させりゃボーナスも出るって話だ。なんでリルみたいな跳ねっかえりと心中しなきゃならない？」

村瀬リルは軽蔑を隠さない。「そんなヤツだとは思わなかった。長いものと見りゃグルグル巻かれる緊縛ミイラ野郎だったとはね！」

「なんとでも言えばいいさ。それにあの呪文とやらはそもそも守随紗英が用意していたものだ。この部屋と同じ。住人の居なくなった守随の部屋に残されていたんだ。親切な俺はそいつを守随と一番仲の良かった異相あざみに渡してやっただけだ。親切を感謝されても、非難される覚えないよ」

「他の連中がゲスいのはわかってたけど……レオ、あんただけは見損ないたくなかった！」と村瀬リルは喚き散らした。

「君にはもうこの番組のスタッフを降りてもらう」椎葉絵里子が部屋に残していったパンダ柄のクッションを踏みつけながら綿貫絢三は言う。「……つもりだったが、そうはいかなくなった。まだ実験は終わっていない」

「え？」村瀬リルは眼を丸くした。

「椎葉絵里子の他に、まだXXは存在する。寄生体の定着が確認されなかったため、観察対象として優先度は低かったが、近頃無視できない兆候が見られた」

「それは誰？」

言うわけねえだろ、と苑池が黒ずんだ頬を歪めた。

「おまえがすべてを台無しにするんだからな。いっときでも信用した俺たちがバカだったさ」

しかし、と綿貫は発音練習をするようにはっきりと口にする。

「君を辞めさせはしない。言ったろう？　これは一蓮托生の仕事だと。こんなところで君を放逐して、よからぬことを触れ回られるわけにはいかないからね」

「よからぬこと？　ただの真実じゃない！　信じがたいとはいえね——あの一瞬、私は足を踏み外しかけた。何もかもうっちゃってさ、もう面白ければどーでもいいかもって気になったんだ。傷つかない安全な場所から、誰かをピエロに仕立てて、くだらないショーを作る。あんたらの同類になりかけた。でもね、椎葉絵里子がそうはさせてくれなかった。私もピエロになって舞台に上げられた。すべてがひっくり返ったのよ！」

「椎葉絵里子に告白された時点でリルは演者になった。そうだね、出演料を上乗せしてやってもバチは当たらないと思うよ」とレオ。

「金が欲しいのかよ？」与しやすそうと踏んだのか、苑池がニヤニヤと笑いかけるが、村瀬リルは「ええ、たんまりふんだくってやる」と凄んだ。「お金以上のものを」

　しかし、本当にどうしたいのか彼女にもわからない。

　この仕事を最後までやり遂げたいのか、それとも後ろ暗い計画の片棒を担ぐのをやめて身を退きたいのか。ただ、こいつらの言いなりになって、都合よく利用されるのは御免だった。

「私をクビにしないのなら、何をして欲しいの？」

「椎葉絵里子をここに引き止めろ、この高度から地上に還すには健康安全上の検査が必要だという名目で彼女を足止めしている。ショーからは脱落したが実験体としてはまだ価値がある」

べらべらと喋る苑池は、まるで腹話術師の人形のように見えた。もちろんこの不細工な代物を操っているのは、その背後で短い足を組んで座る綿貫絢三に違いない。村瀬リルは眼を剥いた。

「いまさらどうやって連れ戻すの?」

「やっぱりあなたのことが好きだったとか、なんとでも言えばいい」

「ふざけてんの? あなたたちは人の気持ちを弄ぶことに一ミリだって良心の呵責を感じないんだね」

「気持ちを弄ぶだと? それはおまえじゃねえのか。何度もインタビュールームで二人きりになって色目を使ったんだろ? 孤立無援の宇宙女に妙な期待を持たせやがって。そうやって二人して俺たちの番組を引っ掻き回そうとしたんじゃねえのかよ!」

頭が真っ白になって気付くと、サイドテーブルの大きな空っぽの花瓶に腕を突っ込んで振り上げていた。奇妙にねじれた形状なのは、元からのデザインなのか椎葉絵里子の力によるものなのかわからない。

「お、おまえ! やめっ!」

この喧《やかま》しい人形をぶち壊してやる。村瀬リルは苑池の頭部に花瓶を叩きつけた。ついでにキャップが脱げ落ちてむき出しになった禿頭に、砕けた陶器のギザギザの断面を突き刺してやるつもりだったが、間一髪でレオ・フレッチャーに止められた。

「見かけによらずケンカ慣れしてんな」

「はじめてだよ、人を殴ったのなんて……花瓶ではね」と興奮に肩を上下させながら村瀬リルはレオの眼を見ないまま答えた。まるで頭皮を剝がされたかのようなパニックに陥った苑池は、ひぃひぃと喉を鳴らしながら尻もちをついてキャップを探し回っている。頭部からの出血には気付いていないようだ。

「あちゃ〜こりゃ四針は縫わなきゃだ」と霧山宗次郎がほくそ笑む。

村瀬リルは砕けた陶器の欠片を袖から払い落とした。

「このハゲ。今度ふざけたことをぬかしたら、ただじゃおかない。本当に絶対に殺してやるから」

「わかった」と応じたのは苑池ではなく綿貫だった。「もうやめろ、さっきの件はもういい。椎葉絵里子は行かせてやれ。ただし村瀬リル、君は危険で御しがたい。レオ君のように忠実で有能なスタッフにはなれないだろう。もう何もしなくたっていい。すべての撮影スケジュールが終わるまで、有給で謹慎してろ。君を愛した女の部屋で好きに過ごしたらいい」

忠実で有能なレオ・フレッチャーは、ネオ・フューチャリズム様式の快適な部屋を見渡して「それなら」と村瀬リルだけにウィンクした。「のんびりくつろいでもらいましょうか」

「ああ、頼むよ。もう面倒なことに手を焼きたくないんだ。この血まみれの男を医務室へ連れていくのは誰だ？　新しい帽子は誰が買ってやる？」と綿貫絢三はうんざりした口ぶりで言い放った。

怒りとも恐怖ともつかぬ震えで苑池寿のわずかな頭髪は、空調とは無関係にそよいだ。這いつくばってブルーのキャップを拾おうとするが、強度の近眼のため、まずはメガネを拾わないことにははじまらない。なのに羞恥心からひどく慌ててジタバタしているその尻をレオは蹴飛ばした。

「残りセクションはあと二つ。こんなに盛り上がったんだ、尻すぼみにならないようにせいぜい気張んないと、でしょ？」

ああ、と頷きながら、四つん這いの苑池を跨ぐために綿貫絢三は短い足を大儀そうに踏み出した。「二番目のXXの力は、分析によれば人間の認知そのものに作用する。いままで彼女の能力に気付けなかったのはそのためかもしれない。油断するな。彼女の力は極める。これまでの我々のプランニングがことごとく破綻してきたのはきっと〈ヒプノテイル〉に近いものか、あるいは〈ヒプノ〉と相互作用している可能性もある。編集AIの機能が現実にはみ出たと思えばいい。

「それって――」村瀬リルが言いかけるが、四人の男たちは、村瀬リルを相手にしない。男たちといっしょに自分も部屋を出ようとするが、鍵野ゾーイを番組から退場させたのと同じ連中が駆けつけて、村瀬リルを出来るだけ丁重に室内へと何度も押し戻す。正気を失った貴賓を扱うみたいな心配りに満ちていながらも断固とした物腰で。村瀬リルは男たちの顔に爪を立てながら、力いっぱいに声を絞り出す。

「ふざけんな、おまえらマジで許さない、許さないからね!」

デジタルロックで外から施錠される無機質な音が聞こえた。

軟禁されてひとりぼっちになると、村瀬リルは、分厚いドアに向かって飛び蹴りするが、面白いように跳ね返されて骨盤を激しく打ちつけた。痛みとは違った理由で涙が溢れ出る。信頼していた人間に裏切られたからじゃない。裏切られてもなお心を切り離すことができないからだ。どうして私はあいつのことが気になるのか……誠実さの欠片もないあんなやつのことが。こんな意味不明の感情を持て余すのは、もううんざりだった。号泣しながら、くぐもった悪罵を喚き散らしたあげく力尽きた彼女は、腹ばいのまま眠りに落ちた。

10

フィフスセクション　高度３００００キロメートルまで

異相あざみ

未知のものだった恋という感情はいまだ手つかずのままだ。

手つかずのまま、それは膨れ上がっていって彼女を呑み込んでしまおうとする。異相あざみはこの短い旅を振り返ってみる。あるいは人生という蛇行する道程を宇宙の高みから見下ろしてみる。野蛮な力に翻弄されながら、ついに、ここまでたどり着いてしまった。

この高さからならなんだって見渡せる。

彼女自身の愚かさも、悪知恵に長けた地上の人々の空騒ぎも。

島のリゾートには多くのライバルたちがいた。誰もがきらびやかで、磨き抜かれ、また胸中にセクシーな策謀を秘めていそうだったけれど、ひとりまたひとりと脱落していった。洗練にはほど遠い異相あざみが生き残った理由はただひとつ、彼女だけがクエーサーに一途で盲目的な恋をしていたから。

ここで燃え尽きても構わないと思っているから。

他の女たちは、不純だった。

承認欲求や的外れな自己実現に突き動かされていた。守随紗英でさえ、異相あざみへのねじくれた憧れとライバル意識に囚われていた。

異相あざみだけが、暮石剰一に心を奪われた。異相あざみをキツネだと疑わせるために彼女の持ち込んだ機器に細工したのも守随紗英だという。どちらも雑なやり口ながら、それができるのは守随紗英だけだと勘付くべきだったのに、ガールズトークで指摘されるまで無自覚でいた。こういった子供じみた悪戯は幼稚な心理かもしれないが、異相あざみは彼女自身の欠落から、それを理解できなかった。守随紗英は、異相とのゲームをずっと続けたかったに違いない。けれど、彼女は異相あざみの足を引っ張っただけじゃない。とびきりの土産も残してくれていた。

例の〝ふっかつのじゅもん〟だ。

何者かの手を介してもたらされた守随紗英の置き土産のおかげで異相あざみは生き残ることができた。

ありがとう紗英。もっと遊びたかったね。でも、あなたとはたぶんもう遊んであげられない。二度と会うこともないだろう。

私はもっともっと遠くへ行くね。

地球という自分を生み育んだ生命圏《バイオスフィア》から「出る」という茫洋とした望みを抱いて番組に参加したのに、蓋を開けてみれば、誰よりもピュアな恋心に取りつかれているのが彼女だった。異性に恋をしたこともない。したがって好きなタイプというものさえ、ろくすっぽ考えたこともなかった。

中学生だってもっと色恋沙汰に手慣れているだろう。

でも、だからこそ異相あざみの恋は取り換えのきかないものだ。

性的な充足でも制度的な婚姻でもない。着地点のない衝動。

すべてのライバルを蹴落とした果てに、暮石剰一と結ばれるという欲求すら異相あざみは持たなかった。手を触れることも唇を重ねることも、想像できなかった。未来などない。ただ、あの人と見つめ合い、お互いだけしか存在しない、そんな曖昧に密閉された空間に行き着きたい。

山間の僻村を飛び出し、この星の大気を突き抜け、外へ、外へ――ひたすら彼女は未知のフロンティアへ向かってきた。そうしてやってきたこの場所に、誰もが幼い頃に通過するような初恋が待っているとは、どうして想像できただろうか？

ここがその空間なのだろうか？

——球形舞踏室《ボールルーム》。

この球状の空洞には重力が欠けている。軌道エレベーターの上昇運動が停止しているからだ。第二セクションのスカイウォークと違って空気は充塡されているし、適温に保たれているから、ここでは特別なスーツは必要ない。ただこの上も下もない世界で互いを制御し合ってダンスを踊る。それが第五セクションの眼目だった。油断すれば、二つの身体は無様にもつれ合ってしまうだろう。

いや、わかっている——それが目的なんだ。

男女が滑稽かつエロチックに絡み合うその姿を視聴者は求めている。

昔ながらのツイスターゲームの三次元版。不可抗力で接触するクエーサーと女たち。配信されれば、無重力化でのセックスについての俗悪な議論が巻き起こるだろう。重力があろうとなかろうと、性愛どころかスキンシップさえも異相あざみにとっては難解に過ぎる。

異相あざみは運動神経に自信がない。

おまけにダンスの決め手となるリズム感もない。どうすればいいのだろうか？　いつもなら声をかけてくれるADの村瀬リルもいない。カメラマンの苑池さんは頭に包帯を巻いていて、弱々しくしょんぼりして見える。手嶌令歌なら無重力でも見事なダンスを繰り広げるのだろう。でも——

「負けたくない」ピシャリと異相あざみは頬を叩いて気合いを入れる。

優雅なダンスには似つかわしくないほどに肩に力が入っている。リラックスしろと自分に言い聞かせることはしない。異相あざみは緊張そのものに自分をゆだねることにした。

無重力で広がり過ぎないようにドレスのスカートにはワイヤーが仕込まれているが、インナーウェアであらゆるアングルにも対応できるように用意は怠らない。後ろで束ねた髪はまとめ上げたうえ、黒と銀の二本のかんざしで留めた。どちらも先端は鋭く尖っている。

「今回はそれぞれの女性たちには、クエーサーと無重力でダンスを踊って頂きます。もちろんリードされるもよし、するもよし。激しく汗を流すのもいいでしょう。音楽とともに静かに語らうのも悪くありません。ただし、これはもうクエーサーの心に迫る残りわずかなチャンスであることをお忘れなきよう」霧山宗次郎は一分の隙もないタキシード姿で球形空間のハンドバーに掴まっている。

この部屋の壁面は、耐衝撃性のビニルシートで覆われており、ある種の独房がそうであるように、激しくぶつかっても怪我をすることはない。

三人のうち最後にやって来たのは、手嶌令歌だった。

「遅くなってごめんなさい」

スポーティなタンクトップとレギンスを身に着けた手嶌令歌は自信を漲らせているとい

うよりも覚悟を決めたように見えた。黒い革手袋を除けばカジュアル過ぎるスタイルだったが、それだけに並々ならぬ意欲を感じさせる。異相あざみは大きな壁が立ちはだかったように目の前が暗くなる気がした。もう都合のいい呪文はない。自分の力だけで勝ち進まなければならないのだ。もうひとりのライバルに目を移す。

南千尋は白を基調としたどこかの民族衣装をまとっていた。かつて撮影旅行で立ち寄ったブルガリアでダンスを数週間習ったと聞いたことがある。それを披露するつもりだろう。ただ無重力下で踊れるものなのか本人も確信が持てないらしく、いつもより小型のポラロイドカメラを下げているところに、どこかしら心細さが透けて見える。とはいえ、南千尋になら勝てると踏んだわけではない。異相あざみは南千尋とはあまり近しい関係になれなかったけれど、苦手だと感じたことはなかった。ここで出会ったのでなければ、引っ込み思案な異相あざみの心をこじ開けてくれる貴重な友人になれたかもしれない。

「あまり写真映えする風景じゃないね」

筋肉をほぐすように肩をグルグルと回しながら、南千尋は言った。

三人は、撮影がはじまるまで、この空間に留め置かれている。序盤ではクエーサーの登場に黄色い声を上げていた彼女たちだったが、ここに至ればもう同じではいられない。もっと別の態度が必要だった。未来の結びつきを先取りした親密で落ち着いた佇まいが――

それでは、と霧山宗次郎が高らかに声を上げる。

「クエーサー暮石剰一の登場です」

球状の壁面の一部が開いて、開口部より、ゆっくりと滑らかに暮石剰一が姿を現した。

「なにそれ！」と南千尋が吹き出したのは、クエーサーの格好がマタドール、つまり闘牛士の装いだったからだ。「じゃ、うちら牛ってこと？」

「さすがに失礼でしょ」と手嶌令歌が眼を細めるが、暮石剰一は苦笑するのみだ。霧山宗次郎から今回の趣向について説明がある。

「闘牛とは、人間と牛との命がけの舞踏です。愛とはただ優しく温かいだけのものでしょうか？　時には激しくぶつかり、傷つくのを厭わない覚悟が必要なのです。これまではどれだけ踏み込んだとしても生温かく取り繕ったものだったのでは？　つまり――」

暮石剰一は片手を上げて、霧山宗次郎の弁舌を制した。

「失礼であれば心よりお詫びいたします。ここまでするとはちょっと辟易しています。僕は体当たりで皆さんのことを知りたいと言ったんですが、まさかこんな感じになっちゃうとはね」

髪をトップに結った手嶌令歌は「望むところです」とまるで因縁の敵であるかのように

暮石剰一を直視した。入念なウォームアップのおかげからっすらと額に汗が滲む。

「どなたからでも結構です。我こそはと思う方から、クエーサーをダンスにお誘いください」

手嶌令歌が真っ先に飛び出すものと思われたが、ふわりと中空に躍り出たのは南千尋だった。バーに摑まったクエーサーを優雅に手招くと、おもむろに軽快なフォークロアミュージックが流れだす。

暮石剰一は誘われるがままに壁を蹴りつけ、南千尋の腕の中に飛び込んでいった。重力のない空間ではステップは踏めないし、タメのある動作もできない。両者は互いに腕を取り、慣性の法則のままにクルクルと回転し、遊園地のアトラクションに興奮する恋人同士のように声を上げるのだったが、やがて南千尋は小さなカメラで暮石剰一を至近距離から撮影した。カメラから排出された写真にはまだ色も形もなく、ミルクのように真っ白で、それは異相あざみの眼に、過ぎ去った一瞬前の光景を無限の未来へ送り出す象徴的な儀式と映った。

ずるい。

どす黒い嫉妬心が頭をもたげる。

ずるい。ずるい。ずるい。

異相あざみは、ドロドロしたタールを血管に流し込まれたような気がして無重力だというのに全身が重たくなる。

消える、このままじゃ恋の火が消えてしまう。

私の初恋が台無しになってしまう。それはダメだ。それはいけない。

球状《ボールルーム》の空洞に漂う四角い白。

排出時にローラーで押し広げられた薬剤ペーストがフィルムを感光させていく。画像がくっきりと浮かび上がった。重力の軛《くびき》を断ち切った幸せそうな二人の男女がそこにいる。

実体化した幽霊のように、美しい夢の記録のように――ずるい。

ふいに異相あざみに天啓が訪れる。このゲームに勝った者が恋を成就させるのではない。そうじゃない。誰よりも先に恋を成就させてしまえばゲームは勝ちなのだ。ニタリと唇が引きつって歪んだ弧を描く。

異相あざみにとって恋のゴールは結婚じゃない。思い出を重ねることでもなければ、性愛に飽くことでもなく、別離の痛みでさえない。

それは――二人で外へ出ること。

誰ひとり触れることのできない絶対的な外へ。ここは地球の外と言ってもいいが、まだ余計な不純物がつきまとっている。邪魔なゴミが私たちを汚染し、立ちはだかっている。

こいつらがいる限り私たちは濁ったままでいるしかない。

出ていこう――死という出口を通って、この宇宙という七面倒なしがらみから。恋人たちが空疎なパーティを抜け出すみたいに？

いや、そうじゃない。

相打ちになる闘牛士と暴れ牛のように私たちはここを去る。

かんざしをするりと抜くと、まとめ上げていた艶やかな黒髪がふわりとひろがった。黒と銀のかんざしをそれぞれ両手に握る。もしかしたらはじめからこのためにこれを持ち込んだのかもしれない。黒のかんざしでクエーサーの心臓を貫く。そしたら間を置かず銀のかんざしで自身の喉を突く。無理心中と変わりない、そんな発想がどうして異相あざみの脳内に忍び込んだのか、彼女自身にもわかりはしない。あの世なんて非科学的なものを信じてやしない。別の世界で永遠の愛を手に入れるつもりもない。

はっきりしているのはただひとつ。

これほど異相あざみを搔き立てる恋という衝動を締めくくるには、二人が仲睦まじく無に還る他ないのだ。クエーサーという天体の中心には、超巨大なブラックホールがあるのだと守随紗英は語った。もしかしたら、心ならずも巨大な穴へ引きつけられているのかもしれない。異相あざみは、ふわりと壁を蹴ってクエーサーの胸に飛び込んでいく――愛もろともに墜ちてゆけ――そう、すべてはあらかじめ決められていたんだ。

球の中心で南千尋を押しのける。押しのけられた瞬間、南千尋の口元にはかすかな笑みが浮かんでいたとしても、異相あざみの眼には入らない。ようやく姿を現した村瀬リルの制止の声が聞こえても止まる理由がない。

「誰か彼女を、彼女を止めて！」

体当たりのようにクエーサーの胸に飛び込み、もみくちゃになりながらダンスと見せかけて殺すつもりだった。かんざしを肋骨の隙間に滑り込ませるだけでいい。ここが無重力空間なのを差し引いても超簡単な作業だ。なのに異相あざみはクエーサーに触れることができなかった。腰のあたりを激しく突き飛ばされて軌道が変えられた。

邪魔をしたのは――

「ちょっとお行儀がなってないんじゃないの」

燃える硫黄の光を瞳に宿した手嶌令歌だった。

11

「どらあああああああ！」

第五セクションがはじまる数十分前、懲りもせず、村瀬リルはドアへ体当たりをぶちかました。これで何度目だろうか。全身打ち身だらけ。無駄だとわかっていても、大人しくしているつもりなんかなかった。ここまで来て蚊帳の外に置かれるなんて、そんなの耐えられない！

だから、もう一度助走距離を取って走り出す。

と、だしぬけに突撃したドアが開いて、勢い余った囚人はたたらを踏んで、廊下に飛び出した。ドアを開錠し、村瀬リルを抱きとめたのは、なんと手嶌令歌だった。

「え？　どうしてあなたが……」

「いいから、こっちへ来て！」手嶌令歌は隣の部屋へと村瀬リルを引き込んだ。そういえば棄権した椎葉絵里子の隣室は、手嶌令歌の部屋だった。ほとんど同じ間取りだったが、手嶌の部屋には歪んだ家具や什器はなかった。アイリス柄の枕カバーは手嶌令歌が自分で持ち込んだものだろう。

「説明するわ、でも時間がない。もうすぐ第五セクションがはじまる」

「どうして私を助けたの？　どうやって？」

「部屋の開錠コードは音響くんが教えてくれた」

手嶌令歌は急いでいながらも、丹念に手続きを踏もうと努力しているのが見て取れた。飛び抜けた自己抑制の能力が、オーラのさざ波のように彼女を取り巻いている。もし彼女の言うことが本当であれば、レオの目論見はなんなのだろう？　番組側の手先ではないのか？　摑みどころのないあの男は誰の味方なのだろう？

「あいつが私を助けろと？」

「ええ、村瀬リルなら、令歌たち姉妹の復讐を手伝ってくれるかもしれないからってね」

「復讐……？」いきなり降ってわいた話の流れに村瀬リルはついていけなかった。手嶌令歌は優れたダンサーで、この番組の演出するゴージャスでリッチなムードを体現する参加者のひとりだ。

豊重潤が消えたあと、ここが物理的な高さだけでなく、美や資産という石組みを積み上げたピラミッドの最上位《ハイエンド》であることを、手嶌令歌の存在は示している。そんな手嶌令歌から血腥《ちなまぐさ》いワードが飛び出る理由が村瀬リルにはわからない。

「綿貫絢三を抹殺する」

「どうして？」きっと間の抜けた顔をしていたはずだ。それほどに手嶌令歌の言い草は、村瀬リルをからかう迫真の演技ではないかと疑われた。

「あなたが綿貫たちと敵対しているとレオ・フレッチャーは教えてくれた。だったら手を組もう。あいつは妹を切り刻んだから」

「妹って、脱落したとはいえ、紫歌ちゃんなら元気じゃない。そりゃプライドは傷ついたかもしれないけれど、切り刻んだってのは大げさでしょう。それで綿貫さんを恨むのはお門違いじゃ——」

ははは、と手嶌令歌は冷たくせせら笑う。

「お門違いなのはあなたよ、そっちの妹の話じゃない。ラブ・アセンションのことでもない。令歌が言ってるのはね、もうひとりの妹、手嶌藍歌《あいか》のこと……コレオグラファーのUTAって言えばわかるかな？」

「それって……」村瀬リルはにわかに言葉を失う。

「そうよ、令歌たちは双子なんかじゃない。三つ子なの。ダンサー二人の姉。それに振付師の妹」

かつてガールズトークで手嶌令歌は妹の紫歌のことを〝双子の姉妹だなんて思ったことは一度もない〟と言い放った。それは彼女らの不和をあらわす台詞なのだと解釈していたけれど、もっと単純な意味だったのだ。文字通り二人は双子なんかじゃなかった。

令歌と紫歌は、三つ子の三姉妹のうちの二人だったというわけか。

「じゃあ、あなたたちは末の妹さんの仇を取るために？」

「あの男は、ＵＴＡという振付師の姉が令歌たちだってことを知らない。こんなにそっくりな顔なのにね！　妹のことなんてとっくに忘れてるんだよ。藍歌はやつらの番組で悪者に仕立てられ、世間の誹謗中傷に傷ついたあげくに薬学的処置で言語野をスタックさせて自閉モードに引きこもった。妹は自分を傷つけるあらゆる言葉をシャットアウトするために、言語そのものを世界から追い出したの」

「じゃあ、ＵＴＡさんは誰ともコミュニケーションできないの？」

村瀬リルが哀しい問いを絞り出すと、手嶌令歌はブルブルと首を振った。

「そんなことはない。令歌たちにはダンスがある。精致さと自由度を兼ね備えた〝流動象徴《フルイドコード》〟で通じ合える独自のＶＲ環境を構築したことで、いままでよりずっと濃密に分かり合えるようになった。けれど、外の世界との絆は断たれてしまったの。そこは三人以外誰も存在しない閉じた世界。だからね、令歌と紫歌が外の世界の醜いものを掃除してあげると約束したの。妹が安心して出てこられるように、綿貫や、ヤツが手掛けた罪深い番組をみんなぶち壊すの」

メラメラと燃えるような憎悪の感情は感じられない。手嶌令歌から伝わるのは、冷え切って結晶化した絶望だけだ。

「私も綿貫のやり方はキライだよ、でも抹殺ってのは――」

穏やかではない言い草だが、本当に殺すわけではないだろう。

「名前と素顔を晒してやる。自分も攻撃の矢面に立たされることがあるのだとわからせたい。令歌たちが溺れている渦にあいつもぶち込むの」

つまり、と村瀬リルは頷いた。

「私がそうなったみたいに、このリアリティショーの演者《プレイヤー》に引き下ろす。そういうことかな？」

「ええ。この番組の編集AIである〈ヒプノテイル〉は司会者とクエーサー、そして十二人の参加者以外を人間として映し出すことはない。例外はあなたね、椎葉絵里子の片思いによって〈ヒプノテイル〉は演者の枠を拡張した。恋の網にかかったものは可視化される。つまり逆に言えば、AIは人間というものを恋する存在として定義したということだね」

「恋愛と無縁な人間だっている」と抗弁するが、

「もちろん、ここでAIが下した解釈はこの番組だけの限定的なものにすぎないと思うよ。でも、その定義は綿貫絢三を引っぱり出すヒントになるような気がするんだ。ねえ、だから、一緒に考えて欲しいの」

「無理だよ」と村瀬リルはロウソクの火を吹き消すように息を吐く。あの男が、薄汚れた劣情ならいざしらず、恋にまつわるデリケートな感情を持ち合わせているのか疑問だった。

「あの人を陥れる手段は思いつかない。椎葉絵里子が私にしたみたいに、裏方である綿貫に不意打ちで告白する？　ううん、用心深いあいつのことだから、そんなのとっくに対策済みだと思う。それにね、あなたに協力したいとも思わない。その目的が復讐だというならなおさらね」

「そう」と言いながら手嶌令歌はサイドテーブルの置時計にチラリと眼をやった。ずっと軟禁されていて忘れていたが、まもなく第五セクションがはじまる。村瀬リルを説得するにはあまりにも時間が少なすぎる。ここからは最後の賭けだとでも言うように手嶌令歌は声をひそめた。「じゃあ、ポジティブな理由も教える。復讐の向こう側にあるものを」

「早くして。時間がないよ」

そもそも村瀬リルは手嶌令歌が嫌いだった。前セクションのキツネ狩りのフェーズでは、あろうことか手嶌令歌をスケープゴートにしようとしたのは村瀬リルだ。もしかしたらそのこともレオ・フレッチャーを通じて伝わっている可能性も——いや、それはないと信じたいが、少なくとも、村瀬リルはいけすかない相手に借りを作ったことに間違いはない。

「まもなくスタッフが呼びにくるでしょう。先に令歌が出る。そのあとでこっそり出てきて」

すべてが差し迫った状況にある。だからといってごまかされないぞと村瀬《りる》は気を引き締めた。

「その理由ってのは？」

「次のセクションでは無重力ダンスが目玉よね？　そこで令歌は藍歌の構想したダンスを披露するわ。ダンスだけがあの子との通路なの。広大な世界で踊ることの喜びを表現する。無重力の世界でしかアウトプットできないニュアンスがある。この番組を視聴している藍歌は、もしかしたら外に向けた令歌のダンスをきっかけに言語のある世界に戻ってくるかもしれない。か細い希望だとしても令歌はそれに賭けるよ」

「それは綿貫を出し抜くことになるの？」

あいつを晒し者にできないなら、と手嶌令歌は覚悟を決めた声色で言う。

「妹のダンスで最後の二人に残る。ファイナルセクションで令歌はクエーサーに選ばれたうえで拒絶する。この番組の最大のクライマックスをぶち壊しにしてやるの。妹と同じ誹謗中傷を浴びるかもしれない。でもね、令歌はすべてを笑い飛ばしてやる。令歌たちにはダンスがあるって妹に教えてやるんだ」

村瀬《りる》は岩戸に閉じこもったアマテラスの神話を思い出す。夜に閉ざされた世界をもう一度明るく照らすため、太陽神を引っぱり出したのも踊り子とそのどんちゃん騒ぎだったはずだ。

「助けてもらって申し訳ないけど、現状私には何もできることがない」

このバカでかい歯車の中で私にできることなんて、巻き込まれてミンチになることくらいだよ、と村瀬リルは投げやりに思う。

「ふーん。でもね、ひとつはっきりさせとくよ、たとえよく似ているにしろ令歌はあなたを地味でブスでガリ勉呼ばわりした同級生じゃない」

レオのやつ、と村瀬リルは恥ずかしさと気まずさに身悶えする。下らないことを、べらべらと喋りやがって。

「地味でブスとは言われてないよ。ガリ勉だけ」

「それは失礼。とにかくここでのあなたの仕事には感謝しているし、第四セクションでの振る舞いもすごくイケてた。協力してもらえないのは理解したけど、これだけは言わせて、あなたは無力じゃないし、目立たない端役でもない。たとえ望まなかったにしろ、顔も名前もあるキャラクターとして登場したからにはさ、きっと誰とも取り換えのきかない何者かなの。それにね、すべてが終わったら友達になったってバチは当たらないじゃない。そのメガネだってすごく似合ってる」

村瀬リルを指差して、それだけを言い残すと手嶌令歌は颯爽と部屋を出ていった。誰かを鼓舞することが手嶌令歌の習い性なのか。それとも妹のような境遇の人間をこれ以上増やさぬように言葉が通じるうちはそれを尽くすと決めているのだろう。言葉が届かなくなった相手にさえ踊ることで励ましを手向ける彼女に、我知らず村瀬リルは心を揺さぶられていた。

「レオめ……これじゃ私って逆恨みの恩知らずじゃんか」

赤面しながら鏡を見ると何度もドアに体当たりしたせいで、メガネのレンズにヒビが入っているのがわかった。フレームも少し歪曲していた。ジッと見つめていると、不思議と力が湧いてくるのを感じた。村瀬リルはウェストポーチからガムテープを取り出して、簡単にメガネを補修すると、先程とそっくり同じタイプのドアを、今度はそっと開けた。

フィフスセクション

手嶌令歌

メイクはいつもと変わらなかったけれど、無重力下のヘアスタイリング技術はまだ確立されていなかったから、担当のスタッフもセットに手こずった。おかげで手嶌令歌のちょっとした遅刻もうやむやになって、撮影開始時間が定刻よりかなり遅れて第五セクションは幕を上げた。

ボールルームに踏み込んだとき、うなじに冷たい空気が触れた気がした。

カメラが回り、司会者が趣旨を告げ、南千尋の不格好だけれど微笑ましいダンスがはじまった。手嶌令歌は無重力下でのイベントを見越して、あらかじめプールやジャイロマシンでのトレーニングを積んでいた。宇宙飛行士に課せられるような本格的なものではなかったが、貪欲なダンサーにとっては三半規管を鍛える楽しいアクティビティとなった。

ようやくトレーニングの成果が発揮できるはずだった。

そうだ。手嶌令歌の訓練は思わぬ形で役に立った。だしぬけに凶行に及んだ異相あざみをすんでのところで止めたのだから。遅れて現場に現れた村瀬リルが叫ぶその前に手嶌令歌の身体は動き出していた。

かんざしを振り上げた異相あざみを蹴り出す瞬間、あるはずのない重力が手嶌令歌を引っ張ったような感覚があった。きっと脳が錯覚を起こしたのだろう。しかし姿勢制御を失った手嶌令歌はクエーサーともみくちゃになってゆっくりと回転してしまう。

慣性のままにボールルームの壁まで押し出された異相あざみが、ようやく運動を停止すると、球状空間に響き渡る大音声を手嶌令歌は発した。

「あざみ、トチ狂ってんじゃないよ！　眼を覚ましな！」

ビクリと全身を震わせた異相あざみは両手のかんざしを手放したが、それは永遠に落下しない。ふわふわと所在なげに漂うばかりだ。

「な、何してるんだろ――なんで」

もうどこにもいないキツネにつままれたような顔つきで異相あざみは呻いた。ほとんどの人間は何が起こったのかさえ理解していない。気の抜けた表情は異相あざみと大差ない。命を狙われたクエーサーですら、息をするのを忘れたみたいに沈黙している。ただひとり南千尋だけがどんな感情もあらわさず、逆さまの体勢で手嶌令歌から眼を逸らした。

「それがあなたの愛なの？　もし成功してたら史上最高高度での無理心中でギネスに載ってたかもしんない。惜しかったね――」

手嶌令歌はコスチュームの一部である革手袋を投げつけた。

「なんて言うと思った？」それは決闘を申し込む古い作法ではなく、愛情のこもったビンタの代わりだった。最前、異相あざみは、妹よりずっと暗く遠いところへ去っていこうとしていたのだ。「そんなのは認めない。ひとりよがりの湿った恋を認めるわけがない。令歌の前で誰もそんなことさせない。もし地べたがあって馬乗りになれたらボコボコにしてやるのに！　いい、絶対に忘れないで。たとえクエーサーを向こう側へ引っ張り込んでイチャつこうとしたって令歌が連れ戻してやる。あの世で二人きりになんてさせやしない。

ここで踊って、ここで戦って、ここで恋をするんだバカ！」

手嶌令歌の目尻に膨らんだ涙滴がふわふわと生き物めいて蠕動しながら空気を泳ぐ。

「私は」と異相あざみはようやく再起動したロボットさながらにぎこちなく口を動かす。

「そんなつもりじゃ……ううん、一瞬、そんな気分になったのは確か。二人で死んでしまえば、それで恋が完結するって。本当に二人きりになって邪魔ものも雑音もなくて……どうかしてた。ごめんね、令歌ちゃん。ありがとう」

しおらしく頷く異相あざみの言葉に嘘はなさそうだった。

手嶌令歌は異相あざみを無理心中へと誘導した何かの存在を嗅ぎ取る。それはボールルームへ入ってきたときに感じた悪寒の正体だろうが、それが何であるのかまではわからない。村瀬リルが、とっさに南千尋を振り向くと、彼女もまた村瀬リルにカメラを向けていた。こいつだ、こいつの仕業だと手嶌令歌は直感した。

次に、自失状態から立ち戻ったのは暮石剰一だった。

マタドールの装飾が不思議と似合うクエーサーは、なぜか得心がいったように薄く閉じていた両眼を見開いた。

「殺されかけたのか俺は――ふうん、そうかよ。ここも同じだってわけだ」

手嶌令歌は暮石剰一の一人称が僕から俺へと変わったことに気付いた。

クエーサーは自嘲気味に漏らす。

「ジェイルやストリートと変わりない。いや、愛と見せかけて命を取りにくるというのなら、もっとタチが悪いかも」

「え?」

「いや、なんでもない。さあ、踊るんだろ?」

暮石剰一の顔を覆っていた仮面に亀裂が入ったように感じた。その隙間から居直りに似た覚悟と荒々しさが透かし見える。想像しようのない他者の内面に立ち入るべき場面でないことはわかっていた。この男には彼自身の入り組んだ事情があるのだろう。

誰だって出口の見えない迷路を抱えている。

「そうね。踊りましょう」そう言うと手嶌令歌はクエーサーの手を取った。

ここが迷路なら、ひとときだけ脱出を忘れて踊るのもいいだろう。手嶌令歌は、無重力によって磔にされたクエーサーをゆっくりと解放する。もうひとつの人体の重心を捉え、それを手掛かりにすることで、ひとりでいるよりずっと自由に振る舞えるコツがだんだんと摑めてくる。

同時に、どれほど重力が人間の運動を規定していたかを痛感させられる。スポーツや格闘技だけでなくありとあらゆる人間の営みが重力という前提によって成立しているならば、ダンスはもしかしたら、それを取り除いた時空で最初に革新されうる何かかもしれない。そして手嶌令歌の革新性が臆面もなく発揮される瞬間がまもなくやって来る。

選ばれた音楽はワルツ曲――アンチェインド・メロディー。

呼吸を合わせることで、お互いの位置をくるりと入れ替える。呼吸だけじゃない。手と手を、足と足を合わせていく。ワルツは優雅でありながら、鋏の二枚の刃のように鋭く、ぴったりと同期しなければならない。そしてその鋏は重力という鎖を断ち落とし、未知の世界へ切り込んでいくのだ。

「まだずいぶんと強張ってる。もっとリラックスして、もう誰もあなたを害することはない。踊っている間は安全なの、令歌を信じて」

手嶌令歌は暮石剰一の背中に添えた手に新しいベクトルを加える。

重力のない世界では地上とは接触の作用がまるで違う。人体が固形物ではなく、水分を湛えた袋だとはっきりと認識できる。相手のひと触れが、自分の身体の中で波や渦を引き起こす。これほどの高さに来ても生物というものが母なる海を分有している存在なのだとあらためて思い知らされる。

「だってさっき僕は――」うわ言のようにクエーサーは呟く。

「殺されかけた、ね。でもほら、異相あざみはもう敵じゃない。彼女は無力で打ちひしがれている。警戒には値しない」

チラリと視線を送ると異相あざみは壁際で凍えたようにうなだれている。ある種のショック状態だろう。彼女自身にはケアが必要だったが、もう誰かを害するほどのエネルギーは残っていない。誰もが二人のダンスに見入っている。南千尋の視線をレンズ越しに感じる。部屋を抜け出した村瀬リルはまだ取り押さえられていない。取り押さえるべきは、異相あざみだろう。しかし、誰もが異相あざみの凶行を見なかったように落ち着いている。手嶌令歌の仇敵である綿貫絢三は憎々しげにこちらを睨みつけていた。きっとあの短い足じゃダンスなんて踊ったこともないから、無重力に舞う令歌たちが目障りなのに違いない。彼女は高揚感に包まれた。

「ほら、見せつけてやろうよ」

「妙だな、君に安心しろと言われるとそんな気になってくる」

苦笑する暮石剰一と見つめ合うと、切れ上がった手嶌令歌の目尻のラインが柔らかく緩んだ。こんな番組で出会ったハリボテのような男に間違っても恋に落ちることはないと侮っていたが、ここへきて手嶌令歌はクエーサーに心を開きはじめているのかもしれない。

もしかしたら急速に恋に落ちているのかも。

わからない。恋とはなんだろう？

自己を変質させるかもしれない他者にすすんで心を開こうとする不合理な衝動のこと——かつて妹はそう教えてくれた。それは紫歌だったのか藍歌だったのか、記憶はおぼろげだ。ダンスを生業としていながら、令歌以外の手嶌姉妹は理屈っぽいことを自任していたし、それを互いにあげつらってもいた。ダンスについては先に身体が動くのに、恋愛となると頭で考え過ぎてしまう。ひとり令歌だけが踊るように後先考えずに恋をしてきた。

「君は星花を欲しいとは言わないんだね」

手嶌令歌の想念をクエーサーが断ち切った。

「踊っているときはただ踊るのよ。踊りそのものになって」

「そんな気がしてたよ。君は僕なんかにはなびかない。何かもっと大きなものに心を囚われているんだってね」

「かもしれない」

嘘だった。

いま手嶌令歌は暮石剰一のことで頭がいっぱいだ。

それはクエーサーがワルツの一部だからではない。

もっと生々しい感情がある。この男の心も身体もフードプロセッサーにかけるようにグチャグチャにしてそれを飲み干してしまいたいという食欲に似た劣情。いや、この男にこそ自分を咀嚼して嚥下して欲しいのかもしれなかった。どちらにしろ同じことだ。

内なる獰猛な昂りを必死に抑えながらダンスを続ける。

クエーサーは歌のような詩のようなものを囁いた。

シャボン玉がストローを離れるのに似て、暮石剰一の唇からふわりと言葉は飛び立っていく。

May the wind always be at your back and the sun upon your face
常に風を背に受け、顔には太陽の光を
And may the winds of destiny carry you aloft to dance with the stars
運命の風に乗って星と踊れるように

アクロバティックな挙動はできないが、とめどない慣性運動を二つの身体の仮想された中心に引き込んで求心力に変える——いや、そうじゃない。

求心力こそが中心を作り出し、そこから整然としていながらも伸びやかな美しさが構築されるのだ。妹はまるで無重力空間を熟知していたかのような振付けを構想していた。それにピタリと息を合わせて付き添ってくれる暮石剰一もただ者ではない。手嶌令歌はこの男にならと思った。

この男になら恋をしてもいいかもしれない。

音楽が止んだとき、拍手喝采に包まれながら手嶌令歌はこう伝えた。

「剰一さん、あなたがたぶん好きです」

「たぶん？　僕の心にはとっくに……君のダンスが居座ってる」

「うれしい」と素直に手嶌令歌は言った。

すぐに星花授与のセレモニーが行われた。

クエーサーは迷う必要はなかった。狂気を露わにした異相あざみを除けば残るは二人だったからだ。いくら物好きな暮石剰一とて自分の命を狙った女ともっと長く過ごしたいとは考えなかったようだ。

「南千尋さん、星花を受け取って貰えますか？」

「ええ、喜んで」南千尋はいつになく神妙な面持ちで花を迎えた。

死装束でもウェディングドレスでもある衣装は孔莉安に託されたものだ。

「クエーサー最後の一本です」と霧山宗次郎がお決まりの台詞で緊張感を高めようとするが、視聴者はいざ知らず、ここに居合わせた人間にとって、これより先に待っているのは予定調和だけだ。

「手嶌令歌さん」

「はい」

「星花を受け取って頂けますか？」

「はい」とそれだけを手嶌令歌は口にした。

異相あざみは前回のように決定に抗うことはなかった。豊重潤を陥れたような切り札も持ち合わせていない。うなだれたまま声を発せないと見えたが、霧山宗次郎に心境を訊ねられるとようやく眼に焦点が戻る。まるで憑き物が落ちたような顔付きだった。

「――負けました。はじめての恋だった。はじめての失恋だった。ありがとう暮石剰一さん。あんなふうに誰かと踊れるなんて、すごく羨ましい。あんな素敵なダンスの間に割り込むなんてできっこない。もうずるいとは思わない。令歌ちゃんはとても素敵でした。昔から私は、ずーっと遠くへ向こうへ、もっと外へ外へって急き立てられてきたけれど、ここが折り返し地点なんだと思う。これまでたくさんの人間のもとを通り過ぎてきた。今度は私が通過される番が来たんだね。誰かを見送るのは真っ平だと思ってたけれど、いまは誰かが遠ざかっていくのを見ていたい気分だよ。いつまでも手を振ってね」

手嶌令歌と南千尋という二人のライバルはそれぞれに異相あざみにハグをすると、短く言葉を交わした。あれほどの事を仕出かしたというのに、誰ひとりとして異相あざみを追及しなかったのは不思議を通り越して異常だろう。どこかに死角がある。意識が物事をピックアップする優先順位が、何者かに並べ替えられているような違和感がある。

手嶌令歌はおそらく同じことを感じている村瀬リルと目配せをする。

さあ、と霧山宗次郎はけたたましく宣言する。

「十二名だった参加者たちもついに残り二名となりました！　厳しい戦いを生き残ったのは華麗なるダンサー手嶌令歌。コンテンポラリーからクラシックバレエまでなんでもこなす彼女は、はたして新しきバベルの頂きで天空の舞姫となれるのか？　対するのは万象を自在に切り取る天衣無縫の写真家南千尋。ニコンのレンズは運命の恋の瞬間をフレームに収めるべくさらなる一歩を踏み出します！　ファイナルセクションは高度36000キロメートルの静止軌道ステーションに向かって行われます。ここでクエーサーと結ばれた女性は、軌道エレベーターの終端である高度96000キロメートルのカウンターウェイトまでクエーサーと二人きりの婚前旅行に出てもらいます！　これぞ文字通り愛の昇天《ラブ・アセンション》！」

手嶌令歌はさっきのダンスが妹の藍歌に届いているのかが気にかかった。恋をすることの無謀な喜ばしさが伝わっただろうか。孤独の岩戸をこじ開けて太陽の光を引き戻すことができるといい。

藍歌、見ている？

ここはとても高い場所。踊るには少し寒すぎるけれど、恋をするには悪くない。そう思い出したよ。高校生の頃、冬の階段の踊り場でよく練習したよね。そこは誰かが誰かに告白するために呼び出す場所だったから、三つ子のダンスはすごく迷惑だったかもしれないね……それに、と手嶌令歌は心の奥に何かをまさぐり当てる。

もうひとつ大切なことを思い出した。

姉妹だからいつだって一緒に踊ってきたけれど、恋はたったひとりで挑むしかないってことを。かぎりなく一にちかい二になるためには、そう、暖かい部屋を出てひとりで行くしかない。愛が受け入れられることを信じて。

手嶌令歌はこれまでずっと彼女の心を捉えてきた妹への想いが薄らいでいくのを感じた。あなたがそこから出てこないなら、それでもいい。

ここから令歌は誰のためでもない令歌のためだけに塔を上るよ。

運命の風に乗って星と踊るために。

脱落者インタビュー

10　異相あざみ　ソフトウェアエンジニア・起業家

最後にあの場で語った以上の言葉はありません。私の恋は叶わなかった。でも聞くところによるとそういうものなんでしょう？　ほとんどの恋は叶わないまま散っていく。私の恋も散った。それだけです。

画面には映っていませんでしたが、あの時私はクエーサーといっしょに死んでしまおうと思っていたんです。

とてもおかしくなっていたけれど……そんなことを二度とするつもりはないけれど……あの瞬間はそれが私のリアリティだった。

まるで感情がたったひとつのフレームの中に固定されたみたいだった。

いま振り返れば、この旅のいくつかの場面で同じようなことが起きたように思います。現実がすでにある恣意のもとに切り取られているように感じられた。この番組は配信される前に編集されている。そんな妄想がふと現実味を帯びていく。それはまぎれもなく狂気なんでしょう。でもね、固定観念に切り取られた小さな現実しか見えなくなってしまう、そのことを人は恋と呼ぶんじゃないでしょうか。恋は盲目。使い古された言葉ですが、それを笑える人間はまだ知らないだけなんです。きっと恋を知らないか、それとも憎んでいるんです。

もう、私はそのどちらでもなくなりました。

そうそう、もうひとつお伝えしておきたいことがあります。守随紗英ちゃんがくれた

〝ふっかつのじゅもん〟の余白には私への言伝というか釈明がありました。彼女は私の水やりドローンを妨害して恥をかかせようとしたことを書面において、正直に謝罪してくれました。ですが、そこには掃除ロボットに細工をしたという言及はありませんでした。てっきりどちらも紗英ちゃんの仕業だと思っていたのですが、もしかしたら私は罪のない彼女にあらぬ疑いをかけていたのかもしれません。

12

上司の命令を突っぱねたのは何度目だろう?

こんなに反抗的だったことは村瀬リルの人生においてかつてなかった。まるで気後ればかりだった十代を、写真加工アプリの派手なフィルターなんかで盛りに盛って、いまさらやり直している気分だ。

包帯の上からドジャースのキャップをかぶった苑池寿は、人気《ひとけ》の絶えた夜の〝お引き取り〟エリアに村瀬リルを呼び出し、はっきりと免職を言い渡した。彼女はもっとはっきりと拒絶した。

「ここまで来たら最後まで見届けさせてください」

「どの口でほざいてやがる。てめえみてえな跳ねっかえりのどこに使い道があんだよ！」

そう苑池寿は吐き捨てるが、痛い目に遭った教訓を生かして、不用意に距離を詰めようとはしなかった。二人はひょんな場所で出くわした野生動物のようにじりじりと互いの周囲を経巡りながら睨み合った。

軟禁された部屋から逃げ出せたのは、レオ・フレッチャーのおかげだと村瀬リルは言わなかった。どんな思惑で動いているのかわからないが、助けられた義理は通すつもりだった。廊下の監視カメラに映っているのは手嶌令歌の姿だけだが、隣室の彼女が村瀬リルを自室に引き込んで、数分後にわずかな時間差で二人が部屋を出てきたことは知られているはずだ。

「また出演者に色仕掛けを使ったのか。うちの番組はおまえの狩場じゃねえんだ。我が物顔でのさばるんじゃねえ」

苑池の悪罵に、シィッと猫が威嚇するような声で応じながら、ついに来るべきときが来たのかもしれない、と村瀬リルは思う。

鋼鉄製の蓋は、焼却炉のそれのように見えるが、これはエアシューターの吸入口なのだ。ここから吸い込まれた人間は地上に落ちていく。もちろん何万キロという高度を一気に落ちるのは危険極まりないから、いくつものセーフポイントが用意されている。とはいえ一度ここにぶち込まれたなら、二度とZAに戻っては来られない。この番組の行く末を見届けることはできなくなるだろう。極秘資料を流出させ、さらに村瀬リルを足止めできなかった苑池寿は、これまでの失態の穴埋めとして、この場所に彼女の〝廃棄〟を命じられてきたのに違いなかった。

「苑さんひとりで私をどうにかできると思ってんですか？」

そうだ、この期に及んでこの男にどんなささいな汚れ仕事であろうと一任するなど綿貫絢三も甘過ぎると言わなくてはならない。

「できなくてどうする！」と苑池寿は血走った眼球が飛び出るのではないかと思えるほどむき出しにした。「このままじゃおまえだけじゃねえ、俺まで用無しになっちまう」

「ふん」と鼻息荒く村瀬リルはファイティングポーズを取った。「こう見えて武道の心得があるんですよ私！」

「知ってるよ、弓道の段持ちなんだろ？　そいつが何の役に立つってんだ、ドアホが」

バレてるじゃんかよ、と村瀬リルは舌打ちをする。

苑池寿が仰々しいレバーを引っ張ってエアシューターの蓋を開けると、人ひとりをすっぽり吸い込めるほどの凶悪な開口部から轟々と吸引音が唸る。二メートル以内に近づけば吸い込まれてしまう。最後の二人となった参加女性は、演出上もうどちらも脱落者とは見なされないため、シューターで落とされることはない。それだからファイナルセクションの手前のどこかのタイミングでシューターの第一接続部分は取り外されて、そもそもの用途であるゴミ廃棄のため排出口はエレベーターの外へと戻される手筈になっていた。現時点のシューターの状態を村瀬リルは知らない。つまりかなりの確率でこのシューターの行き着く先は極低温の虚空なのだ——死ぬの、私ここで？

苑池寿が正気なら、死に直結するアトラクションへ部下を送り込むことはないだろうが、これまでの経緯を思い返すにそれも怪しかった。

「さあ、勘違い女どもを山ほど呑み込んできた悪魔《アバドン》の口にてめえも飛び込んで地上に放り出されちまえや！　それともフリーズドライされたデブリになるかだ」

「やですよ！」

無駄な抵抗すんじゃねえと苑池寿は村瀬リルに摑みかかるが、彼女も大人しくされるがままではいない。山猫さながらに苑池の顔を爪でひっかくとまたもやキャップが落ちた。しかしもう苑池寿もそんなことに構ってはいなかった。顔面を血だらけにしながら、ガムシャラに村瀬リルと取っ組み合って、それから押しのける。

「いぎぎぎぎぎぎぎ！」

ギリギリのところで吸入口の縁にしがみついていったん難を逃れた村瀬リルだったが、依然ピンチであることに変わりはない。

「ハァハァ、手こずらせやがって、さっさと消えち――」

「ぶぉっ、わ、わかりましたぁ、もうあぎらべますぅ！　あきらめますぅ、だからぁ、最後にひとつ教えてくださいよぉ～もうひとりのXXXは誰なんですかぁ～、後生だから、それだけ教えてぐださいよぉ～」

顔半分を吸い込まれながら、間延びした口調で懇願すると、苑池寿は態度を軟化させた。村瀬リルは悪魔《アバドン》のキスから身体をもぎ離す。

「チッ、はじめからそうしてりゃこっちだって優しくしてやれたんだ」

「本当は苑さんにはお世話になってるし、私だって感謝してないわけじゃないんですってば。撮影が終わったら新しいキャップをプレゼントしようかな～なんて思ってたりしてたし。嘘ですけど」

「こっちはよ、おまえに甘い顔するたびに痛い目に遭ってんだ、そんな取ってつけたみてえな上目遣いに騙されやしねえからな……まぁ、でも最後だから教えてやるよ。ズバリ、XXXは南千尋さ」

「やっぱりか。彼女は何をしてるの？」

椎葉絵里子の力が認知の歪みを現実に波及させるものなら、南千尋はどんな常識外れなパワーを行使しているのだろうか。

「言ったろ、寄生体は宿主の信条や背景から特殊な能力を引き出すと。あの女はカメラマンだろ。こいつは仮説の段階に過ぎないが、つまりそういうことなのさ。南千尋が枠組み《フレーミング》と焦点化《フォーカシング》で現実を切り取っているとしたら？　そいつはな、言い換えれば世界を素材として編集しているってことだ。気付かなかったか？　今回の番組の流れには不審な点がある。第二セクションでの南千尋の事故と怪我を誰も騒ぎ立てなかったのはどうしてだと思う？　女たちはスカイウォークで待機していながら、誰もそれを見ちゃいなかった。事故で包帯を巻いた南千尋を気遣うフリをする者も皆無だった。これは異常なんだよ、なのに俺たちを含め誰もそれを言い立てる者はいない。異相あざみの暴走もそうだ。不祥事すれすれどころか、はっきりいって大事故レベルのことが立て続けに起きてるにもかかわらず」

「なるほどね」村瀬リルにも思い当たる節はあった。

いつだって南千尋がニコンのカメラを構えているとき、衝撃の瞬間というにふさわしい何かが起こる。村瀬リル自身が、普段の彼女らしくなく豊重潤の屈辱のシーンに加担しかけたのもそうだ。もともと存在しない感情を掻き立てるのではないにしろ、小さな種子だったに過ぎないものを芽吹かせ、生い茂らせる未知の作用を確かに感じた。

その力はもしかしたら事のはじめから隠然と働いていたのかもしれないと村瀬リルは思う。最初のコテージで椎葉絵里子の力が開花したように、あの日蝕をトリガーにして南千尋も生まれ変わったのかも。

「だとしたら彼女自身の力に南千尋は気付いているの？」

「さあな、それは本人に聞けよと言いたいところだが、残念ながら、おまえにそのチャンスはねえんだ。意味のない考察は地上に落っこちてから好きなだけ弄べばいいだろう。無駄話はここまでだ。餞別はくれてやったぞ、そろそろ消えてくれよ」

「ええと……その」

「時間稼ぎならもうやめろ、おまえもここで脱落なんだ」

「あの……お言葉ですけど、やっぱまだ残ってもいいですかね。っていうか苑さんこそ、ここでバイバイってことでひとつどうでしょうか？」

ふざけんじゃねえ、と苑池寿は怒気を漲らせる。

「ガキじゃねえんだ、聞き分けのねえこと言ってくれるな、いいんだぜ、本当に腕力でねじ伏せたってな。てめえにゃ、頭カチ割られてんだ、こっちだって一発お返しを見舞ってやりてえところではあるんだぞ」

村瀬リルの胸倉を摑んで、苑池寿は大声で凄んだ。

「無理ですよ。勝つのは私です。さっきの話に戻しますけど、力を得た人は例外なくそのことに気付くとは限らないにしろ――少なくとも私は気付いたんです」

「はぁ？　何を言ってんだ？　てめえイカれたのか？　これだから女ってやつは話が通じねえからイヤになる。いまのおまえはまるで……」

「まるで椎葉絵里子みたい、ですか？」

村瀬リルが乾いた笑みを浮かべる、と――

メキッと神経に障る不快な音がした。

胸倉を掴んだ苑池の手が不自然な角度に曲がっていた。不可解かつ凄惨な光景だが、村瀬リルは眉ひとつ動かさずに苑池寿の悲鳴を聞き流した。

「ヒイイイイイイイイイイッ！　いでえええええ、なな、何しやがった？」

「これ見てください。メガネのフレームがねじれちゃってるでしょう？　何度もドアに体当たりしたから衝撃で歪んだのかなぁって思ったんです。でもね、私、どんどんわかってきたんです。これってピンキーリングが歪んだのと同じ具合だなって。苑さんを小突いた花瓶もねじれてたでしょう？」

うずくまってボタボタと涙を流す苑池寿に、村瀬リルは取り外したメガネを近づけて見せる。それが、それが、それが何だって？　と苑池寿は呻く。

「察しが悪いですね。これってあの子の、椎葉絵里子の力なんです」

「でも、おめえのメガネのときにはもう——」

「そう、椎葉絵里子はZAに居なかった。だからこれは私がやったんです。あの子の力の幾分かは私に移譲された……たぶんあのキスで」

そうだ。あのキスは思い出作りのためなんかじゃなかった。

この空の高みで私が生き抜くために、椎葉絵里子が託してくれたものなのだ。守随紗英が異相あざみに〝ふっかつのじゅもん〟を託したみたいに。孔莉安が南千尋に死出のドレスを贈ったみたいに。去っていった女たちは、その想いを残された誰かにつなげていく。たぶん私はそれを心のどこかで自覚していながら、見ないふりをしていた。ファーストキスを捧げた、これが危険な見返りだったのだろう。

「半信半疑でしたが、さっき確信に変わったんです。手嶌令歌がクエーサーを異相あざみから救ったとき、私は彼女が間に合うように彼女を後押ししたんです。空間を歪めて……そう、重力を犬みたいにけしかけて」

村瀬リルは弓手、つまり左手の曲げた人差し指の突起を苑池に向けた。

逃げ出そうとする苑池寿の身体の三点をミドルレンジから精確に狙って歪曲させる。脚部の関節構造を狂わされた人体はまともに走れやしない。

「軍事用語で言うところの本能射撃《インスティンクス》というやつです。さっきバカにしたけれど、弓道のおかげで私この力を狙った場所に撃ち込めるんですよね」

「おまえは……」ひどく怯えて懇願もままならない苑池寿に、村瀬リルはなだめるように首を振る。

「だから、苑さんは私には勝てません。瞬きするよりもずっと速く、私はあなたをボロ雑巾ばりにギュウギュウねじることができるから」

「や、やめろ」

「本当はね、苑さんのこと嫌いじゃなかったです。口は悪いけど、根はいい人だって思ってた。先輩としても頼もしく感じてた。だからもうがっかりさせないで。お願いです。これまで地上に振り落とされてきた女たちのように今度はあなたがここから吸い出されて落ちてください」

冷然と村瀬リルが告げると、わかったと苑池寿はうなだれて言った。

「落ちる、俺は落ちるよ。もうこんな仕事はごめんだ！　バケモノだらけの恋愛ショーなんて、こ、こっちから願い下げだ」

頭部に巻いていた包帯をほどいて、折れた手首を固定すると、苑池寿は奈落の口に飛び込んだ。きっと宇宙にほっぽり出されることはないだろう。もしそうだとすれば、もっと抵抗し命乞いするはずだったから。

　脱力した村瀬リルがエアシューターの蓋を閉じようとすると、

「ちょい待ち」と声がかかった。

　レオ・フレッチャーがそこにいた。隣には綿貫絢三もいる。いつからか背後にいて、一部始終を眺めていたらしい。

「苑さんの忘れ物だ」そう言うとレオ・フレッチャーはドジャースのキャップを拾い上げると埃を払い、あらためてエアシューターに投げ込んだ。

「こいつはまだ未発見の現象だな。XXの力を他者に分与できるとは」

　綿貫絢三は興味深そうにうなずいた。

「いつからそこに居たんですか？　趣味が悪いのはお互いさまですけど、私は実験動物になるつもりはありませんよ、検査も観察も御免被ります」

　敵意を隠すことなく、村瀬リルは綿貫絢三を見据えた。

「ああ、このことは黙っておく、君にねじ殺されたくないからね。君は手嶌令歌と碁石剰一のダンスにも関与したのか？」

「ええ、そうです」

「やっぱりか」と手を打ったのは、綿貫ではなくレオだった。「いくら天才的なダンサーだからって無重力下であんな見事な踊りはできない。リルが微妙な重力を加えて、それ相応の運動ポテンシャルを与えてやったんだな！」

とにかく、とレオの興奮を遮って村瀬リルは言った。

「もうあなたたちは私に手を出せない。閉じ込めることも黙らせることもできない。いい？　私は最後まで見届けるの。この残酷ショーを！」

「もちろんだ。君にはその権利がある」綿貫絢三は降参だと言わんばかりに両手を上げた。

「最後の寄生体は南千尋だとわかった。もう隠していることはない？」

「誓ってもうなにもない」

「レオ、あんたに聞きたい。ごまかさないで答えるのよ。あんたは誰の味方なの？　キツネ狩りでは私を裏切ったくせに、手嶌令歌を使って私を助け出したでしょ？　どこか矛盾してるのよ」

「ほう、初耳だな」綿貫絢三が疑わしそうな眼差しを音響技師に向けた。

レオ・フレッチャーは肩をすくめた。

「俺は惚れた相手に尽くすだけさ。そういうゲームでしょ？」

村瀬リルとの協定をあっさりと破ったのだから、レオの惚れた相手というのは自分ではない誰かなのだろう。村瀬リルは、その事実がチクリと胸を突くのを見て見ぬふりをした。

「わかった。もういい。でも、これだけは覚えておいて、今度私との約束を破ったら容赦しない。綿貫さん、あなたにも聞きたいことがある」

プライベートなことで恐縮なんだけど、と村瀬が前置きをすると、綿貫絢三は「なんだって訊いてくれ、君には包み隠さず打ち明けるよ」と鷹揚な態度を示す。こいつらどいつもこいつものらりくらりしやがってと村瀬リルは二人まとめてエアシューターにぶち込んでしまいたくなる。

「綿貫さんは、恋をしたことがありますか？」

意想外の問いに綿貫絢三から表情が失せた。

「恋だと？　それはどういう意味だ？」

「そのままですよ。誰かに恋焦がれて胸が苦しくなったり、眠れなくなったり、遠足の前みたいにウキウキしたことがあるかってことです」

「ああ」と綿貫絢三は溜息をついた。「このとおりの見てくれだ、異性に好かれたことはないよ。何だ、君は、もしかして私のコンプレックスを刺激したいのか？　なんらかの心理戦なら――」

「いいえ、違います。これは駆け引きなんかじゃない。あなたが誰かにモテるかどうかなんて聞いちゃいない。到底叶わぬものであれ、あなた自身が誰かに甘くて切ない気持ちを抱いたことがあるか、ただ、それを訊ねているだけです」

ぶしつけで奇妙な問いかけにレオ・フレッチャーは吹き出した。

しかし綿貫絢三は氷像のように固まったまま動かない。

「ないな」ややあって不動の男から声が漏れた。「私は恋を知らない」

レオ・フレッチャーは笑うのをやめた。

「そうですか」村瀬リルは納得した。

「それがなんなんだ？　その問いかけに何の意味がある？」

綿貫の口吻がにわかに激しくなった。

村瀬リルの問いが綿貫絢三の急所のどこかを突いたらしい。この男のコンプレックスは性的魅力に欠けていることなんかじゃない——当て推量に過ぎないものが確信に変わりつつあった。そもそも綿貫絢三は、恋愛感情というものを抱いたことがない。それ自体は責められることではない。どんな対象にも性愛の感情を抱かない無性愛者《アセクシャル》は一定数存在する。

——でも、だからといって。

「人は恋愛そのものに憎悪を抱くべきではない」

きっぱりと村瀬リルは言った。

さらに間を置かず続ける。

「――これは塔ではない。穴だ。愛もろともに墜ちてゆけ。このフレーズを書き残したのはあなたですね、綿貫さん」

こんなことを暴き立てたとて何にもならない。しかし恋愛リアリティ番組の制作のトップがエンターテイメントの追求ならいざ知らず、恋愛嫌悪《アモロフォビア》によって突き動かされているとしたら、その内容は残酷で無慈悲なものにならざるを得ないだろう。ＵＴＡ、つまり手嶌姉妹の末の妹である手嶌藍歌を印象操作によって過剰に傷つけたのが、綿貫絢三の私怨によるものなら、それはあってはならないことだった。

「異相あざみの持ち込んだ掃除ロボットがデタラメな軌道を描いたのを暇な女どもが意味深なメッセージに読み込んだという例の話か？　私はそれにどうして関与できる？　日蝕のさいにもリビングには定点カメラがあった。そいつをチェックしたんだろう？　そこには誰も映っていなかったはずだ」

この男には珍しく、その言いぶりにはどこか揺らぎがあった。

「ええ、でも最近わかったんです。この番組の編集ＡＩ〈ヒプノテイル〉は恋愛リアリティ番組の演者と司会者である霧山さん以外を徹底的に画面から排除するよう設定されている。私みたいなイレギュラーはあるにしろ。はじめの共同生活のシーンもダイジェストとして放送されることになっていた。あの日蝕の画は印象的ですしね。物語の幕開けにもってこいです。つまりすでにあの頃から〈ヒプノテイル〉は人知れず作動していた。スタッフがあとで確認した映像はすでに編集されたものだったんです。たとえ演者以外があの時リビングに入り込んだとしてもその姿は抹消されてしまう。あなたがこっそり忍び込んだとしても、日蝕を見ずにコテージに居残った参加者たちは自室に籠っていたから気付かなかった。だから綿貫さんは証拠を残さずにリビングをうろつくことができたはず」

「たとえ何者かがそんな悪戯をしたとしても、だ」と綿貫は語気を強めた。「この番組には何人のスタッフが関わっていると思う？　そんな真似をできる人間はいくらでもいる。君がさっき言ったようにリビングにはいかなる証拠もなかったんだろ？」

「ええ、リビングにはね」と村瀬リルは重々しく呟いた。「ただ他の場所に気になるものがありました。寄生体のことを打ち明けられた夜に私たちはあなたの部屋に集まりましたよね。あなたは室内で靴を脱いでスリッパに履き替えていた。脱いだ靴は入口のところに置いてあった。いまも履いてるその靴です。私は綿貫さんの靴の中に白っぽい粉があるのを見つけたんですよ。たぶん靴下に付着していたものが中敷きに残ったんでしょうね」

「白い粉？　なんだよ、コークでもキメてたのか」とレオ・フレッチャーが下世話に割って入る。「それとも速いのかよ？」

スピードという隠語から来ている〝速いの〟とはつまり覚醒剤のことだ。コカインも覚醒剤もハードワークの疲労をごまかすために使用される可能性はあった。ただし、それが靴の中に入っているとは考えにくい。

村瀬リルは二人の顔を交互に見渡す。

「失礼ですけど、私もてっきりそう思った、だから指にとって舐めてみたんです。おっさんの靴の白い粉を舐めるなんて我ながらどうかしてるよね。あと刑事ドラマの見過ぎかも。ドラッグなんてやったことないから舐めたってわかるわけなかったけど……したらしょっぱかったんです。あれは塩でした」

「んだよ、面白くもねえ、靴にフライドポテト入れて食ってたんだろ」とレオ。

「ううん、塩だったのが決定的なの。日蝕は悪いエネルギーを放つからとスピリチュアリストの誰かさんが浄化のためと言ってコテージのリビングに盛り塩を置いたのをおぼえている?」

「鍵野ゾーイだ。そんなこともあったな」レオ・フレッチャーの口数が増えたのに比して綿貫絢三は不気味な沈黙を守っている。

「盛り塩を異相さんの掃除ロボットが蹴散らしたと彼女は怒っていたけど、こんなふうに考えることもできる。何者かがあの塩を取ってリビングで文字の形にばら撒いた。それを目立つゴミを優先的に掃除するセンサー付きロボットが律儀に吸引していったとしたら？」

「そうか！　塩で描いた文字を辿ってロボットが掃除したなら、ロボットの走行経路の記録には文字が浮かび上がる！」

ひどく愉快なジョークを聞いたようにレオ・フレッチャーがハイタッチを求めるが、村瀬リルはそれをスルーした。

「はじめは、わかりやすい塩の文字でメッセージを残そうとしたのでしょう。でもお節介なロボットがそれを始末してしまったから、あなたの意図は半ば隠され、謎めいた不気味なものになってしまった」

「――なるほど、君は思ったよりずっと有能だな、村瀬リル」

抑揚を欠いた口調で綿貫絢三は言った。

「たったそれだけの材料から、私の愚かな所業を見抜くなんて。ああ、そうだ。あれは私がやったことだ。君の推測は正しい。私は恋愛そのものがまるで理解できない。理解できないものは恐ろしいだろ？　恐ろしいものに立ち向かうにはどうする？　強烈に憎むしかないんだ。なぜ人は恋愛などという不合理なものを人生の一大事として扱うのか、私はこの仕事に携わりながらずっと問い続けたが、何も得るものはなかったぞ。何ひとつ、だ」

「でも、そのささやかなヒントを与えるのが、私たちの番組なんじゃないですか？」

「そんなものはない。色恋などというものは取りつく島もなく私を弾き出すじゃないか！　なあ、おまえらは一体、何をしているんだ？　愛だの恋だのにかまけて何が面白い？　生殖のためでもなく政略のためでもなく、どうしてそんなものに眼の色を変えられる？　なぜ西へ東へと奔走する？　挙句の果てにこんな空の頂きまで駆け上ってくるとは狂気でしかない！　どこまでも墜ちていけ。これは塔ではなく深い穴なんだ！」

あまりに激しく、そしてタガが外れたように綿貫絢三は豹変した。

煮凝った憎悪がテラテラと瞳の奥で輝きを放つ。村瀬リルは気圧されて身をすくめた。暗い感情によって歪められた眼差しは、高い塔をして深い穴と幻視させるに充分だった。明かり取りの石英ガラスパネルから宇宙の深淵が口をのぞかせている。そうか、わかった、と村瀬リルは頷く。恋愛は誰にとっても永遠に解けないパズルに違いないが、この男に限っては不可解な拷問具なのだった。村瀬リルは憎悪の視線を浴びながら告げる。

「あなたがしたことは殺人でもなければ、傷害でもない。ただ、意趣晴らしに塩を撒いただけ。たったそれだけ。別に咎められることじゃない。恋愛を切り刻み、踏みつけにし、二束三文で量り売りにするつもりなら、それもいいよ。ただ、残るXXが南千尋であるのがわかったいま、彼女をクエーサーと結びつかせるわけにはいかない。私は凶悪なギャングに力を与えるのを全力で阻止する。もし邪魔するなら、椎葉絵里子から貰った力で戦う。誰であろうと突き落としてやる——深い穴の底へ」

ファイナルセクション　３６０００キロメートルまで

暮石剰一

終わりが近い。それとも始まりが遠ざかっていくのか。

歳を重ねれば重ねるほど、人生の始まりの記憶は薄れていくだろう。これは、まったく変哲もない時間感覚の推移に違いない。ただ、この軌道エレベーターに身を置いてからというもの、遠ざかっていくはずの幼い日々の記憶が鮮明に脳裏に蘇ってくるようになった。どうしたことだろう。無性にすべてが懐かしい。

日系移民の子孫であった暮石剰一は、コロンビア第三の都市カリで生まれた。本名はエフライン・ナカムラ。彼の属する小さな日系コミュニティの先祖は大正年間にコロンビアの作家ホルヘ・イサックの悲恋小説『マリア』に感銘を受け、同じく物語の舞台、アンデス山脈の架空の農場天国の荘《アシエンダ・パライーソ》に憧れた仲間たちと「南米雄飛会」を設立したという。海外植民学校の夜学生だった数人は農業実習生としてコロンビアに渡航したのだ。

彼らの移民の動機がロマンス小説だったことにまず驚かされた。

どうせ眉唾な伝説だと思っていたが、のちに日本への留学プログラムに参加したとき、東京で資料を漁ったところ、すべてが真実だと判明した。暮石剰一は自分の体内にロマンスに浮かされて海を渡るようなお調子者の血が流れているなどとは信じられなかった。エフラインという名は『マリア』のヒロインと恋に落ちる男の名前と同じだった。

物好きな祖父は、先祖らの向こう見ずさを讃えるために、孫にその名をつけたらしい。希望に燃えて海を渡ってきた先祖たちは、天国を見つけられなかったのみならず、想像を絶する苦難に直面した。暮石剰一は幼い日から語り聞かされてきた農業の厳しさから逃れるために勉学に励み、エンジニアになるべくルーツである日本で学ぶチャンスを得た。

しかし帰国してすぐ恋人をギャングの抗争で失うことになる。

六年の遠距離恋愛を実らせ、カリでの就業とともに結婚するはずだった恋人の名はマリアではなくサラ。サラは病弱だったフィクションのヒロインとは違ってはちきれんばかりの健康を湛えていたが、エフラインつまり暮石剰一にそっくりな男に声をかけようとし、ギャングの襲撃に巻き込まれた。その男こそがコロンビアの麻薬カルテルの大立者として知られるエンリケ・トーレスの甥ミゲルだった。二つの銃弾が彼女の胸と大腿部を貫通し、三つ目は頭部に残された。ミゲルの恋人と間違えられたサラの頭部は胴体から切り離されて、犯人らの手によってカリの美術館のエントランスに並べられた。

子供に恵まれなかったその分だけ甥を溺愛していたエンリケは怒り狂い、襲撃の犯人とそれを指示したとおぼしき対抗組織を皆殺しにした。暮石剰一はネットニュースに大映しになった恋人の生首の写真を印刷してアパートの寝室に貼った。サラの隣に並んだミゲルの頭部は確かに暮石剰一にそっくりだった。いくら似ているとはいえ恋人を間違えるドジをしでかすなんて、まったく君らしいよ、と暮石剰一は写真の中のサラに皮肉を飛ばす。左右の胸の大きさの違いを気にしていたけれど、首が胴体から離れてしまったなら、もう悩む気苦労はないな。

写真に向けて馬鹿げた軽口を叩くときだけ、ようやく涙を流すことができた。

ミゲル、俺がこの男に似ているばかりにサラは死んだ。

この呪われた顔をいつかそっくり取り換えてやろうと誓ったのは、その時だった。だが、まだ使い道がある。エンリケ・トーレスに近づくために必要だ。ヤツの寵愛を得るためにはむしろもっとミゲルに似せる必要がある。

暮石剰一は生前のミゲルの写真や動画をできる限り集めた。

容姿だけでなく、体格や姿勢や仕草までも研究した。エンジニアの道は諦めた。数か月もの間、精神の水底を這ったあと、ひとつの決断を下した。暮石剰一は黒い手《マノ・ネグラ》に潜り込んで、それを牛耳る計画を立てた。そんな狂気の考えを抱くほどに打ちのめされていたのだから、ちょっとばかり幻聴を聴いたとしても不思議ではない。そう、ミゲルとサラの首写真はすえた臭いのするアパートの寝室で暮石剰一に語りかけたのだ。

いや、これもあべこべかもしれない。

死者の声を聴いたからこそ、常軌を逸した野望に取りつかれたのか。二つの語らう頭《トーキングヘッズ》はそれぞれ別々のことを訴えたが、どちらも聞き届けてやるつもりだった。生き残った者の、それが神聖なる義務だろう。

サラの首はこう囁いた――エフライン、新しい愛を見つけるの。できれば左右の胸のサイズがぴったり同じ人がいいわ。

ミゲルの首は居丈高に命じた――支配しろ。火星の力のもとに統べるのだ。おまえは俺だ。黒い手《マノ・ネグラ》の正当な後継ぎさ。

一介の路上の売人《プッシャー》から暮石剰一ははじめることになった。

AIを使った予測により、所得階層と人種分布によるエリアごとのドラッグのニーズを新たに割り出した。入念に販路を整備し、顧客への手厚いサービスを施すことで、まだエフラインと呼ばれていた暮石剰一は新入りとしては異例の利益を上げたが、そのことが独断専行を嫌うボスの耳に入り不興を買った。エンリケにお目見えが叶うことになったが、たとえ太陽と月が入れ替わっても、死の運命は変わることはなさそうに思えた。

暮石剰一の命を救った要因は二つ。

彼が増益分をビタ一文たりとも懐に入れていなかったこと。

そしてなによりもボスの可愛がった甥っ子ミゲルに瓜二つだったことによる。暮石剰一を一目見るなりエンリケは、象のいびきのような唸り声を発しながら天を仰いだ。おお、神よ、愛する甥を再び老いた従僕の元へ遣わされるとは、あなたは慈悲深いお方だ！

こうして彼はエンリケの側近の地位に収まることに成功した。

偶然と見せかけて目尻に負った傷は、ますます暮石剰一の相貌をミゲルに近づけた。エンリケと暮石剰一の関係は父と子のようだった。

古いアイルランドの祝言を嚆矢《こうし》として二人は浴びるように酒を飲んだ。

「運命の風に乗って――」

エンリケが厳かに頷くと、二人はグラスを打ち合わせて唱和する。

「星と踊れるように」

しかしエンリケはやがて運命の風に振り落とされることになる。

数限りなく酌み交わされた酒の一杯に毒が入れられていたのだった。もちろん義父にも等しいエンリケを殺したのは他でもない暮石剰一だった。同じ毒を呷るにあたって、暮石はあらかじめ対毒抗体を体内に注入していたが、それでも軽度の心臓発作を免れず、死を垣間見ることになった。ファーストセクションのお茶会で、キツネであった渡慶次ライラにお茶を勧められたとき、エンリケを殺したウィスキーの一杯を思い出すことになった——いずれにしろ生死を賭した勝負に勝った暮石剰一は、疑われることなく、ライバルであった古参の幹部に罪を着せ、失脚させることができた。

数年で暮石剰一はボスの地位まで上り詰めた。

二つの首の命ずるままに、札束とサルサミュージックと血の臭いのなかを駆け抜けた。

しかし、ゴールはもっと先にある。

むしろ始まりなのだ。

ようやく本来の目論見を実行に移すことができる。サラを奪ったような暴力をこの国から抹消すること。それが彼の目指すところだった。多くの血を流してきた暮石を動かしているのは、そんなナイーヴな動機だった。数多くの暴力を自らも担ってきたという自己矛盾を押し殺すうち、無数の首《トーキングヘッズ》はより声高に主張するようになった。

歴史に置き去りにされた頑なな死者たちが叫びを上げている。

その中にはエンリケのものもあったし、泥水をすすりながら、うずら豆を栽培していた先祖たちのものもある。家族《ファミリア》——南千尋が幸福の源泉であり愛の帰結であると語った概念が、あらためて胸中に反響する。暮石剰一にとって死者たちが——あるいは足早に死に赴く者だけが家族だった。

黒い手《マノ・ネグラ》の実権を握ることで、暮石剰一はこの組織を内側から合法化することを狙った。組織を麻薬ビジネスから脱却させるのではない。ドラッグという悪しき嗜好品の効果をそのままに無毒化し、一般化させ、その商圏の中枢を握ることはできないのか。近年の気候変動によってコロンビアはかつてのようにコカの葉の栽培に適した環境ではなくなりつつある。この商売は遠からず先細りになってしまうのは確実で、だからこそケミカルな合成作用による同等かつ依存性のない製品を生産するほうが、組織の生存戦略においても正しいはずだった。

天国の荘《アシエンダ・パライーソ》と呼ばれるようになった暮石剰一の組織は、国内の薬理ゲノミクスやバイオテック企業をいくつか買収し、新たな路線を探るようになったが、旧弊から抜け出せぬ幹部たちはこぞって反対の声を上げた。暮石剰一の誤算は、革新が拙速すぎたことに合わせて、エンリケという後ろ盾を失った彼自身のカリスマを過大に見誤ったことだ。

切り落としたはずの黒い手が伸びてきた。

よりによって綻びは暮石自身の出身であるカリ地方から生じ、すぐにそれは内紛の火となって広がった。幾度もの襲撃と暗殺をすんでのところで生き延びたものの、瞬く間に組織は分裂し、勢力を弱めた暮石剰一は数人の信頼のおける仲間を引き連れてエクアドルに落ちのびることになった。

　数年後、身を隠していたクエンカの安アパートで大家の密告により、エクアドル国家警察に逮捕されることになる。不幸中の幸いだったのは、他の仲間たちを逃がすことができたことだった。ストリートに立っていた時代からの仲間たちには平穏に暮らしてほしかった。移民局に引き渡され、コロンビアに送還されれば、監獄で殺されることは確実だったが、覚悟は決まっていた。

　寡黙な死者になればいいだけだ。

　ところが数珠繋ぎになった首の群れのうちから口うるさいのが叫んだ。

——死ではなく愛を見つけなさい。エフライン。

——君以外の誰を愛するというんだ？

——いいから、たまにはわたしの忠告を聞き入れるの。

——もちろん、君の言葉なら、なんだって従うよ、愛する人《アモール》。

——空の彼方、天国の荘《アシエンダ・パライーソ》で彼女は待っている。

　エクアドル政府とアバドン社から取引を持ち掛けられたとき、ようやくサラのメッセージの意味が呑み込めた。ホルヘ・イサックの小説において天国の荘とはアンデス山脈にある農園のことだ。つまり空の彼方にある理想郷を、軌道エレベーターの上層に探せと最愛の死者は告げたことになる。とっくに諦めていた生き延びるチャンスがそこにあった。それでなくとも選択の余地などあるわけがない。一も二もなく飛びついた。

まだしばらく君に会うことはできなそうだね、サラ。

こうして暮石剰一はラブ・アセンションへの参加を承諾した。

ロマンスに焦がれて南米に移民した先祖たちの浮かれた血が暮石剰一を後押しした。気恥ずかしいこの番組での役どころがようやく板についてきた頃、二人の女性が身体を張って暮石剰一を救ったのだった。家族となるに異存のあろうはずがない。

前セクションでは停止していたユニットが再上昇したことで、疑似重力が戻ってきた。それは止まっていた時間がまた動き出したような感覚を暮石剰一に及ぼした。壮大なショーはクライマックスに向けて走り出す。

取り換えた顔のうちでひとつだけ彼のものであった目尻の傷がしくしくと痛む。新しい顔をくれた豊重潤の脅迫を受けたとき、暮石剰一はかつて暮らしていた地上の謀略を思い出して、少しホッとしたものだ。慣れ親しんだ争闘がこんな浮世離れした世界にもあるのだと。

「さて天国はどこにある?」

とうとう最後のフェーズを迎えました、と霧山宗次郎が言ったあと、現在の心境とやらを問われて思わず出た言葉がこれだった。

まったくかみ合っていないやり取りに司会者はうろたえた。

追想に心を奪われている場合じゃない。〈ヒプノテイル〉は、暮石剰一の台詞をカットするだろう。

聡明なクエーサーにふさわしい応答を選び直すべきだ。

「ええ、まずはここまで僕の旅にお付き合いくださったことを、お二人にお礼を申し上げます。かつてなくシビアな選択になるでしょう。最後のデートを含め、ギリギリまで思い悩むことになりそうです」

「最後のデートは南千尋さん、手嶌令歌さん、それぞれのアイデアによる趣向を楽しんで頂きます。よろしいですねクエーサー?」

「はい」と暮石剰一は頷いた。

そこで撮影は中断し、しばしの休憩を挟むことになった。

スタッフたちの間にピリピリした空気が漂っている。撮影の責任者である苑池寿の姿が見えないかわりに、第五セクションの途中まで気配のなかった村瀬リルが本格的に復帰したのだから、何事かの異変が生じているのに違いない。

「クエーサーちょっといいですか。お話があります」

村瀬リルが目配せをすると、スタッフたちが席を外した。

不穏な気配が濃厚に漂う。まるで彼女がこの番組を暗然と取り仕切っているかのようだ
――その理由はもちろんすべて把握していた。暮石剰一には、この番組のありとあらゆる裏側が見えていた。レオ・フレッチャーは心許なげな一瞥を同僚のADに投げたが、すぐに他のスタッフたちを引き連れて去っていった。リアルタイムの配信において、このブレイクの隙間を埋めるのは、残る二人の女たちの決戦前の独白となるはずだ。

「村瀬リルさん、君とはあまりゆっくり話したことはなかったよね」

「ツーショットデートですかね、これって」村瀬リルの顔つきが昨日までとは違った。

「クエーサーは誰とでもデートはしないんだ。で、用件はなんだろう?」

「ですよね。じゃ単刀直入に申し入れます。あなたは手嶌令歌を選んでください。なぜ私がこんなお願いをするかあなたにはわかっているはずです」

ふてぶてしい口ぶりで村瀬リルは言った。

「断ったら?」

台座に置かれていた水晶の星花――それは最後の一本だった――を手に取って、村瀬リルはそれを愛でるように撫でた。するとそれは砕けないままぐにゃりとねじれた。

「どんなものでも私はこんなふうにできる。とくに自分が世界で一番のモテ男だって思い込んでる不埒者はひねってやりたい。いや、あなたはとっくにねじれているのか」

「そいつはお願いじゃなくて命令だ。脅迫とも言う」

「知ってるんでしょう？　XXXと結ばれた対象は絶大なカリスマを得る。それはあなたの再起にとって喉から手が出るほど欲しい代物なはず。私はね……危険な元ギャングにそんなチャンスを与えるつもりはないんです」

「君に正体を知られているのはわかってた。人の恋路を邪魔立てしようとしていることもね。でもね、そんなことをしていると嫌われると思うけどなぁ。君の好きな人にさ。だってあいつは――」

「やっぱりそうだったんですね。レオ・フレッチャーはあなたの間者だ」村瀬リルはゆっくりと言葉を絞り出す。

暮石剰一は答えなかったが、それは肯定と受け取られるだろう。

暮石がこの番組の裏側をすべて知りつくしている理由は、コロンビアからエクアドルに共に脱出した数少ない仲間のひとりを間者として潜り込ませていたからだった。ストリートからのし上がったときも、儚い三日天下にあったときも、ジリ貧の逃亡者になったときもいつだってそばにいた。同じカリの日系社会に生まれ、苦難を共にした部下を日本へ送り込み、この番組のスタッフにねじ込むことは難しくなかった。やがて恋愛リアリティ番組に潜む計画を嗅ぎつけて、逐一暮石に報告したのもあいつだった。

「君はレオに惚れてる」と暮石剰一が断ずると、村瀬リルは不満気に頬を赤らめた。「ごまかすな。誰にだって恋をする権利はある」

村瀬リルはわざとらしく話の焦点をずらそうとした。

「あいつの行動には不可解な点が多かった。綿貫たちに丸め込まれているのかと思えば、閉じ込められている私を助けてくれたりもした。でも、じっくり考えると見えてきたんです。もっと早く気付くべきだった。あいつが仕えている相手はあなただってね」

暮石剰一は曖昧な素振りで村瀬リルを見つめた。

「でも、ただ利用したわけじゃない。僕の利害と対立しない限り、あいつは君を守るつもりだろうよ。寄生体とやらを故意に脱落させようとしたときばかりは君を裏切ったらしいが、すべては僕のためだ。僕もあいつも返り咲くためならなんだってするだろう」

こんな小娘に俺たちが越えてきた逆境が理解できるはずがない。

「もし私があなたと南千尋の間を引き裂こうとするなら？」

「そのときは残念だが、あいつは君の敵となる。僕は危険と知りつつエイリアンと契る覚悟ができている」

「もしあなたが手嶌令歌を選ばないのなら、どんな手を使ってでも――」

「元ギャングに〝どんな手を使ってでも〟と宣言するのは勇気が要ったろうな。それでいい。この番組は、果敢に挑む女たちのショーだからな」

「もし手嶌令歌じゃなく南千尋を選ぶなら、あなたを殺します。それだけじゃない。南千尋もいっしょに殺します」

「ああ、そうだ。そうやって僕も染まっていったんだ。憎むべき敵の醜悪さに似ていって――」

ついにこんな空のどん底に来た、と暮石剰一はねじれた花を手に取りながらまたひとり想いにふける。「まもなく最後のデートです。ご準備を」村瀬リルがよどみなく告げ、足早に去るのを見送りながら、吹けば飛ぶような無防備なその背中に彼は哀れみを抱く。

南千尋との最後のデート　ダークルーム

南千尋　ようこそ。うちの部屋へ。
暮石剰一　うわぁ、暗い。これって？
南千尋　暗室だよ。昔はな、フィルムをこんな場所で現像したんやって。
暮石剰一　へえ、ロマンチックだ。

南千尋 赤い光はモノクロ印画紙のセーフライトなんだ。

暮石剰一 カメラに映るのかな、僕たちの表情とかさ？

南千尋 きっとセンサーサイズの大きなカメラでノイズ処理と並行して撮影しているから大丈夫。

暮石剰一 そう。慣れれば、落ち着くかもしれない……あれ？　緊張してるの？　声が震えてる。

南千尋 正直、うちここまで残れるとはぜんぜん思ってへんかったわ。

暮石剰一 自信満々みたいに見えてたけど。

南千尋 あんなん虚勢やって。たとえ、ちょっぴし自信があったとしても、剰一と令歌のダンスでみんな吹っ飛んだわ。

暮石剰一 そんなに？

南千尋 うちがカメラを構えるのを忘れるくらいにすごかった。なにあれ？　あんなん卑怯やし。

暮石剰一 でも、今日は君のすごいところを見せてくれるんでしょう？

南千尋 うっわ、プレッシャー半端ないんですけど、でも頑張るわ。えーとな、今回っていうかもう最後なんやけど、総集編ということで、これまでにうちが撮った写真を見てもらいます。デジタルだけど、昔ながらに現像したっぽく、紐に洗濯ばさみでとめておきました。じゃーん！

暮石剰一　すごい数だ。

南千尋　これでも選りすぐったんです！

暮石剰一　……

南千尋　あれ、ちょっと何か言うてもらわんと（不安そう）……え、え？

暮石剰一　感想はとても難しいな。ただ、写真にこんなに心を奪われたのははじめてだ。もっとほのぼのした温かみのある写真を撮るのかと思っていたけれど——君の写真は、冷たくて、震えるほどに容赦がない。

南千尋　うち、冷凍室級《フリーザー》目指してるんで。

暮石剰一　フリーザー？

南千尋　決して色褪せず、腐ることのない時代を超えた傑作。まるでキンキンに冷えた冷凍庫に閉じ込められたみたいなんをね。

暮石剰一　でも理想の写真は家族写真だって言ってたよね。家族写真ての は血の通った温かいものじゃないのかな？

南千尋　うーん、あれは思わず出てきた言葉なんよ、自分でもびっくりしたわ。まあ、矛盾してるよね、やけど自分のなかの何かがそう言わせた。ここへ来てからうちのなかに新しい何かが芽生えてる。

暮石剩──　それは僕と出会ったことで？

南千尋──　かも。もしかしたら恋かもわからん。これが恋ならいままでのんとは違うんよね。まるで生き物みたいにうちを支配してる。

暮石剩──　だったらすごくうれしいけど……でももう少し聞かせて欲しい。

南千尋──　ん？　何を？

暮石剩──　そいつは君をどこへ連れて行こうとしてるんだろ？

南千尋──　むうん、難しいこと聞くね。いや逆かな。アホらしいほど単純なことなんかも。恋は盲目っちゅうやん？　別に目的地はない。この暗室みたいな暗がりのなか手探りで進んでいくだけ。たとえ迷子になっても、好きな人と手を繫いでいられればええわ（暮石の手を握る）。力湧いてけえへん？

暮石剩──　ああ、そうだ。ひとつ聞いておきたいんだ。僕と結ばれたら死ぬとしたら？　たとえば誰かが僕らを殺してしまうとしても、それでも僕といっしょになりたい？

南千尋──　いやいやいや、死んじゃってまで欲しいものはないな……

暮石剩──　……そう、だよね。

南千尋 って思ってたけど、いまはあなたが欲しいよ。たとえ死んでも。

暮石剰一 死んじゃったら家族は作れないよ。

南千尋 うちにとって家族ってのは子供とかマイホームとかじゃないんよ。上手に言えへんけど、それはきっと二人でひとつの単位になること。あなたとそうなりたいって心の底から思う。

暮石剰一 家族は冷凍庫に入らない。その中身を分かち合うだけ。

南千尋 ええの。本当はアートよりアイスクリームみたいに溶けちゃうものが好きかもしれん。ああ、そうやった。もう一枚写真あったわ。渡しそびれたやつ。第五セクションのボールルームで撮ったポラロイドなんやけど、自撮りするには近すぎてどアップになったやつ。

暮石剰一 ははは、確かに近いね。首から先だけちょん切れてるみたいだ。

南千尋 (ためらい)……VRで同期したときにな、見たわ。剰一の過去。莉安ちゃんと同じかもっと深く。夢に見るほど。

暮石剰一 (握った手を放して)……そう。ならどうして？

南千尋 棄権しなかったか？

暮石剰一 ああ。本当の俺を知ったならどうして？

南千尋　そう、あなたを知った。だから残った。あなたは誰かのために何かを変えようとした。ひどいことをたくさんしたうえに失敗したかもしれへんけど、それでもまだ諦めとらん。うちはもっと剰一と話したいよ。いなくなった人とじゃなくて、もっとずっとな、うちと話そ。右と左のおっぱいの大きさ違うけどな、うちはそんなん気にせえへん。もうここからは恋だけにうつつを抜かすの。ええやん？

手嶌令歌との最後のデート　校舎の踊り場

手嶌令歌　ここは我が母校。

暮石剰一　階段の踊り場？

手嶌令歌　そう、突貫で作ってもらったセットだから、いろいろと粗い部分もあるけれど、よく感じが出てる。海峰高校の西校舎では、屋上へ続く階段の踊り場には人気がなくて、教師や他の生徒たちの眼を逃れられた。

暮石剰一　ここを選んだわけは？

手嶌令歌　妹たちとダンスの練習をしてたの。踊り場っていうくらいだから踊ってもいいでしょ？　一説によると、古い日本の伝統では大きな屋敷のね、階段の途中の平らな部分で舞踊をしていたんだってさ。確かに上でも下でもない中途半端なエリアはダンスの何かを表しているんじゃないかな。

暮石剰一　……？

手嶌令歌　踊り子は神聖なものでもあると同時に、出自の知れない怪しげな流れ者でもある、とか、（照れ笑い）そんな小難しいことを言いたかったわけじゃないんだよね。踊り場は何階でもない不思議な割り切れない場所で、そこが令歌たちにお似合いの居場所だったってだけ。剰一にはそんな場所はある？

暮石剰一　うーん。どうだろ……このZAがそうなのか。いまでも朝ベッドで目を覚ますと思う。ここは一体どこなんだって。ほとんど宇宙にいるけれど、地上とへその緒のような軌道エレベーターでつながっている。いっそこいつを切り離してしまえば何かがはっきりしそうな気もする。でもそれは恐ろしいことでもある……それより踊り場なんか作って、また踊るつもり？

手嶌令歌　ううん、うちの高校の踊り場は令歌たちがダンスの練習で使う前には別のことにも重宝されていた。令歌たちが居座ったせいで、あまりそっちには使われなくなっちゃったけどね。

暮石剰一　階段の踊り場で他に何が？

手嶌令歌　鈍感だね。それは恋の告白だよ。あまり誰も足を踏み入れない場所だから、意中の相手を呼び出して想いを伝えるにはもってこいだったんだ。その場所でいろんな恋が成就したり破れたりしたはず。だから今回は踊るためじゃなく、恋を告げるためにこの場所を再現してもらったの。

暮石剰一　……そっか。

手嶌令歌　この間のダンスで直感したんだ。二人の相性は悪くないってね。

暮石剰一　君のリードがあったからだ。僕は何もしていない。

手嶌令歌　ねえ、恋愛って何だと思う？

暮石剰一　二人で愚かになること。

手嶌令歌　違いない。それを妹はこう言い換えたの。〝自己を変質させるかもしれない他者にすすんで心を開こうとする不合理な衝動〟と。

暮石剰一　紫歌ちゃんにしては気が利いてる。ああ、ごめん、悪く言うつもりは……

手嶌令歌　ううん、それを教えてくれたのは、もうひとりの妹。怪訝な顔しないで、そのまま聞いて欲しい。令歌たちは、双子ではなくて三つ子の三姉妹なの。ここには来られなかった末の妹のために令歌はこの番組に参加した。詳しくは言わないけれど、これはある種の復讐だね。でも、あなたと踊ったときに、そんなことはどうでもよくなった。令歌は妹を信じて手を放してやるべきだった。彼女はきっと勝手に苦境を乗り越える。だから令歌は自分の恋に専心すればいい——最後のデートを踊り場にしたもうひとつの理由を聞く？

暮石剰一　ああ。

手嶌令歌　踊り場はね、階段の向きが変わる場所でしょ。古来「踊る」という言葉には「回る」というニュアンスもあった。つまり転回点《ターニングポイント》というわけだよ。天までまっすぐに上っていく階段は荘厳でファンタスティックではあっても現実味がない。階段は向きを何度も変えながら、大局的には螺旋を描いて上昇していく。令歌たちはエレベーターを使って一直線に昇ってきたけれど、ここからは何度も向きを変えながら——そう自己を転回《ターン》させながら上を目指すの。恋以外の動機で動いてきたけれど、もううんざりなんだ。あなたもうんざりしていない？　ここは自分の新しい方向を探るための踊り場だから。そう、令歌はダンスに疲れると息を弾ませたままそこに座ってた。紫歌はあっちに、藍歌はその階段でね。

暮石剰一　僕にも君の復讐にあたるものがあると？　それを放り出して恋だけにどっぷり浸かるべきだと？

手嶌令歌　まさにそう。根拠があるわけじゃない。でもそう感じたのよ。ダンスは何よりも深いコミュニケーションだからね。あなたは失ったものを取り戻そうとしているように見える。でもそれはさらなる喪失を招くだけ。

暮石剰一　曖昧で思わせぶり。まるで鍵野ゾーイみたいだ。

手嶌令歌　だとしても知ったことじゃない。ここ数年すっかり忘れてたけれど、令歌はもともと恋愛至上主義者なの。もうここからは恋だけにうつつを抜かすの。あまりにも浅薄で浮ついているけれど、だからこそ震えるほどの価値がある。これより先は恋だけが支配する宇宙。二人だけの真空。さあ、令歌だけを見て。息もできないほどあなたが好きなの。

13

最後のデートが終わった。このショーの本編の撮影も残りわずかだ。

たくさんの人間がエアシューターに消えていった。

星花授与のセレモニーで残る二人の参加者のうちのひとりがクエーサーに見初められ、晴れてヒロインとして戴冠する。暮石剰一に与えられた時間は二四時間。その間にどちらを選ぶのかを決める必要があった。

村瀬リルとしては、寄生体の南千尋を危険視してはいても、彼女個人には含むところはない。エイリアンに寄生され宿主となったのだって彼女が望んだことじゃない。お節介なＡＤが孤軍奮闘してジタバタあがくフェーズはもう終わりに近づいている。ここで触れた虚構と現実《リアリティショー》は彼女の手には余る。だとしても村瀬リルは何もしないわけにはいかなかった。

採取された南千尋のわずかなデータを仕事の間に繰り返し読み込んだ。

椎葉絵里子の能力と違って、記録が不明瞭なのは、南千尋が宿主だと見込まれてから日が浅いことと、その能力が物理空間をはみ出て認識に及ぶものであることによる。アクセスを許されているレポートによれば、被験者はカメラのような光学装置に捉えた事象に干渉することができるという。とはいえ、そこにもともと存在しないものを作り出すことはできない。素材となる現実の誇張や省略——それは〈ヒプノティル〉と限りなく近い——が可能だ。つまり番組の編集ＡＩの機能を現実において引き写すようにして行使できる。

でも——

村瀬リルにはデータの意味するところに疑問があった。

観測されたデータが正確だとしても、その力を本当に南千尋は意のままに行使しているのだろうか。最後のデートでのやり取りを確認しながら、村瀬リルには、彼女自身が椎葉絵里子から受け取った力を自覚しているのと同じく南千尋もそれを認識しているとは信じられなかった。写真撮影の経験から導き出された能力は、なるほど枠組み《フレーミング》と焦点化《フォーカシング》である種の文脈を強調することだったが、とりわけそれは演者の感情に強く反応する。

もっと言うなら番組をドラマチックにする要素において発揮される。

ここには南千尋の無意識の承認はあれど、細かなコントロールは及んでいないのではないか。村瀬リルは憶測を巡らせる。これまで起きたのは、それぞれの演者の感情を増幅《ブースト》させる形での干渉だったように思う。

異相あざみの刃傷沙汰も、村瀬リルにおける嗜虐《しぎゃく》性の嵩増しもそうだ。

あるいは、それらをフレーミングすることによる排斥効果——何かを誇張することによって、その周辺部分が死角化する。焦点となったドラマ以外の要素がボヤけてしまい、認識の外に追いやられる。これは南千尋自身の事故と怪我が番組の参加者たちからほぼ黙殺されたことからも見て取れる。

南千尋の力が働いていると思われるケースは枚挙にいとまがないが、それらを物理的に計測するのは至難の業だろう。最終フェーズに至って、このショーの配信は限りなくリアルタイムに接近している。ライブ同然の放映のさなか、南千尋の見えざる力はどのような形で及ぶのだろう？

村瀬リルにはわからなかった。おそらく本人にさえも。

そして迎えたクライマックスの日——クエーサーの決断とその帰結だけが放映される。もう誰も手を出せない。村瀬リルは暮石剰一が南千尋を選ぶならば、あのとき彼に告げた言葉が脅しではないことを証明するつもりだった。ただ、この焼けつくような使命感そのものが南千尋の力によって象られたものでないという保証はない。かつての私は、もっと日和見主義で迎合体質だったような気がする。カメラだらけのこのZAでは、どこに居ようとも南千尋の力にからめとられる。レンズの迷宮に逃げ場はない。

「おい、あの人どこだ？」

音響チェックを済ませたレオ・フレッチャーが苛立ち混じりに訊く。

「さあ、知らないわよ。話しかけないで、あんたとは絶交したんだ。っていうかあの人って誰よ？」

「ええと……いただろ、一番偉い人だ。なんだ、モヤがかかってるみたいに思い出せない。とにかく今朝からあのチビを見かけない」

レオの苛立ちの理由は、その人物の不在ではなく、それが誰なのか思い出せないことにあるようだ。村瀬リルも同じだった。こうしている間にも、欠落の感触さえもがおぼろげに薄らいでいく。

「段取りは詰めてある。心配なら、あんたが仕切ればいいじゃないの」

「こっちはこっちで手一杯だ。君がやれ。クライマックスは斜面ギリギリの雪玉みたいなものだろう。ちょっと押してやれば膨れ上がりながら転がり出す」

上等ですよ、と村瀬リルは思った。もうひとりでだってケリをつけてやる。

「彼はどこだ?」霧山宗次郎が落ち着かない様子で歩き回っている。

「あんたもか。みんなあいつがいないと何もできないっての? 逃げたんじゃないですかね。こないだ啖呵切ってやったんで」

そう言いつつ、村瀬リルは手の中の水が逃げていくような感覚を味わった。記憶の断片だけが、チラチラと脳裏を舞うばかりだ。

伸びた小指の爪や白い粉まみれの靴……あれは誰だったろう?

「ふーん」霧山は疑わし気な目で村瀬リルをジロジロと見る。「マジか」

その人物が村瀬リルのような小娘の恫喝で尻尾を巻いて逃げ出すとは思えない。ZAから逃げ出すなら、エアシューターしかないが、現在放出口はエレベーター外部にさらけ出されており、宇宙の真空へ通じているあれへ飛び込むとしたら、それは自殺と同義だ。あの男がそんなことをするはずがない——ではどこへ消えたのか。それはわかっている。

南千尋の力によって他者の知覚の外へと投げ出されたのだ。

一瞬で現実の要素や特定の感情をフレームアウトさせる場合なら、認識の推移をまるで実感できないが、こうしてじわじわとフェードアウトするならば、その喪失感の余韻をもどかしく噛みしめることになるらしい。これはひとつの発見だったが、どんなフレームから排除されているのかはまだわからない。

「仕方がない。これ以上撮影を遅延させるわけにはいかない」

霧山宗次郎はもっともらしい台詞をさらりと言ってのける。

内心は、さっさとこの面倒な仕事を切り上げたいのに違いない。もちろんだ。誰だってうんざりしている。他人の恋愛に一喜一憂するふりをするだけならまだしも、宇宙人の生物兵器の性能実験に付き合わされているのだ。霧山でなくても長居したくはないだろう。

「わかりました。でははじめましょう」と村瀬リル。

すでにリハーサルもカメラチェックも済んでいるから、ここからは授与のセレモニーそのものだけを撮影する。

カメラが回ると、霧山宗次郎は居住まいを正して重々しく言う。

「ついにここまでやって来ましたね、クエーサー」

「はい」と暮石剰一が頷く。「苦しい選択でした」

とはいえ、と霧山は哀愁に眉を曇らせながら言葉を引き継ぐ。

「お二人の女性の一方を選ばなければなりません。後悔はありませんか？」

「ええ、もう心は定まっています」

「わかりました。ではお二人の女性をお呼びいたしましょう！」

まずは手嶌令歌が古代インカ風のアーチの向こうから優雅に登場した。

輝くような橙色のオフショルダードレスだったが、スカートではなくパンツスタイルで、その滑らかなシルエットが手嶌令歌の曲線美よりも、むしろダンサーとしての機能美を引き立てる。

村瀬リルはそのあでやかさに圧倒され、クラクラした。

これまで出会ったなかでこれほど美しく健康的な人間はいなかった。彼女の体内には強力なエネルギーが充塡されていて、それがビリビリと空気を伝わって肌に感じられるようだ。手嶌令歌はクエーサーに目配せをする。暮石剰一はためらわずに頷き返す。

「では、南千尋さんにも登場して貰います。どうぞ」

呼び込みに応じて現れた南千尋は、いつか着ていたのと同じく、孔莉安デザインのドレスだったが、装飾やシルエットが前回とは異なっている。孔莉安は二着のドレスを託したのだろうか？

「ちゃうよ。まったく同じの。これはな、ある種の形状記憶素材が用いられてるんやって。

何かのきっかけで形状が変化するのだと莉安は教えてくれたけど、脳内物質かフェロモンか……何がスイッチやったんかはわかれへんけど、今朝、袖を通したとたんにこうなった。莉安も応援してくれてんのかも。メラメラ闘志が湧いてくるね。うん、ここへ来て、ようやく恋に夢中になったんかもしれん」

変形したドレスは南国の植物が開花したような華麗で野性味のあるデザインだったが、それは同時に異形の存在が触手や翼を広げたようにも見える。南千尋がXXXだと知っている村瀬リルには、その姿はおぞましく怪物めいて映った。ついに本領発揮というわけね。誰だか知らないが、ここから逃げた者がいたのなら、それが正解だったのかもしれない。あれはきっと化物だ。私が駆除しなくちゃいけない特定外来種。そして私もいまやあいつの同類。

「では、最後にお二人から一言ずつクエーサーに想いをお伝えください」

村瀬リルの煩悶《はんもん》をよそに番組は進行していく。

手嶌令歌は、神聖な決意とも淫らな欲情とも取れる眼差しでクエーサーを射貫いた。彼女自身も視聴者の無数の視線に貫かれて、見えない血を流しているのだろう。彼女の妹が流した血を。村瀬リルは思う。

やはり勝つべきなのは手嶌令歌だ。

「暮石剰一さん、もうカメラもマイクも飽きたでしょう。そろそろ二人きりになりませんか。誰にも見られないダンスを踊ったことある？　それは何よりもセクシーで謎めいている。ここはとても澄み渡っているから、すべてを置き去りにして、あなたと舞い上がりたい。天国よりずっと高くまで」

瞬きもためらいもなく手嶌令歌が言い切ったとき、視聴率と番組に対する評価ボタンの数値が跳ねあがった。

「では、南千尋さん」厳かに霧山宗次郎が促す。司会の仕事ももうあとわずかだ。あと数語あるいは数センテンスを吐き出しさえすれば、整形美人の配偶者との愉快な離婚調停に戻れるのだ。

「剰一さん」と南千尋はたどたどしく切り出す。「うちは――」

村瀬リルにはXXが意中の相手を虜にできるという動物観察の報告が正しいのか、まだはっきりとはわからない。椎葉絵里子に心を奪われなかったのは、生殖を目的とする能力が同性には作用しないという仮説が成り立つからだ。反対に寄生体の一部を宿しているなら、意中の異性を振り向かせることが可能なはずだ。それなのに、レオとはささやかな共謀だってうまくいかなかった。

あいつは私のことどう思っているのだろう、と村瀬リルは思う。

叶うことなら、いま南千尋がしているみたいに、カメラのファインダーで心のなかを覗き込んでみたい。形のないものを光に曝して、浮かび上がるほのかな輪郭を指先でなぞりたい。写真家にとって、それが愛なのだ。

「うちはな、いつだって剰一さんと同じフレームのなかに収まりたい。二人きりでもそうじゃなくても。世界が無限に切り分けられた小っちゃい牢獄の集まりであったとしてもな、うちはあなたと同じ鉄格子のなかでならハッピーでいられる思うわ。天国なんてどうでもええ。清く正しい人しか行かれへん場所なんか知らん。埃やピンボケやモアレにまみれてうちと生きよ。な?」

南千尋はシャッターを切ることなく、そのままカメラを下ろした。

「では、クエーサー、ご決断を。あなたが最後の星花を手渡した相手が、たったひとりの運命のお相手なのです!」

立ち並んだ二人の前には星花を置いた台座がある。

ゆがめられた星花は、いっそう精微で美しい造形と見えないこともない。授与セレモニーの空間はガラス張りでまるで宇宙に浮かんでいるようだ。誰もが息を呑むなかクエーサーが星花を手に取ったとき、星々の片隅で何かが光った。

「え?」思わず声を上げてしまったのは、村瀬リルだ。「UFO?」

U字型の巨大な飛翔体が射手座の方向に滞空していた。

闖入者は、つつましやかな観察以上の意志を示さない。

穏やかな紫の光の明滅が、あの物体に知性が存在するとはっきりと教えてくれるが、敵意や害意は感じられない。それでいながら、自分の意識の隅々までを走査されているような不思議な感触がある。

「あれはなんだ?」レオ・フレッチャーが叫ぶ。

「放っておけば」そうたしなめたのは南千尋だった。彼女と仲の良かった鍵野ゾーイは幼き日からUFOにつきまとわれていたという。鍵野を撮影した南千尋の写真にもあの物体のシルエットは何度も写り込んでいた。

「アレも恋のクライマックスには興味があるんだよ」

不和の女神の名を冠した準惑星エリスから採取された指輪状の生命体の創造主は彼らかもしれなかった。想像を絶した事象さえ〈ヒプノテイル〉はエンタメへと回収していくのだったが、これが種を超えた愛の成就かもしれないとは、ほとんど誰も知りはしない。

「僕は」と両者にかわるがわる視線を送りながら、クエーサーは言った。

何万の視聴者に加え、未知の知性体さえもがこの結果に息をひそめているのだ。これが本当のリアリティショーなのだろう。手嶌令歌はまっすぐに傲然と口を結んでいる。南千尋はドレスの鬟を流動させながら、潤んだ瞳でクエーサーを見据えていた。

一瞬の沈黙のあと——

「南千尋さん」とだけ暮石剰一は告げた。

しかしそれで十分だった。

差し出された星花がそれ以上の言葉を不要にした。

「ありがとうございます」

南千尋はにっこりとほほ笑むとうやうやしく星花を受け取る。

一方、手嶌令歌は虚脱とも恍惚とも取れる表情を浮かべたが、すぐに自分を取り戻したようで、おめでとう、と声を震わせながら祝福する。

霧山宗次郎が高らかに叫んだ。

「十二名のいずれ劣らぬ素晴らしい女性のなかから、クエーサーの心をもぎ取ったのは南千尋さん、あなたです！　おめでとうございます」

四方八方から花びらが舞い散るなか、恋人となった二人は頷き合う。

暮石剰一は村瀬リルの脅しには屈しなかった。ならば、と彼女は即座に決断する。約束通り殺してやる。大団円を迎えるなんて許されない。

星花みたいにおまえらをねじ曲げてやる——と、彼女が物騒な意図を思念に乗せた瞬間、背中に当たる鋭い切っ先の感触があった。

「そこまでだ」と底冷えのする声色で背後の人物が言った。

ナイフだ。ただの靴べらかもしれないが、村瀬リルの背中はとても繊細で感じやすいわけじゃない。レオ・フレッチャーが村瀬リルの行動を読んで手を打ったのだとすぐにわかった。さすがにギャングの忠実な犬だっただけある。惨劇の臭いには敏感なのだ。

ひとつ確証が取れた。

やはりXXXは愛する人間の心を射止めることはできない。だって、レオが村瀬リルにわずかでも好意を抱いていたら、こんなふうに背後から切っ先を突き付けたりはできないはずだ。「騒いだりしないでくれ、君の能力が視覚においてポイントしなければ作用しないものであることは、ほぼ確定済みだ。背中を取れば優位に立てる」

いや、そうじゃない。村瀬リルは誤りに気付く。

「あ、あなたは……？」これはレオの声じゃない。

「君がクエーサーを攻撃すれば、ここに仕掛けられた爆薬がぶっ飛ぶことになる。時代遅れのTATPだが、この恋愛ショーを殺戮ショーに変えるくらいの威力はある」

「霧山宗次郎、あなたが暮石の間者だったのね」

地団駄を踏みたい気分だった。この鼻につくテノールは間違いなく霧山宗次郎の声だ。

村瀬リルはずっと騙されていた。先程の台詞のあと、画面の外に逃れた霧山はすぐにスタッフの輪の背後に回って村瀬リルの動きを待ち構え、機を逃さずに彼女の喉元に食いついた。ここからはクエーサーとヒロインの二人きりの幸福なエンディングがあるだけだ。もう司会進行役の出番はほんのわずかだ。紳士の仮面は脱ぎ捨てても支障ない。

「ああ、そうだよ。ボスは天性の嘘つきなんだ　彼はレオ・フレッチャーへの君の恋心を利用したのさ。いくら理性や正義感が命じても、すき好んで想い人と敵対したがる女はいない」

「じゃあレオの不可解な振る舞いの理由は？」

「あんなガキ、アメとムチとでどうにでもなるさ。強情な君には裏工作が難しそうだったが、レオの懐柔はとても簡単だった。それは君が彼より高潔だという意味じゃない。むしろ逆だな。ヤツには、ヤツ以外の誰かの口の中に食い物を押し込まなきゃならない理由があるが、君はそうじゃない……それでもレオは我々の命令に背かぬ程度には君を助けた」

先日のやり取りを思い返してみるに、確かにクエーサーはレオが間者だとは一言も明言しなかった。巧妙にそう思わせただけだ。情けなさと同時に村瀬リルは、レオがギャングの一員でなかったことに安堵する。

「あんたらは嘘ばかりだ。だったら爆弾とやらも虚言じゃないの。それに南千尋の能力でここはもう変質した特殊な空間と化している。ロマンス以外に入る余地のない甘くて非情な世界を想像してみて」

最後のデートで奇しくも二人の女性は口を揃えて、こう言った。

——もうここからは恋だけにうつつを抜かすの。

あれがトリガーなんだ。最後に残った二人のヒロインが口にした言葉は強い変成力を及ぼすはずだ。少なくとも南千尋の能力はそれをあやまたずフォーカスするに違いない。村瀬リルの推測によれば、この番組はもうかつてないほどに純化された恋愛空間となっている——その証拠こそが、と村瀬リルは思う。その証拠こそがきっと……あいつの不在と関係が……ええと誰だったっけ？　さっきまでぼんやりとしていながらも、うっすらと記憶に痕跡を残していた誰かのことが、テーブルの汚れを拭き取るようにきっぱりと消えてしまっていた。村瀬リルはさらに言い募る。

「ここは恋愛だけが支配する宇宙。だから爆弾は起爆しない。そんな血腥い展開はここでは起こらない」

「その説には無理があるな。君はクエーサーの首をへし折ろうとしていたんじゃないのか？　それに愛とはいつだって暴力と隣り合わせだと思うが」

「じゃあ」と慎重にゆっくりと村瀬リルは挑発した。「やってみたらいい」

「とにかく暮石剰一には手を出すな。我々は天国の荘《アシェンダ・パライーソ》。長い雌伏の時を終え、祖国に返り咲く」

セットの中央では、恋破れた手嶌令歌にクエーサーが最後の別れを告げようとしている。袖にした相手への慰めは残酷な蛇足でしかないとしても、この番組は、いつだってほどよく口当たりのいい残酷さを視聴者へ差し出す。

「手嶌令歌さん、ここまで本当にどうも――」

クエーサーが決別のハグをするために手嶌令歌に歩み寄る。

が、二人の身体は何かに阻まれて接触できない。

精神的な抵抗などではない、何かがそこにある。

手探りで暮石剰一はその輪郭をなぞる。それが人の形をしており、なおかつ温度があるということしかわからない。視覚的には見えているのに脳に認識されていないので透明でないにもかかわらず、二人は、それを存在しないものとして扱ってしまったのだ。その謎の物体に関係する音も匂いも認識できないが、ただひとつ触覚だけはマスキングを逃れた。

クエーサーもまた村瀬リルたちと同じ症状に罹っているらしい。「こいつは確か……ああ……ダメだ、出てこない。でも、確かに知ってるような気がするんだ。こいつはキツネじゃなくてタヌキ……そんな響きで……」

「これって」手嶌令歌は、跳び退くように後ずさる。「……な、なんなの」

「人間だ、たぶんね」うろたえることのない暮石の事実確認。

「誰か運んでやってくれ、なぜだかわからないが、心神喪失状態だろう」クエーサーはチラリと南千尋を見やる。

南千尋は、故意ではない事故の責任を問われたように肩をすくめるとフルフルと首を横に振った。ハッピーエンドを待たずに魔法が解ける。

ゆっくりと何かが立ち現れる。

とはいえ、見えなかったものが見えたのではない。見えていながら、捕捉し切れずにいたものがようやくフォーカスされたというべきだ。虚ろな視線を宙に漂わせる、その男の名を思い出したのは、村瀬リルではなかった。

「……タヌキ、わたぬき、綿貫絢三」手嶌令歌は歯軋りをする。

「な、なんだ、どうして綿貫が！」とレオも動揺を隠せない。

二四時間前までの精悍な姿とはうって変わって、綿貫絢三は何年も歳を取ったみたいに老け込んで、しかも正気を欠いて見えた。眼は血走り、不安定な息遣いはむせび泣きに似ていた。〈ヒプノテイル〉はもちろんこれを映し出さない。番組は止まらない。リアルタイムで進行中のラブ・アセンションのクライマックスでこんな椿事が発生するとは。

あ、ああ、と綿貫絢三はうわ言めいた声を上げる。

「あいさせてねえもっともっとふかくくらくそっところしてねえあいをちょうだい」

不気味な異言を聞き流しながら、村瀬リルは背後の刺客に言うともなく言う。それは対話というより彼女自身に説明するためだった。

「言ったでしょう？ ここはもう超完璧な恋愛空間になってるって」

「それと綿貫が消えてまた現れたこととどう関係がある？」

「綿貫絢三は恋を知らない。だからこそ外科医みたいなメス捌きで恋愛リアリティ番組を切り刻むことができた。突き放した冷酷なショーに仕立てあげることができた。これまではね」

「そうだ。いつもあいつは恋など無縁とばかりに振る舞っていた。陰に隠れて誰にも見つからずに……共感も同情もなしで」

「そう」と村瀬リルはバタバタと走り回るスタッフたちを横目に、霧山宗次郎に語る。

「最後のデートをきっかけに、ここは恋する時空になりおおせたのよ。〈ヒプノテイル〉は演者——恋にまつわる者しか画面に映さない。それはリアリティ番組の要諦なんだけど、南千尋の能力はそれを現実へ波及させてしまう。つまり——」

「つまり？」頑是ない子供のような口ぶりで霧山は問う。

「恋を知らぬ綿貫絢三は、恋だけが支配する差別的な空間から弾き出されたの。手嶌令歌ふうに言うなら〝自己を変質させるかもしれない他者にすすんで心を開く不合理な衝動〟を持たぬ者は抹消されてしまう」

最後のデート以後、綿貫絢三の姿が消えてしまったのはこのためだ。

演者にもスタッフにも彼の姿と声が認識されなくなった。この番組の圧倒的な権力者である綿貫絢三は、まずはすべての人間に無視されるという屈辱を味わったはずだ。しかしさらにその先に待っていたのは、彼が彼自身の認識を失っていくという恐るべき事態だろう。自己認識の喪失——それがどのような体験なのか想像したくもないが、正気を失うほどに苛烈なものだと現実が証立てている。記憶障害や認知症とも違う、もっと根本から自己のアイデンティティを脅かすショックが綿貫絢三を見舞ったはずだ。復讐のため手嶌令歌は、村瀬リルがそうされたように綿貫絢三をリアリティ番組の光の下へ引きずり出そうとしたが、むしろ隠れていた綿貫絢三をさらに希薄化させることになった。

——もうここからは恋だけにうつつを抜かすの。

この台詞が南千尋の能力のトリガーだったとすれば、妹の復讐を忘れて自分の恋だけを追いかけると宣言したことで、手嶌令歌は逆説的に復讐を完遂させたともいえる。なんという皮肉だろう。

「復讐は忘れた頃にやってくる」

「そんな諺はないな」ぶすりと霧山宗次郎は言った。

「恋の勝者が決まり、南千尋の作り出した恋の枠組《フレーム》みが緩んだことであいつの姿が再認識されたんだ。あれが突然出現したように見えたわけはそれだと思うけど、現れた綿貫は、精神に深いダメージを負っていた」

「あの悪辣な男が一夜で死にたくなるような絶望を味わったというのか？」

「たぶん」と村瀬リルは頷いた。「愛もろともに墜落《ディセンション》したの」

「馬鹿げてる」

「もちろん馬鹿だ。恋というのは二人で愚かになること。でも恋を憎むのだって同じだけ愚かなこと。手嶌令歌は恋破れちゃったけれど、意図することなく敵を討つことができた。当初の目的を果たしたわけね。あなたのボスも最高の伴侶を得る。誰もが思惑通りの結末になった。あとは、そうね、あの二人を煽ってキスでもさせてくれば？　そろそろ最後の出番よ、あなたに残された手柄はそれくらい。約束してあげる。もうクエーサーの首をねじったりしない。少なくともいまは」いったん退いてあげる、と心のなかで村瀬リルは思う。

「その言葉を信じろと？」疑い深く霧山宗次郎は確認する。

「思い出したんだよ、どうしてここへ来たのか、ここに居るのかを」

暮石剰一と南千尋は、うっとりと身を寄せ合う。レオ・フレッチャーはこちらを眺めて、サムズアップしてみせる。

そうだ、この瞬間に辿り着くために働いてきたのだ。

たったひとつの恋が成就する瞬間のために。

種の壁を超えて、XXXは伴侶を見つけられたのだろうか。

不和の女神《エリス》の指輪はついに愛の円環を閉じただろうか。

わからない。村瀬リルには、すべてが不可解だった。とりわけ不可解なものは恋に違いない。なぜ手嶌令歌ではなく南千尋が選ばれたのか？　ことによると、村瀬リルの妨害が恋を燃え上がらせてしまったのかもしれない。

そうだ。恋心の前では何もかもが焼き尽くされる。

思わず天を仰ぐ。馬蹄型の飛翔体は数を増していた。まるで宇宙空間に天馬が駆け巡った、その蹄跡が無数に残されているようだ。

「私の負けでいい。認めたくないけれど、あの二人はお似合いだよ。もう恋に横槍を入れる野暮天でいるのはうんざり。私も自分の恋にかまけることにする。ほら言うじゃない？　他人の恋路の邪魔をするやつはええと……」

村瀬リルが中空に言葉を探っていると、霧山宗次郎はナイフを下ろして不機嫌に答えた。

「馬に蹴られて死んじまうのさ」

あとはそう、と村瀬リルは思った。

「恋の魔法は存在するのか。仮説を検証しなきゃ。本当は向こうからアクションを起こすように仕向けたかったけれど、そんな駆け引きも小細工ももう……」

本当にXXXは意中の相手を魅了できるのか否か。どちらであれ、おまえは、身をもってそれを確かめたのかと村瀬リルは自問する。そして椎葉絵里子に託されたものをここで使うべきだと考える。現実離れした力なんかじゃなく、ちっぽけな勇気を。

「夢の時間はもう終わる。

たとえすげなく打ち捨てられようとも。

背後でカチリという音がした。霧山宗次郎がライターで煙草に火をつけたのだろう。火気を遠ざけないところを見ると、爆弾云々の話はやはり虚言だったのかもしれない。煙がうなじに沿って這い上がる。

「君の中に何が巣食っていようが、それも含めて君自身だ。恋の魔法を信じて、君だけのクエーサーに向かえ。認めたくないかもしれないが、あのアホ面野郎が君の宇宙で最も明るく輝く天体なんだ」

霧山宗次郎は吸い殻を携帯灰皿に放り込むと、光の下で見つめ合う男女に口づけを促すために持ち場へ戻る。村瀬リルは、バクつく心臓を肋骨ごと両手で押さえ込みながら、音響技師のところへのろのろと歩み寄った。

レオ・フレッチャーは、ヘッドフォンを外し、ひとしきり彼女の言葉に耳を澄ませると、ためらいがちに眼を上げた。

エピローグ

関係者インタビュー

手嶌令歌　インタビュアー：檜山なぎさ

もう十年も前になるんだね。

あっという間だよね。ええ、番組とはいえ、令歌は本気で恋をしたの。負けてしまったのは悔しかったけれど、その後のことを思うなら……幸運だったよ。もし選ばれたのが自分だったら、と考えるとゾッとする。ええ……あの日結ばれた二人はもっともっと高く、カウンターウェイトと呼ばれる軌道エレベーターの終端までハネムーンさながらの旅をするはずだった。

でも、ご存知の通り事故が起きた。

いまでも忘れない。空が割れたみたいだった。令歌たちが地上に降りた直後に上空遥か高くで何かが起きた。いまだ原因は究明されていない。エレベーターの致命的な欠陥がアクシデントを引き起こしたと言う人もいる。上層部分が破損し、内部が宇宙に吹き曝しになった。デブリの衝突、仕掛けられた爆薬が爆発したとも、あるいは超能力者が軌道エレベーターのワイヤーをねじ曲げたなんて珍説まである。

真実は誰にもわかんないんだよ。

いま思えば、あの不思議なUFOは警告を発していたのかもしれないね。そう、ディレクターである綿貫という男がどうしてあんなふうになっちゃったのかも解き明かされていないんでしょう。

はーん、もしかして令歌に話を聞きにきたのはそれが目的かな？

もう長い時間が経ったからね、何も隠し立てはしないよ。

あなたが疑っているのなら、認めてあげる。令歌と紫歌はあの男に復讐をしようとラブ・アセンションに参加した。でもね、誓って言うけれど、綿貫を殺そうとまでは考えていなかった。それに途中から復讐よりも恋に身をゆだねたんだよ。あとで紫歌にこっぴどく叱られたけれど。藍歌？

ああ、妹ならご心配なく、見違えるほど元気になったの。

番組で令歌がクエーサーと踊ったダンスを見て、また外の世界とアクセスする気になったと言うけれど、たぶん時間が解決してくれる問題に過ぎなかったんだと思う。またUTAとして振付けの仕事に忙しくしてるよ。

あの頃の令歌たちはまだ若くて無謀だった。

誰かを破滅させてもいいと信じられるほど。

さっきも言ったけれど、殺してやりたいと思うのと実際に手を下すのとではまるで違う。綿貫絢三はほとんど一晩にして廃人になったけれど、それを知ったとき、快哉を叫ぶというよりも憐れみが勝ったんだ。

でも、綿貫絢三はまだマシだよ。

暮石剰一と南千尋の死体はいまだ発見されていない。上昇経路がグチャグチャに塞がれたところへ二人はゼノスケープ・アセンションごと猛烈なスピードで飛び込んでいったんだ。助かりっこない。

ううん、泣いてなんかいない。

あれから十年も経った。いまさら令歌を選ばなかった男のために泣くわけがない。でもね、二人のことを思い出すたびに考えてしまう。彼らの愛があまりに純粋だったから、軌道エレベーターが天国まで連れていってくれたんだってね。愛の昇天《ラブ・アセンション》とは、ぴったりなタイトルだったわけ。蓋を開けてみれば、あのショーを通じて息をしたまま結ばれたのは裏方の二人だけ……そうそう、あの音響くんはいまじゃアバドン社エンタメ部門のトップを張ってるんでしょう？　時間が経つわけよね。あなたはこんな昔話を聞いてどうするの？

へえ、産業事故のノンフィクション作家ね。てっきりリアリティショーの専門家だと思ってた。あの番組が制作されたのは一度きり。シリーズ化されることもなく、恋愛リアリティショーの歴史じゃ鬼子として扱われている。確かに事故としても調査が不明瞭でいろいろ陰謀めいた噂が錯綜していたわね。

ん、何この写真？　宇宙服？　見覚えがあるかって？

うーん、こんなボロボロじゃあ、なんとも。へえ、チリの海岸に打ち上げられたの。そう。え？　スカイウォークで使われたのと同じスーツなのね。懐かしい。本物かと思うかって？　そんなこと言われてもなぁ。十年も前に一度見たきりだし、正直ほとんど記憶にないんだ。残っている映像と照合してみたらいいでしょう？　あ、そうかラブ・アセンションの映像は〈ヒプノテイル〉とやらの編集で、客観的な資料とは見なされないんだったね。このスーツも映像的に加工されている可能性があるから、あなたはこうして当時の関係者のもとに足を運んでいるというわけね。OK、理解したよ。

こいつがZAでしか使われていない特注スーツだとしたら、それがなんだっていうの？　令歌たちが過ごしたユニットは二人といっしょに砕け散ったでしょう？　スーツもそこに収納されていたわけだから、まとめて粉々になったんじゃないかな……なるほど、あなたはこう考えたのね。

番組終了後二人きりになった恋人たちは、何らかの方法で危機を察するとカウンターウェイトへの旅の途中で脱出を試みた。しかも誰にも見咎められない方法で。うん、なるほど、スーツには酸素ボンベもパラシュートも内蔵されているから、あれを装着したうえでエアシューターに飛び込めば、もう一度、重力を捕まえて地上へ舞い戻ることができるかもしれないね。

え？　無理なの？　絶対に不可能？

スーツには放射線シールドも温度調節機能もあったけど、内部加圧を調節するシステムが備わっていない？　大気圏への再突入シールドもない。なるほど。酸素だって全部で九着あったスーツのボンベをかき集めたところでとても足りないし、無重力状態を制御する推進システムもジャイロスコープもない。にもかかわらず、スーツは二つ揃って地上で発見され、なおかつ着用者は消えたときている。

以上のことから二人の生存説が浮かび上がってきた。

ふむ、二人が脱出できたかどうか、論点はそこじゃない。つまり二人があらかじめ脱出を計画していたとするなら、あの事故は偶発的なものではなくあらかじめ予期された人為的なものだったはず。アバドン社の不正と隠蔽を追っているあなたは、そこを探っている、そういうことでいい？

悪いけれど、そんな壮大でややこしい話には、お力添えできそうにない。

あの番組とアバドン社の軌道エレベーターについてはまことしやかな噂が飛び交っている。ゼノスケープ・アセンションが、ある種の隔離された医療ラボであり、実験施設として機能していたと言う人もいる。まさかそんな陰謀論をいまどき信じているなんてことないよね。あそこに居合わせた令歌からすれば、確かにヘルスチェックは入念だったけれど、それはあの番組が俗悪で浮ついた建付けに似合わず、堅実なサポート体制を敷いていたという証拠にすぎない。もちろん流出したレポートというやつも見たわ。たいしたフェイクだった。例の〝指輪〟も実験からのフィードバックだって？

当時業績の落ち込んでいたアバドンがその後、V字回復したのは、指輪型スマートウェア・交差金環《エクスワーム》を発表したからね。アレの普及率はいまやスマートフォン並。ナノセンサーが皮膚から血液や体液を微量に採取してリアルタイムで健康データを収集・分析することができる。これにより、血糖値やホルモンバランス、ストレスレベルなどをモニタリングできるだけでも優れものなのに、あれは条件やスペックではなく直観で恋人と出会えるマッチングツールとしての機能さえ持っている。指輪同士が互いに通信し、遺伝子適合性の高い相手と出会えるように装者の行動を規定する。これによって人は決してしくじることなく運命の相手と巡り合えるようになった。恋愛にありがちな誤解や行き違いはほぼ消滅。指輪が認知のズレを修正してくれるおかげで、恋人たちは安定した関係を低コストで維持できる。婚姻率も出生率も軒並みアップしたよね。ほら、アバドンの不正義を暴こうとするあなたでさえも、その指輪をボイコットできないでいる。

　ええ、令歌は必要ないよ。もっといい指輪を持っているから。

　古臭い考えかもしれないけれど、交差金環《エクスワーム》に導かれた恋は本物だなんて思えない。事故《アクシデント》も対立《コンフリクト》もない恋愛はリアルじゃない。ここ数年は、世界中から戦火が消えた、人類史上かつてなく平和な時代ね。ひと時の凪かもしれないけれど、それを永遠と錯覚する贅沢は許されるはず。すべてのドラッグがネガティブな中毒性を生化学的にコントロールされ、また合法化されもしたから、それにまつわるビジネスも消えた。よってギャングの小競り合いさえ見かけない。ラブ・アセンションのカメラが恋する者たちだけをフレーミングしたのとそっくりだね。この惑星のリアリティから一切の暴力がフレームアウトして久しい。だからいい？　恋に溺れるには絶好の季節。

　でも、令歌のいう恋は、その指輪がもたらす造り物なんかじゃない。変な顔しないでよ、まあいいわ。時代遅れのおばさんのお説教なんて退屈よね。今日はうちのダンス教室の発表会がある。もうすぐ騒がしい子供たちが押し寄せてくる。令歌もショーに出るから、衣装のチェックをしないと。前に激しく踊り過ぎてドレスの肩紐が切れたことがあるのよ。あれは顔から火が出そうだったわ……そうそう思い出した。いつかどこかのビーチでも、ビキニのブラが外れちゃったことがあったっけ。はは、ま、そんなドジも令歌だけじゃなかったし、いい思い出ね。とにかく恋もしないし踊りもしないなら、何も言うべきことはない。回れ右《ターン》してもうお行きなさいな……ただし、その指輪を外して、もし本物の恋をするつもりがあるなら、そうね。

とびきり愚かな恋をしなさい。

舞い上がっては墜落する、めくるめく恋にうつつを抜かすの。

本書は、書き下ろし作品です。

ヴィンダウス・エンジン

十三不塔

ヴィンダウス症――動かないもの一切が見えなくなる未知の疾患。韓国の青年、キム・テフンはこの難病を寛解へと持ち直したことで、中国・成都の四川生化学総合研究所から協力を要請される。それはヴィンダウス症の寛解者と都市機能ＡＩを接続する未曾有の実験だった。第八回ハヤカワＳＦコンテスト優秀賞受賞作

ハヤカワ文庫

アステリズムに花束を

百合SFアンソロジー

SFマガジン編集部＝編

百合——女性間の関係性を扱った創作ジャンル。創刊以来初の三刷となったSFマガジン百合特集の宮澤伊織・森田季節・草野原々・伴名練・今井哲也による掲載作に加え、『元年春之祭』の陸秋槎が挑む言語SF、『天冥《てんめい》の標《しるべ》』を完結させた小川一水が描く宇宙SFほか全九作を収める、世界初の百合SFアンソロジー

異常論文

樋口恭介・編

異常論文とは、生命そのものである。円城塔、青島もうじき、陸秋槎、松崎有理、草野原々、木澤佐登志、柞刈湯葉、高野史緒、難波優輝、久我宗綱、柴田勝家、小川哲、飛浩隆、倉数茂、保坂和志、大滝瓶太、麦原遼、青山新、酉島伝法、笠井康平＋樋口恭介、鈴木一平＋山本浩貴、伴名練の全二十二篇。解説／神林長平

オービタル・クラウド（上・下）

藤井太洋

二〇二〇年、流れ星の発生を予測するウェブサイトを運営する木村和海は、イランが打ち上げたロケットブースターの二段目〈サフィール３〉が、大気圏内に落下することなく高度を上げていることに気づく。シェアオフィス仲間である天才的ＩＴエンジニア沼田明利の協力を得て〈サフィール３〉のデータを解析する和海は、世界を揺るがすスペーステロ計画に巻き込まれる。日本ＳＦ大賞受賞作。

日本SFの臨界点［恋愛篇］

死んだ恋人からの手紙

伴名　練・編

『なめらかな世界と、その敵』の著者・伴名練が、全力のSF愛を捧げて編んだ傑作アンソロジー。恋人の手紙を通して異星人の思考体系に迫った中井紀夫の表題作、高野史緒の改変歴史SF「G線上のアリア」、円城塔の初期の逸品「ムーンシャイン」など、短篇集未収録作を中心とした恋愛・家族愛テーマの九本を厳選。それぞれの作品・作家の詳細な解説とSF入門者向けの完全ガイドを併録。

ハヤカワ文庫

日本SFの臨界点［怪奇篇］
ちまみれ家族

伴名 練・編

「二〇一〇年代、世界で最もSFを愛した作家」と称された伴名練が、全身全霊で贈る傑作アンソロジー。日常的に血まみれになってしまう奇妙な家族のドタバタを描いた津原泰水の表題作、中島らもの怪物的なロックノベル「DECO-CHIN」、幻の第一世代SF作家・光波耀子の「黄金珊瑚」など、幻想・怪奇テーマの隠れた名作十一本を精選。日本SF短篇史六十年を語る編者解説一万字超を併録。

ハーモニー〔新版〕

伊藤計劃

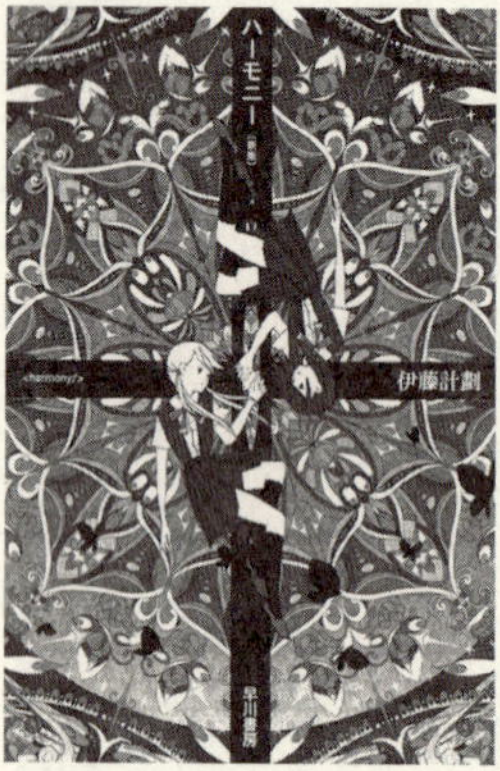

二一世紀後半、人類は大規模な福祉厚生社会を築きあげていた。医療分子の発達により病気がほぼ放逐され、見せかけの優しさや倫理が横溢する〝ユートピア〟。そんな社会に倦んだ三人の少女は餓死することを選択した——それから十三年。死ねなかった少女・霧慧トァンは、世界を襲う大混乱の陰に、ただひとり死んだはずの少女の影を見る——『虐殺器官』の著者が描く、ユートピアの臨界点。

ＡＩとＳＦ

日本SF作家クラブ編

画像生成ＡＩ、ChatGPTなどの対話型ＡＩは、恐るべき速度と多様さで人類文明を変えようとしている。その進化に晒された二〇二五年の大阪万博までの顛末、チャットボットの孤独からシンギュラリティまで、二十二作家が激動の最前線で体感するＡＩと人類の未来。日本ＳＦ作家クラブ編のアンソロジー第三弾。

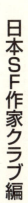

著者略歴　1977年愛知県生，2020年，『ヴィンダウス・エンジン』で第8回ハヤカワSFコンテスト優秀賞を受賞し，デビュー。

HM=Hayakawa Mystery
SF=Science Fiction
JA=Japanese Author
NV=Novel
NF=Nonfiction
FT=Fantasy

ラブ・アセンション

〈JA1583〉

二〇二四年十一月二十日　印刷
二〇二四年十一月二十五日　発行
（定価はカバーに表示してあります）

著者　十《じゅう》三《さん》不《ふ》塔《とう》
発行者　早川　浩
印刷者　入澤誠一郎
発行所　株式会社 早川書房
郵便番号　一〇一‐〇〇四六
東京都千代田区神田多町二ノ二
電話　〇三‐三二五二‐三一一一
振替　〇〇一六〇‐三‐四七七九九
https://www.hayakawa-online.co.jp

乱丁・落丁本は小社制作部宛お送り下さい。
送料小社負担にてお取りかえいたします。

印刷・星野精版印刷株式会社　製本・株式会社フォーネット社

ISBN978-4-15-031583-2 C0193

本書は活字が大きく読みやすい〈トールサイズ〉です。